En el filo de la espada

Lindsay Buroker

# En el filo de la espada

Translated by Jesús Gómez Gutiérrez

*En el filo de la espada*

Translated by Jesús Gómez Gutiérrez

Original title: *Balanced on the Blade's Edge*

Original language: English

Copyright © 2014, 2022 Lindsay Buroker and SAGA Egmont

All rights reserved

ISBN: 978-1-0394-6029-4

1st edition



www.podiumentertainment.com

En el filo de la espada

# PRIMERA PARTE

# CAPÍTULO 1

EL CORONEL RIDGE Zirkander había entrado tantas veces al vestíbulo del despacho del general Ort que sospechaba que sus botas eran responsables del raído estado deslucido y parduzco de la alfombra pasillera. Los dos soldados que hacían guardia junto a la puerta estaban demasiado bien entrenados para intercambiar sonrisas de complicidad, pero eso no significaba que los chismes sobre la reunión no se fueran a extender por todo el alcázar antes del mediodía. No sería la primera vez. Por suerte, los uniformes solo lucían condecoraciones, no sanciones.

—Buenos días, caballeros. —Ridge se detuvo delante de la puerta y miró los fusiles de los soldados, el nuevo modelo de repetición, de acción de palanca. No parecía que ninguno de ellos hubiera recibido orden de no dejar entrar nadie. Una pena—. ¿Cómo está el general hoy?

—Tenso, señor.

—Como casi todos los días, ¿no?

Ridge no esperaba contestación. A fin de cuentas, no se animaba a los soldados a hablar de los oficiales; por lo menos, donde los oficiales mentados pudieran oír la conversación. Pero el más joven sonrió y dijo:

—El jueves de la semana pasada llegó a estar agitado, señor.

—Pues me alegro de haber estado volando ese día —replicó Ridge, quien le dio una palmada en el hombro y llevó una mano al pomo de la puerta.

La sonrisa del soldado se volvió más ancha.

—Nos contaron lo del crucero, señor. Fue maravilloso. Ojalá lo hubiera visto.

—Hundir la nave de abastecimiento fue una victoria para nosotros, pero supongo que eso no es nada frente a la emoción añadida de que te disparen con cañones.

—Me encantaría oír esa historia, señor —dijo el soldado, cuyos ojos brillaron con esperanza.

—Puede que más tarde, en el Rutty —replicó Ridge—. Si el general no me manda a la cocina a cortar verduras con los reclutas.

Ridge entró sin llamar. Montones de papeles se apilaban en la mesa del general Ort, pero el hombre estaba mirando por la ventana que daba al puerto, con sus curtidas manos cruzadas a la espalda. Mercantes, pesqueros y navíos militares zarpaban y atracaban en los muelles; pero, como siempre, Ridge solo se fijó en los dragones voladores, alineados en el otero del extremo sur. Sus esbeltos y cobrizos fuselajes, hélices y ametralladoras brillaban bajo el sol de la mañana, incitándolo a volver. Su escuadrilla estaba allí, en labores de mantenimiento y reparación, esperando a que les llevara noticias. Ridge esperaba que aquella sesión de humillación incluyera también órdenes nuevas.

Como el general no se giró enseguida, Ridge se dejó caer en uno de los suntuosos sillones de cuero que estaban delante de la mesa y pasó una pierna por encima del reposabrazos.

—Buenos días, general. He recibido su mensaje. ¿Qué puedo hacer por usted en este magnífico día? —preguntó, mirando el cielo azul, tan despejado de nubes como de aviones enemigos.

Ort se giró, y su habitual ceño fruncido se frunció un poco más al ver la colgante pierna de Ridge.

—No, no, siéntese. Insisto.

—Gracias, general. Estos sillones se prestan a apoltronarse —dijo, dando unas palmaditas al suave cuero—. Si alguien consigue endilgarme alguna vez un despacho, espero que esté amueblado con la misma elegancia.

—Por los siete dioses, Ridge. Cada vez que viene a verme, me pregunto cómo ha conseguido todas esas barras que lleva en el cuello.

—Para mí también es un misterio, señor.

Ort se pasó una mano por su corto y canoso pelo, se sentó y alcanzó un expediente; el expediente de Ridge, aunque ya tenía que conocer de memoria todo el contenido de sus siete centímetros de anchura.

—Tiene cuarenta años, coronel. ¿No va a madurar nunca?

—Me han dicho que es más probable que me derriben primero.

Ort cruzó las manos sobre la carpeta del expediente, sin abrirla.

—Cuénteme lo sucedido.

—¿En lo tocante a qué, señor?

Ridge sabía perfectamente a qué se refería, pero hacía tiempo que había aprendido la lección de no dar información que lo pudiera incriminar.

—¿No lo sabe? —preguntó Ort, cuyo ceño eternamente fruncido se acentuó hasta que las comisuras de sus labios corrieron el peligro de caérsele por el mentón.

—Bueno, mi escuadrilla lleva cuatro días en tierra. Pueden ser muchas cosas.

—Según mis informes, rompió la nariz del diplomático Serenson, le magulló las costillas y amenazó con arrancarle el pene. ¿Le suena de algo?

—Ah —dijo Ridge, asintiendo—. Sí, claro. Aunque creo que no lo amenacé con arrancarle el pene, sino la polla. Había damas presentes, y hay quien piensa que los términos de anatomía correctos son demasiado sórdidos cuando se está en compañía de personas educadas.

El general movió la mandíbula varias veces antes encontrar una respuesta.

—Explíquese.

—Ese baboso comehierbas había arrinconado a la teniente Ahn, y la estaba toqueteando mientras intentaba sacarla al exterior. Ella ya estaba a punto de pegarle un puñetazo, pero decidí intervenir porque pensé que quizá no apreciaría tanto como yo sus sillones de cuero.

A decir verdad, su teniente estrella, que aquel año lucía en el fuselaje de su dragón tantos derribos como él mismo, tenía una expresión de lo más dubitativa, como si de verdad estuviera sopesando la posibilidad de dejar que Serenson la arrastrara al exterior y se la tirara, siendo como era un importante compromisario. Pero al infierno con eso. Ningún uniforme exigía ese tipo de sacrificio.

—Por el aliento de Breyatah, Ridge… ¿No podía haber defendido a su oficial sin provocar un incidente internacional?

Posiblemente, pero no lo habría encontrado tan satisfactorio. Además…

—¿Incidente internacional? Ya estamos en guerra con la Cofah. Eso solo fue un recordatorio de por qué nos liberamos de su opresión. Creen que pueden tener todo lo que quieran. Pues bien, no pueden. No en mi país, y no con una de los míos.

Ort suspiró y se recostó en su sillón.

—Me alegra saber que bajo su incontenible insolencia se oculta un hombre que se preocupa por los demás, pero el rey se me lanzó al cuello esta mañana, como un perro de presa. Esto es grave, Ridge. Serenson quiere enviarle a Magroth.

Ridge bufó. Su delito no había sido tan terrible. Los presidiarios eran los únicos que acababan en las Minas de Cristal de Magroth; los presidiarios que, de otra manera, habrían terminado delante de un pelotón de fusilamiento. Muy pocos pensaban que una cadena perpetua en las minas, sin posibilidad de acceder a la libertad condicional, fuera mejor que ser fusilado.

El general sacó una hoja de la parte superior del expediente de Ridge y lo dejó en la mesa.

—Se irá por la mañana.

—¿Cómo? Eso no tiene ninguna gracia, señor.

Por primera vez, Ridge sintió un verdadero vacío en la boca del estómago. Había dejado su amuleto de dragón en el aparato, colgando en la carlinga, y se arrepintió de no habérselo llevado con él o, por lo menos, de no haberse frotado la tripa con él aquella mañana para que le diera suerte.

Los serios ojos grises del general se clavaron en Ridge como taladros con exceso de celo.

—El rey está de acuerdo.

¿El rey? El rey no lo habría enviado a la muerte. Era demasiado valioso para el esfuerzo de guerra.

Ridge empezó a sacudir la cabeza, pero se detuvo cuando vio la hoja mecanografiada. Órdenes. No lo enviaban en calidad de delincuente, sino de oficial. Un contingente de hombres vigilaba las secretas minas, de cuya localización solo estaban al corriente el alto mando y los que habían estado sirviendo allí.

—¿Quiere que vigile las minas, señor? Eso es trabajo de infantería, y propio de reclutas.

Sí, seguro que habría unos cuantos oficiales encargados de la administración, pero no era un destino para un coronel.

—¿O es que me está degradando con este… traslado? —continuó.

Ridge casi se atragantó al pronunciar la última palabra. ¡Trasladado! ¿Él? Solo sabía volar y disparar; era todo lo que había hecho desde que salió de la academia de vuelo. Apenas sabía nada de la localización de las minas, pero era consciente de que estaban en las montañas, a cientos de kilómetros de la costa y de las líneas del frente.

Ridge alcanzó la hoja y le echó un vistazo. Sí, era un traslado. Lo reasignaban al cargo de…

—¿Comandante de la fortaleza? —preguntó, bajando la hoja.

—Sí, creo que eso es lo que dice.

Ort seguía sonriendo. Ridge prefería su ceño fruncido.

—Pero ese es… ese es un cargo para un general.

O, al menos, para alguien acostumbrado a dirigir batallones, sin mencionar que también tendría que tener experiencia administrativa. Pero Ridge dirigía escuadrillas de astutos y arrogantes oficiales, parecidos a él. ¿Qué esperaban que hiciera con un montón de soldados de infantería? Por no hablar de los asesinos que deambulaban por los túneles, en cantidades que solo los dioses conocían.

—En tiempos de guerra, no es raro que oficiales con poca experiencia se vean obligados a asumir cargos que están por encima de sus competencias.

—¿Qué ha pasado con el comandante actual? —susurró Ridge, imaginando a un pobre general con un pico de minero clavado en la frente.

—El general Bockenhaimer se debía jubilar en invierno. Estará extremadamente agradecido de que lo sustituyan antes.

—Seguro que sí.

Ridge miró las órdenes, enfocando la mirada. Apenas pudo leer la fecha. Era una misión de un año. ¿Quién iba a dirigir a su equipo mientras estuviera fuera? ¿Quién iba a pilotar su aparato? Siempre había pensado… le habían dado a entender —no, la gente se lo había dicho, maldita sea— que era indispensable. La guerra no había terminado; de hecho, aquel año se había combatido más que en cualquiera de los cuatro anteriores. ¿Cómo lo podían enviar a un remoto puesto de las montañas, olvidado por los dioses?

—Sé que esto es duro de tragar, Ridge, pero creo de verdad que es lo mejor.

Ridge sacudió la cabeza. No pudo hacer otra cosa. Por una vez, se había quedado sin palabras, sin ocurrencias con las que replicar.

—Es un piloto excelente, Ridge. Usted lo sabe. Todo el mundo lo sabe. Sin embargo, ser oficial consiste en algo más que disparar a un objetivo. Esto lo obligará a madurar como soldado y como hombre —Ort alzó un hombro—. O lo matará.

Ridge resopló.

Ort sacudió una mano.

—Ya tiene sus órdenes. Retírese.

Ridge se levantó y echó un largo vistazo al sillón y al puerto del otro lado de la ventana antes de dirigirse a la puerta. Condenado a estar en tierra. Durante un año. ¿Cómo iba a sobrevivir?

—Ah, coronel… —dijo el general mientras Ridge se alejaba.

Ridge se detuvo, esperando que todo hubiera sido una broma destinada a darle una lección.

—¿Sí?

—Lleve ropa de abrigo. El otoño está a punto de terminar en las montañas —replicó el general, sonriendo otra vez—. Y Magroth está a tres mil setecientos metros de altura.

Sí, toda una lección.


Sardelle se despertó de golpe, con el corazón desbocado en el pecho. No había nada a su alrededor, nada salvo oscuridad. Oyó rascaduras y crujidos, y su memoria volvió al instante: los sonidos de la explosión; la orden de ir a la cámara de seguridad; el ascenso a uno de los refugios de magos que había activado y, luego, su grito ahogado de terror cuando las rocas cayeron, apagando su mundo.

Palpó las superficies, buscando las suaves paredes de la esfera, no habían desaparecido. Sus inquisitivos dedos solo encontraron dura y fría piedra. Los arañazos se oían con más claridad. ¿Serían sus colegas, que acudían en su ayuda? Pero habrían derretido las rocas, o las habrían movido por medios mágicos, no arañándolas con picos, ¿verdad? Quizá, los hechiceros del Círculo estaban tan ocupados combatiendo a sus agresores que habían enviado a trabajadores mundanos.

*¿Sardelle?*

La pregunta telepática llenó su mente de alivio. Jaxi. ¿Era posible que su hoja de alma estuviera también bajo las rocas, atrapada en alguna parte? No había tenido tiempo de correr a alcanzar la espada cuando la montaña empezó a temblar.

*Estoy aquí.*

*Gracias a los dioses. Llevas mucho tiempo hibernada. No imaginas lo sola que me sentía. Hay un límite para la cantidad de conversaciones que puedes mantener con las piedras.*

*Supongo que tú también estás enterrada.*

Los leves arañazos se oían cada vez más cerca, y un rayo de luz atravesó la oscuridad a pocos metros de distancia.

*Más abajo que tú. Me dejaste en la sala de entrenamiento del sótano, ¿recuerdas?*

*Claro que me acuerdo. Fue esta misma mañana. Si no recuerdo mal, estabas disfrutando con el joven y atractivo aprendiz que lubricaba tu hoja.*

Sardelle esperó, aguardando su réplica, pero un largo silencio llenó su mente… y el haz de luz se hizo más grande. Cuando Jaxi respondió por fin, lo hizo con un suave *¿Sardelle?*

*¿Sí?*

*No fue esta mañana.*

*Entonces, ¿cuándo?*

*Hace trescientos años.*

Sardelle bufó.

*Muy gracioso, Jaxi, muy gracioso. ¿Cuánto tiempo ha pasado de verdad?*

*Esos zapadores del ejército fueron verdaderamente eficaces al colapsar la montaña. Estaban camuflados de algún modo, y nuestra gente no los detectó. Por eso... morimos. En masa. El refugio de mago te salvó la vida, pero estaba programado para no sacarte de la hibernación hasta que las condiciones del exterior volvieran a ser favorables; en este caso, el oxígeno es la forma de que un humano pueda escapar sin morir aplastado.*

Esa parte se la creyó. Sardelle se acordaba de que Jetia había enviado un anuncio telepático (más bien un chillido mental de miedo) sobre los zapadores segundos antes de que se oyeran las explosiones y las rocas empezaran a despeñarse. Pero ¿trescientos años?

*Por si te sientes mejor, te diré que he estado consciente todos estos años, observando la montaña y esperando que alguien con poderes mágicos pasara por aquí, para poder llamarlo y pedirle que me sacara. Logré una conexión mental con un par de pastores y prospectores, pero se alarmaron al descubrir mi presencia en sus mentes. ¿Te lo puedes creer? Huyeron gritando por la montaña. Pero importa poco. Calculo que estoy bajo mil metros de roca. Ningún mundano podría llegar a mí. Ni siquiera tú. Te agradecería que encontraras la forma de sacarme, pero mover tanta roca sin mi ayuda sería demasiado para ti.*

*¿Tú crees?*

Sardelle consiguió hilar su pensamiento de indignación, aunque estaba más cerca de su reacción habitual a las bromas de Jaxi que de una verdadera objeción. Y aquello tenía que ser una broma. A diferencia de la mayoría de las hechiceras, que preservaban sus almas tras vivir muchas décadas, Jaxi había muerto joven por culpa de una enfermedad extraña y había optado por infundir su esencia en la hoja de alma antes de fallecer. A pesar de haber tenido varios espadachines y de existir en la espada durante cientos de años, Jaxi había mantenido su adolescente sentido del humor y solía gastar bromas a Sardelle.

*No esta vez, amiga mía.*

Yo…

*Lo entenderás enseguida. Será mejor que prestes atención a lo que te rodea. El mundo ha cambiado. Destruyeron a nuestro pueblo, y los supervivientes temen todo lo que huela a magia. Hace tiempo, al pie de la montaña, vi a una chica a la que habían acusado de ser bruja. La lapidaron y la ahogaron en un lago. No uses tus poderes donde los puedan ver.*

Sardelle quiso discutírselo, quiso descubrirla en alguna mentira; pero, especialmente, quiso que todo esto estuviera bien, que todos sus seres queridos hubieran sobrevivido y que todo aquello fuera una broma. Los arañazos seguían, y su nicho tenía más luz: quizás, el parpadeo de una vela o la llama de un farol. Sus ojos aún no podían ver a los que estaban allí, así que intentó alcanzarlos con sus sentidos… y supo de inmediato que los dos hombres que arañaban la roca con picos y palas eran desconocidos. Aunque sus misiones la obligaran a ausentarse con frecuencia, conocía a todos los hechiceros y mundanos que vivían en la Montaña de Galmok, sede de la cultura y del gobierno, y centro de enseñanza para los que tenían el don.

Unas voces llegaron a sus oídos, ásperas y con un leve acento de fondo.

—¿Ves algo, Tace?

—No estoy seguro. ¿Quizás una sala? Hay un hueco entre las rocas.

—Puede que sea un cristal —dijo. Las rocas se movieron, y unos guijarros cayeron por una pendiente—. Sería grandioso… no se ha encontrado ninguno en todo el año. Nos darán una jarra de cerveza si encontramos uno. Hasta es posible que el general nos invite a cenar.

La idea les arrancó unas carcajadas.

*La pronunciación y algunas de las palabras han cambiado con el paso de las generaciones, pero tienes suerte de que el idioma sea el mismo. Te podrás comunicar con ellos sin entrar en su mente.*

Jaxi guardó silencio durante unos instantes, pero Sardelle notó inquietud en su conexión telepática.

*De hecho, yo me mantendría al margen de sus mentes si estuviera en tu lugar.*

*La intrusión telepática sin invitación previa solo se permite en caso de urgencia*, pensó Sardelle. Era uno de los primeros mantras que había aprendido en los textos del Referatu, algo que Jaxi sabía tan bien como ella.

*Si estar enterrada viva entre escombros durante varios siglos no se considera una urgencia, me ofreceré a un viejo chocho para que me use como báculo hasta el fin de mis días.*

Sardelle suspiró.

*No es mala idea.*

Las rocas cedieron al fin, y Sardelle pudo ver a los hombres. Sus salvadores, lo supieran o no.

*No lo saben. Esta es tu oportunidad de escapar, pero tienes que ser muy cuidadosa.*

*No me iré sin ti.*

Alguien acercó un farol al boquete, que ahora tenía medio metro de anchura. Un momento después, apareció la cara de un hombre: piel cubierta de mugre, bigote apelmazado y barba hasta el pecho, con un pañuelo sucio que echaba hacia atrás su grasiento y oscuro pelo, apartándoselo de los ojos.

—Aquí hay algo —dijo a su camarada—. Veo ropa y…

—Saludos —dijo Sardelle—. Eres Tace, ¿no?

La sorpresa agrandó los ojos del hombre, que desapareció rápidamente. Parecía un principio auspicioso.

—¿Qué ha sido eso? —preguntó su camarada.

—Hay una chica —acertó a decir Tace.

—¿Me estás tomando el pelo? Aquí no hay chicas.

—Soy una mujer —intervino Sardelle—, y os quedaría agradecida si me terminarais de desenterrar.

Sardelle atisbó una galería tras los hombres. Podía afrontar la barricada de roca por sus propios medios, pero la advertencia de Jaxi resonó en su mente: *temen todo lo que huela a magia.*

—Una mujer —susurró Tace—. Aquí hay una mujer.

—¿Cómo ha llegado ahí?

—No me importa —contestó, y cayeron más rocas mientras los hombres cavaban con renovado vigor—. No hay más soldados que los de las jaulas. No oirán nada. Puede ser nuestra.

Con esas palabras, y con la explosión de deseo que emanó de Tace como el calor de un infierno, Sardelle entendió por fin la advertencia de Jaxi.

—¿Y si es más fea que tu abuela?

—Me da igual. La última vez que intenté hacérmelo con una chica, la despreciable Bretta la Gigante me sacó de los barracones como si tuviera la peste. Esto es una respuesta a mis oraciones.

¿Oraciones? ¿Qué tipo de hombre oraba para violar a una mujer? ¿Y a qué dios? ¿O es que el iluso minero esperaba que se arrojara voluntariamente a sus brazos por haberla rescatado? No, ni siquiera pensaba eso; tan solo estaba consumido por el deseo, como alguien que cavara hacia una veta de oro. Sardelle no había hurgado en sus pensamientos (además, no había ningún telépata con talento suficiente para hurgar en ellos sin que él lo notara), pero sus emociones estaban al desnudo, y eran tan fuertes que habría tenido que levantar un muro a su alrededor para no verlas.

Cayeron más piedras. Si se hubiera acercado a la parte delantera de la oquedad que había dejado el refugio de mago cuando se disipó, habría llegado a los hombres y la habrían sacado; pero se mantuvo al fondo, sopesando sus opciones. Librarse de un aspirante a violador no era nada difícil si usaba sus poderes, pero ¿se lo podía permitir? Aunque solo había dos hombres en el túnel, notaba otros en el laberinto de galerías que serpenteaba por el interior de la montaña. Y no iba a matar a esos dos para impedir que revelaran su presencia. Esa forma de usar el poder era lo que había asustado a los mundanos, incitándolos al sigiloso ataque que había hundido la montaña.

Sardelle les daba vueltas a las abrumadoras emociones de Tace e intentó hacerse una idea del estado mental del segundo hombre. ¿Sería más razonable? ¿Alguien a quien poder recurrir? Sus esperanzas quedaron destrozadas cuando lo rozó por primera vez. Había una sombra en él, y Sardelle captó un tipo distinto de deseo, de alguien que disfrutaba haciendo daño, de cortar con cuchillos, de ver el dolor en la cara del otro. Si podía salir bien parado, estaría tan dispuesto a matar a su camarada Tace como a trabajar con él, y también la mataría a ella.

Sardelle retrocedió, con el corazón desbocado por el escalofriante contacto. Alzó sus barreras para evitar más roces con sus emociones.

*Te lo dije*. Jaxi sonó más triste que triunfante.

Los hombres ya habían apartado las rocas suficientes para poder alcanzarla, y alzaron sus faroles para verla mejor. Sardelle salió a la luz, más por escudriñar el túnel —y una posible ruta de escape— que por acercarse a ninguno de los dos. Olían a mugre y a sudor, y hasta alguien sin el don habría notado la lujuria en sus rostros. Eran hombres grandes, hombres que llevaban mucho tiempo trabajando allí, y a los que el trabajo había hecho más fuertes. Sin querer o a propósito, bloqueaban el estrecho túnel.

—Sí que es una chica —susurró Tace, mirándola de la cabeza a los pies.

Sardelle se había vestido aquella mañana (bueno, no aquella mañana —se corrigió—, sino una mañana de cientos de años antes, porque empezaba a creer a Jaxi) para asistir a la celebración del cumpleaños del presidente. Llevaba unas sandalias de vestir y una indumentaria adecuada para una gala, no para deambular por galerías. Su cabello negro colgaba alrededor de sus hombros, en lugar de estar sujeto hacia atrás con la coleta que solía llevar para trabajar. El delicado vestido de seda verde no enseñaba demasiada piel, pero acentuaba los contornos de su cuerpo, y se dio cuenta de que el delicado cuello se había desgarrado en algún momento de su desesperada carrera para ponerse a salvo. Los ojos de los hombres se clavaron en la pálida piel expuesta.

Tace sonrió y dio un paso adelante para tomarla del brazo. Sardelle sentía a Jaxi en el fondo de su mente, como una pantera a punto de saltar. La hoja de alma atacaría sus mentes si no encontraba la forma de defenderse sola.

Presionada, Sardelle recurrió a un sencillo truco que le había enseñado un sanador de campo, uno que ella había usado antes en situaciones difíciles. Les provocó un sarpullido.

Su incomodidad tardó unos momentos en aparecer, y Sardelle se temió que tendría que utilizar un ataque más directo. Tace la arrastró lejos de las hojas y la empujó contra la fría pared de piedra, apretando su cuerpo contra ella. Se llevó la mano al cinturón; pero entonces se detuvo, y torció la cara en gesto de confusión. Su camarada estaba detrás de él, apoyado en su pico con una mano y rascándose las pelotas con la otra.

Sardelle quería huir del cálido aliento de Tace, que le daba en la cara, pero mantuvo la compostura y se limitó a arquear una ceja. Tace movió las caderas, y la mano que había estado a punto de desabrocharse el cinturón acabó más abajo, porque él también sufría de un picor insoportable.

El pico que sostenía el otro hombre cayó al suelo, y él se retorció y se sacudió con las dos manos ocupadas ahora. Las manos de Tace regresaron al cinturón, pero no con intención de bajarse los pantalones para abusar de ella: dio un paso atrás y se dedicó a rascarse y a investigar de forma alternativa lo que estaba pasando ahí abajo. Los hombres se acercaron renqueantes al farol más cercano para ver mejor, con sus pantalones por los tobillos.

Al principio, Sardelle solo dio un par de pasos, alejándose lenta y silenciosamente, para que no lo notaran. Al ver que no se daban cuenta, sus pasos se transformaron en trote, intentando evitar que su calzado resonara en el suelo de piedra. Ya se arrepentía de no haberse puesto sus cueros de trabajo para ir al cumpleaños del presidente, con gran gala o sin ella. La galería estaba oscura y desnivelada, pero sus sentidos la guiaron, y no tuvo que conjurar una luz. Sospechaba que cualquier minero que se cruzara tendría pretensiones parecidas a las de esos dos.

*Sospechas bien.*

*¿Qué es este lugar, Jaxi?*

Sardelle se las podía apañar con un par de brutos de alma oscura, pero ¿qué pasaría si…? ¿Qué pasaría si eran representativos de lo que el mundo era ahora? ¿Habían destruido la bella comunidad de su pueblo para reemplazarla por eso? Su gente, sus amigos… ¿habían muerto todos en aquella demolición? ¿Tedzu, Malik, Yewlith? ¿Su hermano? ¿Sus padres? Aunque no hubieran muerto entonces, habrían fallecido en los años posteriores. ¿Se había quedado completamente sola?

*Estoy aquí.*

Por una vez, no hubo nada frívolo en la respuesta de Jaxi, que emanaba una sensación de compasión y apoyo a través de su conexión. Sardelle lo agradeció, y deseó que fuera suficiente. No lo era. Se alegró de estar en la fría oscuridad del túnel, porque las lágrimas descendían por sus mejillas y goteaban desde su mentón.

*Es una mina desde hace unos cincuenta años, y también es una cárcel*, explicó Jaxi. *¿Y el mundo más allá de la montaña? No lo sé. No alcanzo a sentir tan lejos.*

*Comprendo.*

Si era una cárcel, eso podía significar que estaba a cargo de algún tipo de persona cuerda, alguien con quien poder hablar, aunque no estaba segura de qué. Para empezar, ¿cómo iba a explicar su presencia en la prisión? ¿Y cómo huir si Jaxi seguía enterrada bajo toneladas de piedra? Y aún más, ¿cómo huir sin investigar a fondo y averiguar si quedaba algo de su gente, de sus amigos? Si ella había encontrado protección, cabía la posibilidad de que otros también la hubieran encontrado, ¿no? Era posible que Jaxi no los notara por la simple razón de que estaban en la hibernación que los refugios provocaban.

*Lo he comprobado cientos de veces. Créeme, lo he comprobado. Han sido tres largos y aburridos siglos. También he leído todos los libros de la muy polvorienta e infrautilizada librería de la prisión. Si alguna vez necesitas un sumario de los títulos, dímelo.*

Sardelle no apreció su humor. No entonces.

*Cuando estaba en el refugio de mago, ¿sabías que estaba viva?*
*Sí.*

Sardelle intentó encontrar una lógica que refutara la certeza de Jaxi en lo tocante al fallecimiento de los demás. No quería renunciar a la esperanza.

*Estamos conectadas. Puede que por eso me notaras a mí y no a...*
*No.*
*Oh.*

Ante ella había luz, lucernas en soportes de madera colgando de clavos. La tierra y los escombros que estaban apilados contra las paredes en la zona donde los dos hombres la habían acosado habían desaparecido de allí, y por el suelo discurrían raíles de hierro, con vagonetas de minerales diseminadas. Varios raíles más se apoyaban contra una de las paredes esperando a que los instalaran.

Sardelle redujo el paso, notando más personas por delante. Pronto, el repiqueteo de las vagonetas y el raspado de tierras llegaron a sus oídos. Con los faroles que iluminaban aquella zona, escabullirse delante de los mineros iba a resultar difícil. Pero el tal Tace había mencionado unas jaulas. ¿Serían algún tipo de elevador o de sistema de transporte? También había hablado de guardias. Un guardia podía llevarla ante quien estuviera a cargo.

Alguien pasó corriendo por una intersección. Sardelle se apretó contra la pared entre dos faroles, esperando que las sombras la ocultaran. Quizá fuera mejor que se quedara en algún lugar oscuro hasta que terminara el turno. Pero no, no era una buena opción. Más tarde o más temprano, sus dos escocidas víctimas dejarían de rascarse y buscarían atención médica, y ella no había pasado delante de ninguna ramificación del túnel.

Retomó su lento avance. El repiqueteo se detuvo y todo quedó en silencio. ¿Sería un descanso para comer? Quizá tuviera suerte.

Sardelle llegó a la esquina y echó un vistazo. No era un cruce, sino una cámara grande, con faroles colgando del alto techo, además de las paredes. Dos hombres hacían guardia a ambos lados de una jaula de metal sobre raíles, con una puerta de malla por delante. Los raíles, así como un cable pegado a la parte superior, desaparecían en un hueco que ascendía en diagonal. En la galería a la derecha de Sardelle, al fondo de la cámara, había un enorme artilugio de metal, con ruedas y poleas, que estaba atornillado al suelo de piedra. Un sistema de transporte. ¿Encontraría la salida si conseguía burlar a los guardias? ¿O debía intentar hablar con ellos?

A juzgar por sus pulcros cortes de pelo, sus caras afeitadas y sus uniformes limpios (pantalones grises de ribetes plateados y chaquetas de color azul marino), daban la impresión de ser más razonables que los matones, pero el demonio se disfrazaba de muchas formas. Y el hecho de que no reconociera su uniforme la incomodaba. No eran los verdes oscuros de la Guardia de Iskandia, los soldados con los que había trabajado una vez para defender el continente. Pero, sobre todo, no reconocía sus armas. Sí, había visto cosas como las dagas que llevaban envainadas a la cintura y los tachonados mazos de cortas cadenas que colgaban de sus cinturones, pero también tenían armas de fuego: no los burdos mosquetes de mecha con los que estaba familiarizada (armas que algunos soldados rehuían en favor de las ballestas y los arcos largos), sino unas armas lisas y negras que no había visto nunca. No tenían pie de gato en la parte superior y, hasta donde alcanzaba a ver, los hombres tampoco llevaban bolsas de pólvora.

*Han cambiado la pólvora y las balas de mosquete por balas que llevan la carga dentro*, le informó Jaxi. *Cada fusil puede albergar seis balas, y esa palanca de la parte de abajo es para cargarlas en la recámara. Pueden disparar muy deprisa, un tiro cada medio segundo o algo así.*

Sardelle tuvo la suerte de que los guardias estuvieran hablando en voz baja y no prestaran demasiada atención a los túneles que desembocaban en la cámara, porque los estuvo observando un rato. Incluso sin la explicación de Jaxi, sus armas (los *fusiles*) le habrían dicho lo que no quería creer, que ya no estaba en su siglo.

*Lo siento.*

*Lo sé.*

Sardelle parpadeó, reprimiendo de nuevo las lágrimas. No era momento. Encontraría un lugar para llorar por sus amigos perdidos, por todo lo que había abandonado, pero después.

Ya se disponía a salir del túnel en el momento en que los guardias dejaron de hablar cuando uno se detuvo en mitad de una frase. Se quedaron mirando uno de los pasajes, no el de Sardelle. Un grupo de hombres se estaba congregando detrás de una curva, pero Sardelle no creía que los guardias pudieran verlos desde su posición. ¿Estarían tramando algo los mineros? Consideró la posibilidad de advertir a los guardias (quizá le ganaría su agradecimiento), pero ya era demasiado tarde.

Se oyó una explosión que no procedía de la galería de los hombres, sino de la que estaba a la izquierda de la jaula. El suelo tembló bajo los pies de Sardelle. Una nube de humo negro salió del túnel en cuestión, mientras los hombres que se habían congregado en el otro cargaban desde la curva.

Sardelle abrió la boca para soltar un grito de advertencia, pero los guardias ya habían reaccionado. Se metieron en la jaula para estar a cubierto y, tras colocarse hacia las dos fuentes de peligro, clavaron una rodilla en el suelo y apuntaron con sus fusiles. Del humeante pasaje no salió nada, pero un guardia girado hacia los hombres empezó a disparar. Sardelle, que sentía las punzadas de dolor cuando las balas encontraban objetivo, tuvo una pavorosa demostración de la rapidez de sus armas. A pesar de ello, tres de los atacantes alcanzaron a los guardias, y la escaramuza se convirtió en un combate cuerpo a cuerpo. Los fornidos mineros blandían sus picos y palas con furia y poder, pero pronto quedó claro que los soldados estaban bien formados. Mantuvieron la jaula a sus espaldas, para que sus atacantes no pudieran maniobrar por detrás, y sacudían sus mazos con golpes precisos y contundentes, rechazando picos y palas antes de hundir sus tachonadas cabezas de metal en costillas y mandíbulas. Poco después, los tres mineros yacían en el suelo, inmóviles.

Otras personas se habían acercado con lentitud a la cámara por los otros túneles, aunque ninguna se había acercado tanto como Sardelle. Le habían parecido más interesados y esperanzados que hostiles. ¿Contemplando de forma inofensiva el espectáculo por si pasaba algo a favor de los mineros? Una advertencia agitó sus sentidos. No eran completamente inofensivos.

—Cuidado —alertó Sardelle cuando un nuevo asaltante, el que había encendido el explosivo al principio, apareció en el lugar del humo.

Un largo cilindro con una llama ardiendo al final de una mecha voló desde el túnel y cayó delante de la jaula. Un soldado disparó al hombre que lo había lanzado, mientras el otro pisaba la chisporroteante mecha con tanta tranquilidad como si estuviera apagando la colilla de un puro.

Por lo visto, no necesitaban sus advertencias.

Uno de los soldados se arrodilló para comprobar los cuellos de los hombres inconscientes. El otro se la quedó mirando. Sardelle no intentó esconderse; no tenía sentido, puesto que ya había traicionado su posición, pero tampoco salió del todo a la cámara. Antes, quería ver su reacción.

—¿Qué estás haciendo aquí, mujer?

No fue exactamente un *gracias*.

Sardelle estaba a punto de contestar cuando el segundo guardia sacó un cuchillo y, sin un momento de duda, sin dirigir una oración o una disculpa a los dioses que los mineros adoraran, rebanó la garganta de uno de los hombres.

—¿Qué estás haciendo? —soltó Sardelle mientras el soldado se disponía a despachar a un segundo minero—. Ya no son una amenaza. ¿Por qué matarlos?

El guardia que sostenía el puñal ensangrentado casi no se molestó ni en mirarla. El otro avanzó hacia ella a grandes zancadas.

—Tu gente tomó una decisión cuando eligió llevar vida de delincuentes, y esos idiotas de ahí acaban de tomar su última decisión. Aquí no hay piedad. Si fuéramos indulgentes, tendríamos que afrontar este tipo de cosas todos los días.

El guardia sacudió un pulgar hacia los hombres, hacia los cuerpos, cuya vida se disipaba por la sangre que se derramaba sobre la oscura piedra. A diferencia de Tace y su colega, aquellos mineros estaban enjutos —demasiado delgados—, y eran de rostros demacrados y mejillas hundidas. No habrían estado a la altura de los soldados en ninguna circunstancia.

Sardelle asumió las palabras del guardia con retraso. «Tu gente». Pensaba que era una de ellos, una minera. Y se apretó contra la esquina, dispuesta a defenderse otra vez si no tenía más remedio. ¿Intentaría degollarla como había hecho con los otros?

El soldado se colgó el mazo en el cinturón y, en lugar de apuntarla con el fusil, lo bajó, así que Sardelle dejó que se acercara sin reacción alguna. No notaba pensamientos parecidos en él, pero tampoco tenía la sensación de que quisiera hacerle daño.

—Vamos, mujer. No deberías estar aquí. Lo sabes de sobra.

El soldado la cogió del brazo, la llevó a la cámara y, a continuación, frunció el ceño al ver su vestido y sus sandalias.

—¿O sí? —prosiguió—. ¿Llegaste con los prisioneros de ayer? ¿Es que no te orientaron?

Orientarla. Como si estuvieran en una especie de campus universitario, donde la gente recibía instrucciones sobre cómo llegar a sus clases y dormitorios. Pero, si eso podía explicar su presencia allí, le seguiría la corriente.

—No, no me orientaron.

El segundo guardia se acercó con cautela a uno de los túneles y empezó a comprobar los cuerpos de los mineros a los que habían disparado, todavía con el cuchillo en la mano.

El hombre que la agarraba del brazo sacudió la cabeza.

—Por aquí. Randask, voy a llevarla a la sección de mujeres. Informaré de este caos al capitán, quien dará cuenta al general, que se sentará en su despacho y se tomará un vodka sin que le importe ni el culo de un yak, como de costumbre. ¿Estarás bien?

—Claro.

El hombre regresó a la cámara con su hoja manchada de sangre. Sardelle tuvo que hacer un esfuerzo para no llorar. Luego, él entró en la galería de enfrente, aunque ella ya había notado que el tipo que había lanzado el explosivo estaba muerto.

—Los mirones han vuelto al trabajo.

Sí, los espectadores en los que Sardelle había reparado antes se habían marchado por sus túneles. Se volvían a oír golpes en la distancia. No habría otro ataque en una buena temporada. Sardelle se preguntó qué habría provocado ese.

*La desesperación*, sugirió Jaxi. *El pesar. No tienen nada que perder.*

*¿Y nosotras?*

*No puedo hablar por ti, pero vivo en la esperanza de que mi situación mejore. En el peor de los casos, es posible que lleven libros nuevos a la librería de la cárcel.*

—Por aquí.

El guardia metió a Sardelle en la jaula, la cerró y pasó el pestillo. La seguía agarrando del brazo, como si ella quisiera salir corriendo para volver a los horribles túneles. Sardelle aguantó su contacto, pero fue incapaz de no recordarse que, hasta el día anterior (no, trescientos años antes), pocos hombres o mujeres podían presumir de haberla tocado sin invitación, empezando por varios de los comandantes militares con los que había trabajado durante años. No se trataba tanto de que ella quisiera mantener las distancias o tuviera costumbre de regañar a quien la tocaba, sino de que las personas sin el don siempre miraban a los bendecidos con respeto o, en algunos casos —tal vez en más de los que ella había supuesto—, con miedo y recelo.

El segundo soldado se acercó a la máquina y tiró de una palanca. Sonó un ruido metálico y la caja se empezó a mover hacia la oscuridad, arrastrada hacia arriba por los raíles. Sardelle alzó la cabeza para intentar ver el hueco. Una distante luz esperaba al fondo, poco más que un punto diminuto. A medida que la jaula subía, se iba dando cuenta de que cada vez se alejaba más de Jaxi. Su conexión era tan fuerte que se podían comunicar a muchos kilómetros de distancia (aunque no sabía hasta dónde llegaba su verdadero alcance, porque nunca se había alejado lo suficiente desde que se había unido con su hoja de alma), pero el factor simbólico hizo que el problema pareciera más dramático de lo que de verdad era. En realidad, no había cambiado nada, pero, a pesar de ello, se sintió como si estuviera abandonando a la única amiga que le quedaba en el mundo.

*No te preocupes. No irás muy lejos*, fue su irónica respuesta.

Cierto. Jaxi había dicho que aquello era una cárcel. No tendría la posibilidad de salir por la puerta principal o por la verja o por lo que fuera que tuvieran arriba. Sin embargo, estaba segura de que podría burlar su sistema de seguridad y fugarse.

*No, salvo que hayas aprendido a volar. Las Hojas de Hielo son tan altas como antes, y el camino del paso quedó destruido cuando los ancestros de esta gente derribaron media montaña. Además, ya han llegado las primeras nieves del invierno.*

*Ah.* Pero el guardia se había referido a la llegada de nuevos prisioneros. *¿Cómo entran y salen?*

*Cuando el tiempo lo permite, vuelan.*

*¿Vuelan?*

Sardelle se alegró de que la jaula estuviera a oscuras, porque el guardia no pudo ver que se había quedado boquiabierta.

*Tienen naves que surcan los aires, colgadas de globos gigantes. Y también tienen pequeños y maniobrables aparatos mecánicos diseñados a partir de los dragones de antaño. Como ya te he dicho, el mundo ha cambiado.*

—¿Cómo has llegado ahí, por cierto? —preguntó el soldado, perturbando las imágenes que ella intentaba formar.

Sardelle se encogió de hombros.

—Llegando.

—Hum.

Sardelle percibió un fondo de irritación en la solitaria sílaba. ¿Quizá de orgullo, porque había dado dar a entender que se había escabullido por delante de él o de alguno de sus guardias amigos? Parecían un grupo competente. Podía entender que una insinuación de laxitud lo ofendiera. Pero carecía de importancia mientras no le diera por pensar que se había escabullido de forma mágica.

La jaula ascendía a un ritmo bastante moderado, y por los barrotes se filtraba un soplo de aire fresco, pero aún estaban a medio camino de arriba. Sardelle se preguntó hasta qué profundidad llegarían los túneles de la montaña. Quizás encontrara la forma de convencerlos de que avanzaran hacia el lugar de reposo de Jaxi. Con picos y palas, tardarían con seguridad una eternidad, pero tenía que intentarlo.

—Has mencionado que me vas a llevar a la sección de mujeres, pero necesito ver a la persona a cargo —dijo Sardelle, esperando que no fuera el general adicto al vodka—. ¿Puedes llevarme ante él? ¿O ante ella?

El soldado bufó.

—El general no ve a los prisioneros.

—¿Nunca?

—Jamás.

# CAPÍTULO 2

SARDELLE SALIÓ DE la jaula y se detuvo tan deprisa que el soldado estuvo a punto de tropezarse con ella. Un viento helado la abofeteó, sacudiendo su vestido y poniendo la piel de gallina en sus brazos. Se quedó embobada con la negra fortaleza de piedra que se alzaba a su alrededor y en los aledaños del pequeño valle donde los mercaderes de otros tiempos vendían su queso y sus cultivos en verano, con el ancho camino y el puente que cruzaba el río y llevaba a la puerta que daba a la Montaña de Galmok. El río Pico de la Cabra seguía allí, medio helado en su serpenteo por el enorme patio central de la fortaleza, pero ya no había nada atractivo ni en él ni en el valle. Las almenas y armas parecidas a cañones de las murallas resultaban tan amenazadoras como las propias Hojas de Hielo, cuyos picos cubiertos de nieve se alzaban por los cuatro puntos cardinales, ascendiendo mil quinientos metros más por encima del ya elevado valle. La mayoría de las cumbres estaban como antaño, pero Galmok… Sardelle lo miró con espanto. Se parecía más a un volcán que a la majestuosa montaña que había sido. Sus paredes superiores se desprendían en avalancha sobre la irregular sima en donde antes había estado la cima.

El soldado la empujó.

—Venga, chica.

Sardelle apartó la mirada del paisaje y avanzó a trompicones por un sendero que no estaba allí la última vez que había salido al exterior. *Ayer*, quiso añadir su mente, aunque ya había aceptado que no había sido el día anterior. Al margen de los tres siglos transcurridos, la última vez que había entrado en Galmok era verano y hacía el suficiente calor para ponerse ese vestido. Ahora se abrazó a sí misma mientras observaba el camino, que seguía los raíles hasta el centro de la fortaleza. Había otros boquetes en la montaña y otras vías que desaparecían en la oscuridad. ¿Qué estaban extrayendo? ¿Cristal? ¿No había dicho eso uno de sus agresores? Ni siquiera alcanzaba a imaginar qué tipo de cristal habrían encontrado allí, aunque se acordaba de que había vetas de oro y plata en la zona. La fundación que habían instalado en el extremo más alejado de la fortaleza parecía indicar que extraían metales preciosos.

Otro empujón estuvo a punto de hacerlo tropezar.

—Te comportas como si no hubieras estado antes aquí, pero tengo que presentar un informe. Ve más deprisa.

El soldado señaló un gran edificio de piedra con tendederos llenos de ropa, que la brisa oscilaba mientras se secaba bajo el débil sol.

—¿Allí es donde vamos?

Sardelle aún lo estaba preguntando cuando dos mujeres salieron de otro edificio y se dirigieron al de la ropa tendida. Llevaban cestas para la colada y lucían pesados vestidos de lana, calcetines, bufandas, sombreros y abrigos de pieles.

—Sí —respondió el soldado, arrastrando la sílaba como si estuviera hablando con una idiota.

Sardelle suspiró y avanzó en la dirección indicada. Al menos, había más mujeres. Les podría sacar información, de un modo u otro. Y quizá, con el tiempo, encontrara la forma de reunirse con el general.

Llegó a un puente, pero se detuvo en lo más alto al darse cuenta de que su poco amigable guía se había quedado atrás. Estaba mirando el cielo de occidente. Un extraño artilugio volador flanqueaba en ese momento la Montaña del Bandido para dirigirse a la fortaleza planeando.

Sardelle no había creído totalmente a Jaxi cuando se lo mencionó, pero era obvio que el metálico artefacto cobrizo no era un pájaro. De alas alargadas y con unos salientes en la cola que parecían garras, era cierto que se parecía vagamente a un dragón; por lo menos, a los que Sardelle había visto en las ilustraciones de los libros, las criaturas que se habían extinguido mil años antes, o más ahora.

Tenía una especie de ventilador giratorio que zumbaba, manteniendo en el aire al artefacto.

*Una hélice*, dijo Jaxi con frialdad.

*Calla. Puede que tú hayas estado leyendo libros durante todos estos siglos, pero eso no significa que yo también. ¿Cuál es su fuente de energía?*

El soldado murmuró algo que distrajo a Sardelle, y no pudo oír la respuesta.

—¿A qué vendrá eso? —se preguntó el hombre—. Las provisiones y los prisioneros llegaron ayer. No hay nada previsto hasta dentro de dos semanas.

*Sea lo que sea, puede ser una oportunidad para escapar.*

*No me iré sin ti, Jaxi.*

*Yo no me voy a asfixiar ni a morirme aquí. Vuelve cuando puedas.*

Sardelle tenía la sensación de que colarse en la fortaleza era tan difícil como fugarse de ella. Además, ¿adónde iba a ir? Aquel lugar era su hogar. O lo había sido.

*Exacto,* dijo Jaxi, acompañando el comentario de un suspiro.

El artefacto volador dio un nuevo viraje. Daba vueltas al valle como un águila pescadora en pos de un pez que arrancar a un lago. Ninguno de los soldados de las murallas corrió a los cañones, de donde Sardelle dedujo que era una aeronave amiga, aunque todos contemplaran su acercamiento con curiosidad. Se dirigió a la lisa y ancha azotea del mayor edificio de la fortaleza, una estructura de dos plantas apoyada en una de las murallas. Una azotea era una elección de lo más extraña en montañas sobre las que todos los años caían muchos metros de nieve (el resto de los edificios tenían abruptos tejados a dos aguas, como cabía esperar); pero, mientras la aeronave descendía, ella llegó a la conclusión de que ese lugar estaba específicamente diseñado para el aterrizaje, aunque no alcanzó a imaginar cómo aterrizaría. Un águila podía plegar las alas y posarse en una rama, pero no podía creer que una máquina inventada por el hombre tuviera esa capacidad. Sin embargo, el cobrizo artefacto tenía una especie de propulsores en las alas que le permitieron disminuir la velocidad sin precipitarse desde el cielo.

Poco después, estaba sobre el edificio y, enseguida, aterrizó, de tal manera que Sardelle perdió la pista de su parte inferior.

*Y yo que pensé que los fusiles eran impresionantes...*

Jaxi no respondió. Quizás estuviera investigando la aeronave.

Unos pocos soldados salieron corriendo de la segunda planta del gigantesco edificio y subieron a la azotea por unas escaleras. Su aparición pareció recordar sus deberes al guardia, porque cruzó el puente hasta ella y volvió a señalar el edificio de la ropa tendida.

—Vamos. No tardaremos en saber quién nos visita.

Aunque sentía curiosidad por el artefacto volador, Sardelle no pensó que ningún visitante pudiera cambiar en nada su situación, así que siguió andando sin rechistar. Era posible que el piloto se quedara a pasar la noche, en cuyo caso quizá tendría la oportunidad de examinar el artefacto. De todas formas, no era prioritario para ella.

Mientras el soldado y Sardelle se disponían a entrar al edificio de la colada, una mujer salió del interior. El olor a almidón y jabón impregnaba el ambiente. La figura de la mujer era tan corpulenta y fornida que le daba un aspecto muy varonil. Llevaba una cesta apoyada en su ancha cadera, e intentó flanquear a la pareja, pero el soldado la detuvo con una mano.

—Ciento cuarenta y tres, ¿no? —preguntó.

Sardelle parpadeó. ¿Cómo?

El número debía de significar algo para la mujer, porque asintió y dijo:

—Sí.

—Me parece que has perdido a alguien —comentó el soldado, que empujó a Sardelle hacia la mujer.

—No la había visto nunca.

—Creo que llegó ayer.

—Entonces, ¿por qué no se ha presentado una hora antes del alba, como todas las demás?

—No tengo ni idea —respondió el soldado—. La he encontrado en el fondo de la mina.

La mujer soltó un suspiro de irritación y miró a Sardelle de arriba a abajo, como si estuviera ante una niña perdida. Una niña extraviada particularmente estúpida.

—Por los siete dioses, chica. ¿Es que querías que te mataran? ¿O algo peor?

¿Qué podía ser peor que la muerte? Sardelle se acordó de Tace y su compinche, y se contestó a sí misma.

—¿Qué es esto? —preguntó la mujer, tirándole de una manga—. ¿Dónde está tu ropa de trabajo? Debes de estar helada. ¿Cuál es tu número?

Confundida y desconcertada, Sardelle rompió su juramento de hechicera e hizo un repaso superficial a los pensamientos de la mujer. Números, en lugar de llamar a la gente por su nombre, la llamaban por su número. No tuvo que profundizar mucho para encontrar un recuerdo de aquella mujer (Dhasi, antes de que la llamaran ciento cuarenta y tres), desembarcando de una nave de suministros con dos mujeres más y dos docenas de hombres, antes de que le asignaran su número.

—Me lo dijeron, pero se me olvidó —respondió Sardelle.

Podría haberse inventado uno, pero ¿qué habría pasado si ya lo tenía alguien? Se abrazó a sí misma, mientras se colocaba las manos bajo las axilas. ¿Habría alguna posibilidad de que mantuvieran aquella conversación entre cuatro paredes? Tenía helados los dedos de los pies, y el resto de ella no estaba mucho más caliente.

—Que se te olvidó.

Ciento cuarenta y tres (Sardelle odiaba ser considerada como un número, pero no quería buscarse otro problema en el mismo día por el procedimiento de llamarla por un nombre que no le habían dicho) levantó las manos, dejó caer la cesta y se giró hacia la puerta.

—Esperad aquí. Cogeré la lista e intentaré averiguar dónde se supone que debería estar.

La mujer regresó al interior. El calor y el olor a jabón llegaron a Sardelle, a quien no le habría importado seguirla.

Miró al soldado y se preguntó si le habría molestado que una presumible prisionera —al igual que los mineros de abajo— le diera una orden. Sin embargo, el soldado estaba ocupado mirándole el pecho, y ella puso cara de disgusto. Por desgracia, la luz del sol resaltaba excesivamente el elegante, aunque polvoriento, vestido y las curvas que ocultaba, con mucha más eficacia que los faroles de las minas. Sardelle nunca se había considerado una gran belleza; pero, si la corpulenta dama de la colada era representativa de las mujeres de allí, y si los hombres tenían tan poco contacto con el exterior como sospechaba, podía comprender su interés. Podía comprenderlo, pero no aprobarlo.

Escudriñó al soldado con ojos entrecerrados, preguntándose si debía provocar otro sarpullido.

*Ten cuidado*, le advirtió Jaxi. *Puede que esta gente sea tosca, pero no es imbécil. Y no necesitan mucho para empezar a pensar en brujas.*

*La chica que mencionaste, la que arrojaron al lago... ¿tenía el don?*

*Si lo hubiera tenido, ¿crees que habría permitido que la ahogaran? Por lo que he podido deducir de los libros, de vez en cuando nacen personas con talento, pero les dan caza o aprenden a ocultar sus rarezas. No reciben ningún tipo de formación, no como en tu época, así que raramente desarrollan mucho más que un sexto sentido.*

El soldado tocó a Sardelle en la manga y la miró a los ojos.

—¿Ya estás con alguien, mujer?

—¿Con alguien?

Ya habían acordado que la habían bajado del marco de suministros el día anterior. Y no tenía un número-nombre (ni la menor idea al respecto), así que ¿cómo era posible que ya estuviera con alguien?

—Me alojo en la habitación setenta y dos de los barracones, en el segundo piso. —El soldado señaló hacia un edificio que estaba al otro lado de la plaza—. Piénsatelo. Tendrás problemas si no eres la chica de alguien.

En ese momento, y como enfatizando sus palabras, una mujer que llevaba otra cesta apoyada en la cadera se dirigía al edificio de la lavandería; a la señora se le notaba que estaba embarazada, en un estado avanzado de gestación. Sardelle se la quedó mirando. No podía imaginar tener descendencia en ese ambiente. No había visto ningún niño. ¿Estaba permitido? ¿O es que...? Sardelle tragó saliva. No mataban a las criaturas, ¿verdad? No se les podía hacer responsables de los delitos de sus progenitores.

—Esa no está con nadie —dijo el soldado cuando la mujer pasó ante ellos y desapareció dentro—. Tengo entendido que lo ha pasado mal.

—¿Tu gente no intentó impedirlo?

El soldado se encogió de hombros.

—Vosotros sois muchos más que nosotros. No podemos estar en todas partes —replicó, aunque su encogimiento de hombros le indicó que tampoco le importaba mucho—. Mejor que estés con un soldado. En general, los presos no suelen molestarte mucho si estás con uno de ellos.

¿En general? ¿Mucho?

En lugar de darle un puñetazo (por lo menos, con el puño, para no tener que preocuparse por la posibilidad de que la acusaran de brujería), Sardelle se obligó a contestar:

—Me lo pensaré.

—Excelente —dijo con una sonrisa—. Habitación setenta y dos —repitió—. Dile al guardia nocturno que quieres ver a Rolff, que soy yo, y te dejará entrar.

—Ese tipo de cosas son habituales, ¿no?

Los soldados de la Guardia de Iskandia estaban sometidos a un reglamento que les impedía acosar a los presos, pero Sardelle no tenía ni idea de lo que estaba permitido allí, y ni siquiera sabía de quién era el ejército con el que estaba lidiando. Casi todos los que había visto hasta entonces tenían la piel pálida y el cabello castaño o negro de los nativos del continente de Iskandia, pero no significaba que los gobiernos no hubieran cambiado una y otra vez a lo largo de los siglos.

El soldado apartó la mirada, se encogió de hombros y la volvió a mirar.

—Aquí no le importa a nadie.

Ah, así que había un reglamento, pero no se aplicaba. Bueno, ese descubrimiento no le servía de mucho.

—Te estaré haciendo un favor —continuó él—. Créeme.

Sí, claro, solo quería ayudarla. Qué considerado.

El soldado se acercó y le puso una mano en el brazo.

—Te aseguro que no soy tan malo. ¿Te lo pensarás? Has dicho que sí, ¿verdad?

*Quizá deberías aceptar su oferta.*

*¡Jaxi!*

*¿Qué pasa? No es tan feo, y ha luchado bien. Seguro que bajo ese uniforme es todo músculo.*

*Esto es lo que tengo que soportar por haber accedido a unirme con un alma adolescente, una que no había pasado su fase fogosa cuando se trasladó a nuestra espada.*

—Sí —le dijo al soldado, que ahora le estaba restregando el brazo—. Eso he dicho.

A todo esto, ¿dónde se había metido la mujer de la colada? Sardelle vio que un par de uniformados bajaban por la escalera del edificio y se dirigían hacia ellos. Una distracción. Magnífico.

«Ahí está vuestra visita», comentó Sardelle, que asintió hacia los hombres con la esperanza de que Rolff dejara de restregarle el brazo si un oficial pasaba por delante. Por supuesto, no podía saber si los recién llegados eran oficiales, aunque tuviera esa esperanza. Como los militares llevaban parkas de pieles encima del uniforme, no podía ver las insignias; pero, por otra parte, tampoco las habría reconocido.

El soldado se apartó de ella al ver a los hombres que se acercaban, y no se limitó a bajar el brazo, no: se los puso a la espalda con brusquedad.

—No me lo puedo creer —dijo en voz baja—. ¿Sabes quién es ese?

Oh, por favor, no sabía quién era nadie.

—No.

Él la miró con asombro, pero solo durante un segundo. Luego volvió a mirar a los dos hombres.

—Es el coronel Ridgewalker Zirkander.

¿Ridgewalker? ¿Trotacumbres? Qué petulante. Quizá se lo había puesto él mismo.

—¿Qué está haciendo aquí? —prosiguió el soldado, cuya voz se convirtió en poco más que un susurro a medida que los visitantes se acercaban.

El más joven de los dos, que no dejaba de intentar que el otro le dejara llevar el morral al hombro, estaba hablando y señalando un edificio que estaba más allá de la lavandería, aunque el camino que llevaban los obligaría a pasar junto a Sardelle y Rolff: con quince centímetros de nieve en el patio, las sendas despejadas eran la única opción lógica. Excelente, porque Sardelle esperaba que uno de ellos preguntara qué estaba haciendo Rolff lejos de su puesto, lo cual podía provocar que la dejara en paz. Además, ¿no tenía que informar sobre los mineros muertos?

Mientras caminaban, el coronel inclinó la cabeza hacia el joven, para oír la información que le estuviera dando. Después, comentó algo al respecto y sonrió. El joven soldado (o tal vez oficial, porque su aspecto era más académico que el del robusto Rolff) parpadeó sorprendido y se apresuró a asentir y a devolverle la sonrisa, aunque no parecía saber si era una réplica adecuada. Seguramente, las sonrisas y el sentido del humor no eran muy habituales en aquel lugar. El joven oficial parecía de unos veintitantos años, y tenía la sincera expresión de un perro deseoso de agradar para obtener su recompensa. El coronel estaba más cerca de la edad de Sardelle; probablemente, era mayor, aunque no había ni una cana en lo que podía ver de su corto cabello castaño, casi todo oculto tras una gorra de piel que llevaba inclinada con rebeldía, de un modo que no debía de ser el reglamentario. Era alto, con una complexión atléticamente esbelta que la parka no ocultaba del todo. Tenía una cara atractiva, a pesar de la cicatriz que lucía en la barbilla, y unos ojos de color marrón oscuro que brillaban con humor, a juego con una sonrisa que no había desaparecido por completo.

*Quizá puedas conseguir el número de su habitación.*

*¡Jaxi!*

*¿Qué pasa? Está más cerca de tu edad que ese cachorrito. ¿O es que te estás reservando para el general? No me ha parecido prometedor.*

Antes de que Sardelle pudiera dar una bofetada mental a Jaxi en la mejilla, el coronel le lanzó una mirada. La mirada dio paso a otra, esta vez de sorpresa. Durante un momento, ella pensó que la había reconocido (a fin de cuentas, su nombre y su cara eran —habían sido— famosos; al menos entre los soldados a los que ayudaba), pero no, no era una expresión de reconocimiento, sino solo de sorpresa.

El coronel frunció el ceño a Rolff, quien se cuadró al instante y se puso tan recto que temblaba. Levantó el puño a modo de saludo.

—Cabo, ¿qué está haciendo esta mujer en el exterior con tan poca ropa? —preguntó el coronel—. Hay seis grados bajo cero.

—Yo… ella…

Sardelle casi sintió lástima de Rolff, quien obviamente se devanaba los sesos en busca de algo que explicara su inesperada presencia; pero solo, casi.

Tras varios tartamudeos más, sentenció:

—¡Es una presa, señor!

El humor que iluminaba antes los ojos marrones del coronel se había esfumado.

—¿Cree que eso contesta mi pregunta?

El coronel frunció el ceño al joven oficial que lo acompañaba, quien alzó las manos a la defensiva.

—Es la primera vez que la veo, señor.

—La hemos encontrado en las minas —dijo Rolff—. No debía estar allí. Las mujeres trabajan aquí.

Rolff señaló la lavandería, cuya puerta se había abierto, dando paso a la mujer de la colada. No podía haber oído más que las dos últimas frases, pero se dio por aludida y sacudió el portapapeles que llevaba.

—Ayer recibí dos chicas nuevas, y no me dijeron nada de una tercera.

Sardelle sopesó la posibilidad de decir algo, pero aún no se había inventado ninguna excusa que explicara la confusión sobre su presencia. Le empezaba a preocupar que, entre tantos balbuceos, alguien llegara a la conclusión de que no había llegado en la nave de suministros del día anterior; pero el coronel, que al fin y al cabo acababa de llegar, tenía un gesto de disgusto que parecía indicar que lo consideraba un caso de incompetencia.

Sardelle arqueó una solitaria ceja. El invierno en que volvió a casa para dar clase, esa expresión hacía que sus alumnos tartamudearan con la certeza de haber hecho algo malo.

El coronel no tartamudeó, pero pareció exasperado. Dejó caer su morral, se desabrochó la parka y se la dio a ella.

—Cabo, traiga ropa apropiada a esta mujer. Capitán, quiero su expediente en mi despacho antes de una hora.

Acto seguido, agarró el morral, se lo colgó al hombro y añadió:

—Encontraré mi despacho por mi cuenta.

—Pero, pero… ¡señor! —El capitán dio un paso hacia él, se detuvo, se giró hacia Sardelle y le extendió una suplicante mano—. ¡No sé su número, señor!

—No es mi problema —replicó el coronel, quién murmuró algo que sonó a «¿Qué es el maldito número?», pero Sardelle no estuvo segura de haber oído bien.

Agradecida por la parka, se la puso. Sus dientes empezaban a castañetear. La prenda seguía caliente por dentro, con un limpio y masculino aroma que impregnaba el forro. Tras estar un rato al frío, tuvo que hacer un esfuerzo para no empezar a frotarse contra su piel.

El cabo Rolff se rascó la cabeza.

—¿El coronel Zirkander tiene despacho aquí?

—Ahora, sí —contestó el capitán.

—¿Por qué?

—Porque va a sustituir al general Bockenhaimer como comandante del fuerte.

Rolff susurró otro porqué, pero no lo pronunció en voz alta. Fuera cual fuera el motivo de la fama de Zirkander, no parecía deberse a dirigir fuertes. Al principio, Sardelle pensó que la nueva situación era prometedora (a diferencia del resto de las personas que había conocido allí, aquel hombre daba la impresión de tener conciencia); pero, cuando el capitán salió disparado en busca de un expediente que no existía, la realidad se llevó por delante sus esperanzas. El nuevo coronel había dejado aparentemente claro que iba a ser más eficaz que el antiguo general. Antes, Sardelle habría estado dispuesta a escabullirse por cualquier rendija, pero ¿ahora? ¿Cómo iba a explicar su presencia? Y, si no podía explicarla, ¿qué iba a hacer? ¿Pensarían que era una especie de espía? Incluso en su época, a los espías los mataban. Sería mejor que empezara a hablar con la gente y se inventara una historia verosímil, porque tenía la sensación de que la llamarían a ese despacho antes de que acabara el día.

Un polvoriento plano que no se había actualizado desde que el último general había sido comandante llevó a Ridge a un edificio administrativo, donde se dirigió a la segunda planta en busca del despacho de Bockenhaimer. El rugido de un motor llegó desde el otro lado del fuerte. El piloto debía de haber supuesto que el general no tardaría mucho en hacer las maletas y subirse al aparato que le iba a sacar de aquel lugar. Ridge se detuvo delante de una ventana y echó un vistazo al exterior. El nudo que había tenido en la garganta durante todo el viaje se le volvió a formar cuando vio que el piloto hacía las comprobaciones de seguridad.

—Solo es un año —se dijo a sí mismo—. Un año en la planta más baja del infierno —añadió, clavando la vista en las amenazadoras montañas que rodeaban la fortaleza por todos los lados.

Hasta entonces, solo había hablado con cinco personas, y ya podía decir que aquel sitio era un desastre. ¿Tendría lo necesario para arreglar ese horror? El hecho de que hubiera vuelto vivo de tantas misiones exitosas como para que lo ascendieran con regularidad no significaba que tuviera el tipo de experiencia para hacer esa clase de trabajo. Ya había hecho el ridículo al quedarse embobado con la mujer del patio. Suponía que las mujeres podían ser tan asesinas como los hombres, pero no esperaba encontrar ninguna allí y, sobre todo, a una a la que podía haberse dirigido en un bar para invitarla a una copa. Ciertamente, no parecía una chica de bar. Era demasiado tranquila, demasiado serena. Esos pálidos ojos azules... eran atractivos, sí; especialmente, en contraste con el negro azabache de su pelo, pero le habían parecido demasiado elegantes para los antros que él frecuentaba. Aunque eso no habría impedido que la invitara a esa copa si ella hubiera aparecido en uno.

—Claro, Ridge, ponte a babear con las prisioneras. Seguro que queda bien en tu informe.

Ridge sacudió la cabeza y siguió subiendo.

Un teniente que llevaba un montón de documentos salió en ese momento de una sala y, a juzgar por su expresión de perplejidad, debía de haberle oído hablando solo. Maravilloso.

—¿El despacho del general? —preguntó.

—Al final del pasillo, señor —contestó el teniente, que lanzó una mirada al reloj de la pared—. Aunque no creo que esté…

—¿Dentro?

—Ah, seguro que está dentro —dijo el teniente, quien pareció querer decir algo más, aunque cerró la boca y se limitó a repetir lo mismo—. Al final del pasillo, señor.

—Gracias.

Ridge dejó el morral junto a la puerta, llamó y se alisó el uniforme. Se dijo que no le importaba en particular lo que un general retirado pensara de él, pero supuso que le iba a regañar por la parka que ya no llevaba. En aquella época del año, debía de formar parte del uniforme oficial. El frío parecía atravesar las paredes de madera del edificio y surgir del suelo. Por segunda vez, se preguntó qué juez había condenado a aquella mujer y la había enviado allí con un vestido de verano.

Pasó un rato largo, así que volvió a llamar. Se encogió de hombros y abrió la puerta. Los ronquidos llegaron a sus oídos al mismo tiempo que el olor a alcohol y a vómito rancio a su nariz. Bueno, eso explicaba algunas cosas.

El canoso hombre recostado en el sillón, con la cabeza hacia abajo y las botas apoyadas en la mesa, no parecía que pudiera haber estado despierto (o sobrio), aunque Ridge hubiera llegado al alba. Una petaca de metal descansaba caída junto a las botas, y la papelera estaba llena de botellas de vodka vacías. En la esquina había un par de manchas sospechosas que indicaban que había vomitado varias veces en el suelo, y que lo había limpiado después de mala manera. De hecho, un limpio círculo pegado a una planta le hizo pensar que alguien había movido el tiesto para tapar un desastre reciente.

Ridge carraspeó.

—¿General?

No hubo más respuesta que los ronquidos.

Ridge dio la vuelta a la mesa, volvió a decir: «¿General?» y le sacudió el hombro con suavidad.

Bockenhaimer se despabiló bruscamente y abrió los ojos mientras desenfundaba la pistola que llevaba en la cartuchera. Ridge le agarró la muñeca antes de que pudiera apuntar a algo vivo.

—¿General Bockenhaimer? Soy su sustituto.

El general miraba la mano de Ridge con el ceño fruncido, como si aún sopesara la idea de disparar al intruso, si es que encontraba la forma; pero sus ojos inyectados de sangre se giraron hacia Ridge cuando captó el sentido de sus palabras.

—¿Sustituto? —dijo en voz baja.

—Soy el coronel Zirkander, señor.

Ridge sacó sus órdenes y el licenciamiento del general, los abrió con una mano (la pistola seguía cargada y apuntando, así que no estaba dispuesto a soltar la muñeca del general) y los dejó en la mesa.

—Su retiro se ha adelantado un par de meses. Yo soy su sustituto.

—¿Zirkander? ¿El piloto?

El general se relajó por fin y se movió para enfundar la pistola. Ridge se lo permitió.

—Sí, señor.

Ridge supuso que Bockenhaimer comentaría que ni los pilotos ni los coroneles tenían la experiencia necesaria para dirigir instalaciones del ejército, pero el general se limitó a inclinarse hacia delante para echar un vistazo a los documentos.

—¿Retiro? —dijo, inclinándose un poco más, con una sonrisa de alegría en los labios—. ¡Retiro!

Ridge refrenó el impulso de alzar los ojos al cielo. Se preguntó si el general ya sería un borracho antes de que lo enviaran a allí (¿también habría sido un castigo para él?) o si se había dado a la bebida por dirigir una prisión remota abarrotada de malhechores.

—Sí, señor. Si pudiera hablarme sobre los procedimientos operativos de aquí y darme unas cuantas…

Bockenhaimer se levantó de golpe, se tambaleó (Ridge lo agarró y lo mantuvo recto a pesar de que lo había pillado por sorpresa) y salió disparado hacia la ventana.

—¿Esa es mi aeronave? ¿Me puedo ir hoy?

—Sí, señor, pero le agradecería que…

El general abrió la ventana de par en par y saludó al piloto con la mano.

—¡Espéreme, hijo! ¡Ya he hecho las maletas!

Extrañamente, el tambaleo de Bockenhaimer no lo frenó demasiado cuando flanqueó la mesa y salió por la puerta. Ridge todavía estaba boquiabierto cuando el general apareció en el patio de abajo, con una bolsa bajo el brazo, y corrió por las despejadas sendas.

—No ha ido exactamente como las ceremonias de cambio de comandante que he visto.

Ridge no esperaba un desfile con banda de música, no en ese agujero remoto, pero una sesión informativa habría estado bien.

Se quitó la gorra y se pasó una mano por el pelo, contemplando su nuevo despacho. Se preguntó cuánto tiempo tardaría en librarse de la peste a alcohol, y también se preguntó cuánto tiempo llevaba muerta la pobre planta del tiesto de la esquina. Se suponía que el joven capitán era el ayudante del general. ¿No se podía haber encargado de que algún soldado limpiara ese sitio? Cabía la posibilidad de que el personal de la prisión estuviera demasiado ocupado vigilando a los presos, y de que los oficiales tuvieran que barrer con sus propias escobas.

Ridge ya estaba buscando el manual de operaciones del fuerte cuando llamaron a la puerta.

—¿Señor?

El capitán Heriton, el oficial que había ido a recibirlo a la aeronave, se asomó con gesto de preocupación. Su pelo blanquecino y sus espinillas lo hacían parecer un quinceañero, en lugar del joven de veinticinco años o algo más que debía ser.

—¿Sí?

—Es sobre esa mujer. Afirma que llegó ayer con la carga de convictos nuevos y que no recuerda el número que le dieron.

—¿El número?

—Sí, señor. A los presos se les asigna un número; no se les llama por su nombre. Reduce los conflictos internos. Algunos son piratas y prisioneros de guerra, y hay antiguos soldados y algunos miembros de los clanes de las montañas del norte. Es más fácil si empiezan con identidades nuevas. ¿El general no le ha informado? —preguntó el capitán, que miró hacia la ventana. La aeronave ya había despegado—. Aunque es verdad que se ha marchado abruptamente.

—Abruptamente, sí; acertada palabra.

No era la voz que Ridge habría usado, pero aún no podía hablar mal del general. No sin haber pasado un par de semanas en la prisión y haberse hecho una idea aproximada del sitio al que había ido a parar.

—No sabrá dónde está el manual de operaciones, ¿verdad? —continuó.

—Tendría que estar por aquí, en alguna parte, señor —respondió el capitán, que empezó a retroceder hacia el pasillo.

—El informe sobre la mujer, capitán —dijo Ridge, tajante.

Sabía que el capitán no lo había encontrado, pero todavía no estaba dispuesto a permitir que una presa deambulara por la cárcel sin que la hubieran clasificado, cotejado o lo que fuera según el protocolo de allí.

—Eh, sí, señor. No estoy seguro de dónde buscar.

—¿Qué tal si busca por su nombre? Supongo que ella se lo podrá dar.

—Me lo ha dado, señor. Y sigo buscando, pero su expediente no está entre la tanda de ayer.

—Puede que ya esté ordenado alfabéticamente, entre los demás —sugirió Ridge.

Aquel chico jamás habría podido llegar a su escuadrilla. Hasta cuando no estaba hablando, sus ojos se movían de un lado a otro con nerviosismo, de forma disparatada. ¿Sería una palabra correcta? No estaba seguro. Quizá pediría al chaval que la buscara después de que localizara el informe perdido.

—Hum… los archivos no están exactamente por orden alfabético. Más bien… bueno, el sistema ya estaba así cuando llegué.

Ridge se levantó.

—Enséñemelo.

El capitán arqueó las cejas. Ridge tuvo la sensación de que el general nunca había pedido ver los archivos. También tuvo la sensación de que no era tan raro que hubiera presos con expedientes extraviados.

—Sí, señor. Por aquí.

Ridge siguió al delgado oficial por dos tramos de escalera, hasta llegar a un sótano gélido que le hizo desear que alguien le hubiera devuelto la parka. Los viejos archivadores de madera y los más modernos de metal estaban cubiertos de telas de araña. Sobre muchos de ellos, descansaban carpetas polvorientas que habían dejado allí en espera de guardarlas en algún momento o porque las habían sacado y olvidado. En el centro de la sala había unas cuantas mesas con más cajas de legajos. Si Ridge no hubiera sabido lo contrario, habría visto la cantidad de polvo y la cantidad de archivadores, y habría llegado a la conclusión de que el campo de prisioneros tenía siglos de antigüedad. Si todos aquellos depósitos estaban llenos de expedientes, aquel lugar debía de despachar gente a un ritmo alarmante. La cárcel no tenía tantos barracones y, mientras echaba un vistazo a los manuales, descubrió los recibos de los suministros más recientes: provisiones y comida para setecientos diez presos y cien soldados, pero allí debía de haber miles de expedientes enterrados en el polvo.

—¿Capitán?

—¿Sí, señor?

La inquietud del tono de voz del joven no era alentadora, pero Ridge decidió presionar de todas formas.

—Mi trabajo consiste en que el fuerte funcione bien este invierno y aumente la producción. ¿Adivina cuál va a ser el suyo?

A decir verdad, sus órdenes decían muy poco sobre aquel *trabajo*; pero, siendo piloto, sabía que los cristales enterrados en esa montaña eran cruciales. No se iba a cruzar de brazos durante un año ni a sumirse en un estupor alcohólico mientras la abúlica extracción continuaba (o no) en los túneles.

—¿Señor? —replicó, aún más inquieto.

Ridge sonrió y le dio una palmada en la espalda para que sus palabras siguientes le resultaran menos dolorosas.

—Organizar esta sala por orden alfabético. Con la gente que sigue aquí en esos archivos y los muertos o liberados en aquellos.

Ridge se preguntó si alguna vez *liberaban* a alguien. Por lo que había oído, estaban condenados a cadena perpetua sin posibilidad de libertad condicional.

El capitán hundió sus estrechos hombros.

—Sí, señor.

—Puede reclutar ayudantes.

El capitán hundió los hombros un poco más.

—No, señor, no puedo. Necesitamos a todos los hombres para vigilar a los presos. Ese es el motivo de que este edificio tenga tan poca plantilla. Casi todos los despachos de arriba están vacíos. Solo estamos un puñado en administración. Por eso nunca hay tiempo para proyectos —dijo el joven, que miró a Ridge y se enderezó—. Pero encontraré tiempo, señor.

—Bien. Comprobaré las minas y veré si se puede hacer algo para aliviar la carga en ese aspecto. ¿Estoy en lo cierto al suponer que el principal problema con los mineros es impedir que maten a los nuestros y se fuguen?

—Lo está, señor. Casi siempre sucede en primavera y verano, porque aquí no se puede ir a ninguna parte en invierno, pero algunos pierden la cabeza, se vuelven locos y atacan.

—Veré lo que se puede hacer —repitió Ridge.

El capitán le dedicó una mirada de curiosidad, casi esperanzada, y se cuadró.

Ridge no estuvo seguro de que haber hecho bien al prometer nada. ¿Quién se creía que era para pensar que podía cambiar semejante sistema para mejor? Bueno, seguro que no lo podía hacer peor que Bockenhaimer.

—Sí, señor —dijo el capitán—. Empezaré hoy mismo.

—Antes, envíe a esa mujer a mi despacho. Redactaré un informe temporal sobre ella, para que nos sirva hasta que usted encuentre su expediente.

—Oh, lo puedo hacer yo, señor. No es necesario que pierda el tiempo con una prisionera.

—Usted va a estar ocupado aquí.

Ridge sonrió y señaló el sótano con la mano.

—Sí, claro, señor.

El capitán no hundió los hombros esa vez, lo cual habló a su favor.

Ridge se dirigió a la escalera, contento de que el capitán no hubiera insistido en sus protestas para decirle que entrevistar a los presos era una labor indigna para el comandante del fuerte. De hecho, Ridge sabía que era el tipo de cosas que un joven teniente podía y debía hacer. Pero entonces, ¿por qué se había prestado él a hacerlo?

—Solo quiero asegurarme de recuperar mi parka —se dijo.

# Capítulo 3

Sardelle subió por la escalera del edificio de la administración. El cabo Rolff avanzaba a pisotones por detrás, con sus botas resonando en los suelos de madera. Ella se sentía menos incómoda caminando delante de él desde que llevaba el pesado y largo vestido de lana, las botas, la gorra y una versión desastrada de la parka del coronel, es decir, lo que parecía ser el uniforme oficial de las mujeres de allí. Pero, hasta descontando la protección de llevar ropa menos reveladora, Rolff no había vuelto a mencionar el número de su habitación desde la aparición del coronel.

—Esa es la puerta del general… digo, del coronel —dijo Rolff, señalando el final del pasillo.

Sardelle ya se había inventado una historia, así que solo tenía que seguir hacia adelante y respirar hondo para calmar sus nervios. Le extrañó que presentarse ante un comandante militar la pusiera nerviosa, después de tantos años de vivir fuera y, en cierto modo, por encima de ese tipo de organizaciones.

*Aquí, no.*

*Lo sé, Jaxi. He analizado meticulosamente la situación.*

*Solo te lo recuerdo para que no te olvides de mostrarte adecuadamente arrepentida y dócil durante tu reunión. Y no le provoques sarpullidos.*

Sardelle resopló, pero para sus adentros, porque no quería que Rolff la tomara por una rarita o se preguntara si mantenía conversaciones con ella misma en su cabeza, algo que, probablemente, allí se consideraba señal de brujería.

*Los hermanos Picor están recibiendo asistencia médica en otro edificio*, le informó Jaxi. *Espero que no se mencione tu nombre.*

*No debería, porque no lo conocen.*

*Has causado tal impresión que solo tendrían que mencionar a la mujer del vestido verde.*

*No pasará nada. Alguien lo diagnosticará como una enfermedad de transmisión sexual. Me sorprende que hayan ido al médico. Cualquiera habría pensado que les resultaría embarazoso.*

Sardelle supuso que desear estar en el exterior de la consulta del médico, oyéndolos explicar cómo habían contraído el mismo sarpullido en sus genitales, habría sido inmaduro por su parte.

*Ah, yo los estoy escuchando. ¿Quieres detalles?*

*Olvídalo. Será mejor que me concentre en la reunión.*

Sardelle se detuvo ante la puerta o, más concretamente, a un par de pasos de distancia, porque una papelera y una caja llena de botellas vacías de alcohol la impidieron acercarse más. Alzó la parka del coronel y se la colgó al brazo para poder llamar con la mano derecha, pero se detuvo al oír un chirrido largo procedente del interior, al que siguió un ruido sordo y un golpetazo.

*Una crema.*

Sardelle parpadeó al oír el comentario de Jaxi, creyendo al principio que tenía algo que ver con los ruidos del despacho.

*¿Cómo?*

*Les han prescrito una crema. Y sugerido que dejen de meterse en los calzoncillos del otro.*

Sardelle soltó una carcajada antes de poder contenerse, aunque la convirtió en tos.

—No estará esperando todo el día —dijo Rolff.

—No sé qué pensar sobre esos ruidos —replicó Sardelle, que señaló la puerta al oír dos golpes más—. ¿Seguro que no se está peleando con alguien?

O dando una paliza a un soldado desobediente, pensó:

—Aquí no hay nadie que se atreva a pelearse con él.

Rolff pasó a su lado y llamó tres veces a la puerta.

Los ruidos cesaron, y un «¿Sí?» llegó a sus oídos.

Sardelle no supo si tomárselo o no como una invitación, pero le habían ordenado que se presentara de inmediato. Giró el pomo, pasó por encima de las botellas y se asomó al interior.

El coronel Zirkander estaba haciendo equilibrios en el aire, con una bota en la mesa y otra a medio camino de una de las estanterías de la pared, que llegaban hasta el techo. Sostenía un plumero con el que golpeaba los anchos volúmenes del estante superior, que daban la impresión de llevar décadas allí sin que nadie los tocara. Se había quitado parte de la ropa de invierno, y las remangadas mangas de su camisa gris revelaban los fibrosos músculos de sus brazos y un montón de manchas frescas de suciedad. Su corto cabello castaño estaba cubierto de polvo (¿o eran telarañas?), como si hubiera estado metiendo la cabeza bajo camas que no habían visto a una asistenta en muchos años; o quizá bajo un viejo y desgastado sofá marrón, se corrigió Sardelle tras mirar los muebles del despacho. Estuvieran como estuvieran antes, ya no tenían polvo. El suelo brillaba, por cortesía de una fregona húmeda, una escoba y un recogedor apoyados en la pared que estaba junto a la puerta. Una pila de alfombras dobladas y un tarro de abrillantador de suelos indicaban la siguiente tarea de la lista.

—Eh… ¿señor? —preguntó Rolff con rapidez, aunque parecía asombrado de encontrar a su comandante en jefe en labores de limpieza.

—Ajá. Te encontré.

El coronel, que no había dejado de limpiar y organizar libros desde su llegada, sacó un tomo ancho del estante.

Rolff entró en el despacho, se cuadró y saludó.

—Señor, le traigo a la prisionera, como ordenó.

En lugar de devolverle el saludo, lo cual habría sido difícil con las manos llenas, el coronel sacudió el plumero hacia Rolff.

—Bien, gracias.

Sardelle tuvo que reprimir la sonrisa al ver la cara de pasmo del cabo. Obviamente, no sabía cómo reaccionar ante un comandante en jefe al que no le parecían importar ni el decoro ni la pompa militares.

—¿Quiere que haga guardia fuera, señor? —preguntó Rolff.

—¿No tiene otro trabajo que hacer? —preguntó el coronel, que bajó, alcanzó el paño y limpió el libro.

—Estaba de turno de guardia en el nivel trece cuando todo empezó, señor.

—Entonces, será mejor que vuelva allí. Espero que mi sonrisa pícara y mis carismáticos modales basten para impedir que... —Ridge miró el expediente que estaba en la mesa— ... que Sardelle me someta a golpes.

El coronel Zirkander sonrió (pícaramente) a los dos, pero Sardelle imaginó que la sonrisa se dirigía exclusivamente a ella y se sorprendió devolviéndole la mirada y admirando su vivaz rostro, con manchas de polvo y todo. Sus oscuros ojos marrones le habían parecido serios en el patio, pero notó que aquel brillo cálido era más propio de él.

—Sí, claro, señor —acertó a decir Rolff, claramente más aturdido que engatusado con la pícara sonrisa del coronel.

Sardelle apartó la vista de la cara de Zirkander, para que no se diera cuenta de que se lo estaba comiendo con los ojos, y la clavó en el expediente. Su nombre (nombre de pila real y apellido inventado) estaba encima de varias líneas en blanco. ¿Pretendería recabar la información durante su entrevista? ¿Intentaría ganarse su confianza para que le dijera la verdad? ¿Habría olvidado el asunto del expediente perdido, atribuyéndolo a un error administrativo? Esperaba que sí.

La puerta se cerró, pero sonó un golpe de cristales y un «¡Ay!».

El coronel se encogió de hombros, con una ligera expresión de vergüenza.

—Iba a tirar esas botellas por la ventana, pero no estoy seguro de que alguien limpie el estropicio antes de que cualquiera se corte un pie. No las quiero aquí.

Como el cabo se había ido, Sardelle imaginó que le estaba hablando a ella, aunque estuviera limpiando las pastas del libro en lugar de mirarla.

—¿Por eso está limpiando usted mismo su despacho? —preguntó Sardelle, pensando que debía charlar con él si estaba interesado. Cualquier cosa con tal de establecer una buena relación—. Todos los oficiales que he conocido tienen subalternos para esas cosas.

—Por lo visto, todos los subordinados de aquí están ocupados vigilando a los presos. He llegado a la conclusión de que la única forma de encontrar lo que buscaba era ponerme a limpiar. Además, las verdosas y vellosas manchas de vómito del suelo me estaban incomodando. Estoy seguro de que habrá sido mi imaginación, pero me ha parecido ver por el rabillo del ojo que se movían cada vez que apartaba la mirada.

Aparentemente satisfecho con su obra, dejó el libro en la mesa, junto al expediente. *Las minas de cristal de Magroth: Normas y procedimiento operativo.*

*¿Has leído ese, Jaxi?*

*Extrañamente, su título no me sedujo demasiado.*

—¿Ha conocido a muchos oficiales? —preguntó él, que inclinó la cabeza y la miró con curiosidad.

Ah, vaya. En la historia que se había inventado no se mencionaba que hubiera pasado tiempo con militares ni, desde luego, que hubiera compartido mesa con generales y líderes de clanes en calidad de *sherastu* (consejera mágica). Tendría que tener cuidado con lo que decía.

—Bueno… me han interrogado unos cuantos.

Hablando de sonrisas pícaras, Sardelle intentó dedicarle una.

Él la miró con intensidad. ¡Menudo éxito! Le habían dicho muchas veces que sus sonrisas eran más enigmáticas o perturbadoras que juguetonas o traviesas.

*No intentes cambiar tu personalidad, porque puedes estar segura de que notará tus mentiras. Los piratas tienen todo tipo de… maneras.*

Sardelle asintió mentalmente, agradeciendo el consejo.

—Comprendo —dijo él, que alcanzó el expediente y le dio un golpecito—. Solo la necesitaré unos minutos, si no le importa. Quiero tener un expediente temporal suyo hasta que mi capitán localice el verdadero.

Sardelle pensaba que hablar con una presa era un detalle extrañamente educado para un comandante, pero su mente se estremeció al oír sus últimas palabras.

—¿Ya lo está buscando?

—Sí, pero me limitaré a decir que he visto la sala del archivo, y no me extraña que se pierdan expedientes. Le he ordenado que lo limpie y organice, así que encontraremos su expediente. Encontraremos los expedientes de todo el mundo, y nos aseguraremos de que a todos los nombres o más bien los números les corresponda una cara. Tal como funcionan las cosas ahora, ni siquiera sé cómo pueden pedir provisiones con alguna exactitud.

Sardelle se sorprendió respirando más deprisa, y se obligó a ralentizar el flujo de aire. Era demasiado pronto para que la invadiera el pánico. Aunque no encontraran nunca el expediente, eso no la incriminaba necesariamente a ella. Se lo podían haber dejado en la aeronave que supuestamente la había llevado a la prisión, ¿no? Seguro que esas cosas pasaban.

*¿Por qué no te inventas un expediente?*

El pensamiento de Jaxi la sorprendió, pero luego se preguntó por qué no se le había ocurrido a ella.

*Porque eres una persona franca y honrada que no piensa en términos taimados y fraudulentos. Pues será mejor que lo superes.*

*Gracias por el consejo.*

Crear un expediente falso no exigía ningún despliegue de sus poderes, siempre y cuando supiera dónde se guardaban los originales y cómo huir cuando hubiera terminado. Quizá…

Sardelle cayó en la cuenta de que el coronel la estaba observando. ¿Esperando una respuesta? No le había preguntado nada, ¿verdad?

Repasó lo que él había dicho y comentó:

—No llevo aquí mucho tiempo, pero me parece un sitio algo caótico. Y, en cuanto a los suministros, he notado que algunos de los mineros están bien alimentados y otros, desnutridos y escuálidos.

Otros como los decepcionados diablos que habían atacado a los guardias, pensó.

—¿En serio? —preguntó él, que la miró con más intensidad, sacó una pluma y una pequeña libreta de anillas y garrapateó algo en una página donde ya había hecho una lista—. Supongo que, ahora mismo, aquí solo sobreviven los más fuertes y crueles. Está bien. Siéntese, por favor.

Ridge estaba desplazando la libreta a un lado y, en mitad del gesto, reparó en que no había un sillón delante de la mesa. De hecho, además del sofá y de su propio sillón, no había más asientos en el despacho.

—Oh, parece que el general no invitaba a gente con frecuencia.

Ridge se planteó lo del sofá durante unos momentos (tenía espacio para tres o cuatro personas), pero sacudió la cabeza y señaló su sillón.

—Señorita Sordenta…

Sardelle tardó un momento en recordar que era el apellido que le había puesto. Dio una vuelta a la mesa y se sentó en el sillón de estructura de madera, cuyos reposabrazos y espaldera eran más cómodos de lo que había imaginado al verlo. Ah, ¿un mueble demasiado íntimo para compartirlo con una presa? Lógicamente, Sardelle estuvo de acuerdo con la profesionalidad de la elección, aunque la parte de ella que no quería jugar a presa del comandante del fuerte habría preferido sentarse encima de él.

*Al parecer, no vas a conseguir el número de su habitación.*
*Cállate, Jaxi.*

Zirkander escribió algo en la esquina del papel grapado a la parte delantera del expediente.

—Está bien. Su nombre completo es Sardelle Sordenta, ¿no? ¿Lo hemos transcrito correctamente? —preguntó, enseñándole el documento para que lo pudiera ver.

A Sardelle le pareció extraño que algo tan irrelevante como un apellido falso le molestara, pero se sintió incómoda. Sin embargo, asintió y dijo: «Sí». Para sobrevivir allí, tendría que hacer algo más que mentir sobre su apellido.

—¿Fecha de nacimiento?

Se quedó helada. Era una pregunta obvia, pero no se le había pasado por la cabeza cuando se inventó su elaborado pasado de pirata.

*Rápido, Jaxi. ¿En qué año estamos?*
—Catorce de balsoth… —*Del 873*, dijo Jaxi, así que ella dijo «839», haciendo apresuradamente la cuenta.

Apresuradamente o no, Zirkander notó la pausa que había hecho y, tras mirarla durante unos instantes, apuntó su respuesta. A Sardelle le había disminuido la potencia de sus sentidos desde que se había enfrentado a los matones de la mina, pero los liberó un poco porque necesitaba saber si él pensaba que estaba mintiendo. Y enseguida, notó que lo pensaba y que estaba decepcionado. Por alguna razón, eso la incomodó. ¿Qué esperaba? ¿Sinceridad de alguien que, por defecto, tenía que ser un delincuente?

—¿Lugar de nacimiento? —preguntó él.

—Cairn Springs.

Por lo menos, eso era verdad. Había nacido al pie de esas mismas montañas, que estaban a unos ciento sesenta kilómetros al sur.

—¿El Cairn Springs que acabó sepultado bajo la lava hace cuarenta años?

¡Vaya!

—Sí, cerca de allí. Obviamente, no en el sitio donde estuvo la antigua ciudad. Nací en una zona rural.

*¡Jaxi! ¿Por qué no me has dicho que mi ciudad natal ha desaparecido?*

*Porque no lo sabía. Está demasiado lejos para que yo lo note.*

*¿Algo tan importante no ha salido en un libro?*

*La mayoría de los libros de aquí tienen cincuenta años de antigüedad por lo menos. No creo que la lectura sea el pasatiempo preferido de los presos. Ni de los soldados.*

—Éramos pastores —prosiguió Sardelle. El coronel estaba escribiendo sus mentiras, así que podía seguir con su historia—, una forma de vida bastante aburrida para una joven. Por eso me marché, para encontrar un poco de emoción. Por eso y por el matrimonio concertado. No estaba preparada para sentar la cabeza. Me fui a la costa y conseguí un trabajo para embarcarme.

De hecho, Sardelle podía contestar preguntas sobre la vida en el mar si él se interesaba al respecto. Había viajado frecuentemente con la flota para defender al país de navíos enemigos.

—Al cabo de un año, los piratas nos atraparon. Me dieron a elegir entre caminar por el tablón o unirme a ellos. No soy muy valiente. Me uní. Supongo que me trataron decentemente. El primer año fue duro, pero, al final, me convertí en uno de ellos.

Zirkander había dejado de escribir. Tenía una bota en el sofá, con el codo apoyado en la rodilla y la barbilla apoyada en el puño. ¿Esperando a que acabara su historia inventada por si se le escapaba algo útil en su narración? Efectivamente, no necesitaba sus sentidos empáticos para saberlo.

—¿Ya ha terminado? —preguntó él.

—Tengo cinco años más de los que puedo hablar. Pero ah, no parece que esté apuntando los detalles.

—No. Estaba ocupado preguntándome si debo pedirle que me haga un ballestrinque o si sería demasiado embarazoso.

A decir verdad, Sardelle sabía hacer un ballestrinque. ¡Qué cabrón!

*Noto algo.*

*¿Mi estupidez?*

*No, afuera, en el cielo.*

Sardelle se giró hacia la ventana. El cielo se veía tras los cristales recién limpiados. Desde el sitio donde estaba, solo podía divisar unas nubes en el Pico de la Cabra. Pero alguien gritó en el patio. No fue exactamente allí, sino desde una de las torres de vigilancia de la muralla.

Zirkander se levantó, dejó el expediente en la mesa y caminó rápidamente hacia la ventana. Unos pasos resonaron en el pasillo.

—¡General…! ¡Coronel Zirkander! —exclamó alguien dos segundos antes de abrir la puerta, que dio paso a dos soldados que Sardelle no había visto antes—. Señor, hay una aeronave en el cielo septentrional. ¡No es una de las nuestras!

—De acuerdo. Informen al sargento Homish y activen el protocolo de seguridad en el fuerte. Iré a echar un vistazo.

Sardelle aguzaba el oído para escuchar algo sobre la aeronave, así que sus emociones estaban desatadas en el despacho, desde el temor y la expectación de los soldados hasta el disgusto de Zirkander, quien pensaba que tendría que haber leído el manual de operaciones en lugar de andar jugando con una presa. Y entonces, él salió por la puerta corriendo hacia el pasillo, y Sardelle recuperó la serenidad. Una vez más, se sintió mal por haberlo decepcionado. No sabía por qué le importaba, pero sentía la necesidad de demostrarle que no era una prisionera inútil, que estar con ella no había sido una pérdida de tiempo.

*¿Y cómo lo vas a conseguir?*, preguntó Jaxi con desconfianza.

*Puede que todos los de la aeronave enemiga sufran un sarpullido y acaben estrellados en la ladera de la montaña.*

*No creo que tu alcance sea tan bueno*, ironizó Jaxi.

*Ya veremos.*

Como el coronel no había dejado guardia ni le había ordenado que se quedara en el despacho, Sardelle salió corriendo por el pasillo después de él. Al llegar al patio, había gente que miraba el cielo, hacia una aeronave que era poco más que una mota acechante entre las nubes del Pico de la Cabra. Quien lo hubiera avistado, debía de tener un catalejo para identificar sus marcas y asegurarse de que no pertenecía a su ejército.

En lo alto de las murallas, los soldados corrían hacia las torres y las piezas de artillería. ¡Cañones! No estarían pensando en disparar las armas pesadas, ¿verdad? Aún no era invierno en el calendario, pero las paredes de la escarpada montaña estaban cubiertas de nieve en todas las direcciones.

Sardelle divisó a Zirkander y cruzó corriendo el patio hasta la escalera que llevaba a la muralla. Al principio, nadie la detuvo (ni reparó en ella, porque todos los ojos estaban clavados en la distante aeronave), pero un soldado que estaba en la pasarela la agarró del brazo antes de que pudiera sobrepasarlo. La frenada en seco la sobresaltó e hizo que se girara, y estuvo a un tris de lanzar un ataque mental. Se contuvo apenas un segundo antes de darle un empujón.

—¿Adónde crees que vas, mujer? —quiso saber el soldado.

—Estoy en mitad de una reunión con el coronel.

Sardelle tiró para intentar que le soltara el brazo, pero el hombre la había agarrado como si estuviera atornillado a ella.

—Una reunión. Ya.

Sardelle miró por encima de su hombro: Zirkander estaba junto a un cañón de la muralla norte, apuntando y hablando a un soldado joven que se encontraba al otro lado. No tenía tiempo para convencer a aquel bufón de que la soltara. Con un sutil tirón de la mente, le desabrochó el cinturón. El peso del puñal y otros objetos lo arrastró hacia abajo a una velocidad increíble, llevándose consigo sus pantalones. Fue suficiente para que el soldado se sobresaltara y aflojara su presa. Sardelle se liberó y corrió hacia el coronel.

—¡Detengan a esa mujer! —bramó el soldado entre una catarata impresionante de maldiciones.

Al llegar a la esquina, alguien se giró e intentó cogerla. La pasarela era estrecha y, como Sardelle no pudo apartarse lo necesario, la habría atrapado sin remedio si ella no hubiera aflojado la argamasa de la piedra que tenía bajo sus pies. La piedra tembló, ganándose su atención durante una fracción de segundo. Sardelle lo evitó, dio la vuelta a la esquina y se detuvo en seco delante del coronel.

—Los cañones —dijo ella jadeando, porque la carrera la había dejado sin aliento—. No puede dispararlos, no en esta época del año —Sardelle señaló la cornisa de la montaña más cercana—. Podría causar una avalancha.

Zirkander la miró durante varias inhalaciones y exhalaciones antes de responder. ¿Por qué tenía la impresión de que intentaba escrutarla?

*Se estará preguntando si eres una espía.*

*¿Tras mi espantosa mentira? Un espía de verdad sería mucho más sutil.*

—La experiencia me dice que hay que provocar una explosión en un nevero o cerca de él para desencadenar una avalancha; pero, si nos vemos en la necesidad de disparar, tendremos cuidado —dijo el coronel.

Algo chirrió detrás de él, en la pasarela, y señaló por encima de su hombro sin mirar. Un par de soldados estaban apuntando un artefacto que a Sardelle la recordó a los lanzadores de arpones de los balleneros.

Cuando el soldado al que había desabrochado el cinturón apareció tras ella (con los pantalones abrochados otra vez), se sintió avergonzada. Pues claro que un soldado profesional tendría experiencia hacer saltar todo por los aires: los explosivos parecían mucho más comunes en aquel siglo que en el suyo.

Una mano enorme se cerró sobre su hombro.

—Lo siento, señor. He tenido un… problema con el equipo, y no he podido detenerla antes de que escapara.

El soldado intentó llevarse a Sardelle, pero Zirkander alzó una mano.

—Descuide, sargento. Se puede quedar. Me estaba informando sobre las condiciones en las minas.

El soldado frunció el ceño.

—¿Como un espía?

—Algo así.

Sardelle notó el doble sentido de sus palabras en los entrecerrados ojos del coronel. Había hecho lo posible por parecer tranquila, serena y, por supuesto, inocente, pero, después de los chapuceros antecedentes que le había dado, tenía que estar preguntándose quién era. Además, su forma de mirarla (evaluándola) hacía que quisiera escapar. Por suerte, el soldado que estaba junto a él habló en ese instante, y Zirkander apartó la vista.

—¿Su experiencia, señor?

El joven no tenía más de veinte años, y se dirigió al coronel con una expresión cargada de esperanza. Aunque los hombres se estaban preparando para defender la fortaleza, ninguno parecía preocupado por la aparición de la aeronave. Quizá pasaba con frecuencia.

—Es posible que haya provocado unas cuantas avalanchas —declaró Zirkander.

—¿En su aeronave? ¿Con explosivos?

—Tráigame una cerveza más tarde y le contaré unas cuantas anécdotas.

—¡Trato hecho, señor!

El joven soldado se fue a ayudar a sus compañeros con el fusil de arpones.

—Es la ventaja de que tu nombre aparezca en los periódicos junto a todo tipo de explosiones relacionadas con la guerra —dijo Zirkander—. Nunca tienes que pagar el alcohol.

Sardelle era la única persona que estaba lo suficientemente cerca para oírlo, de donde dedujo que el comentario se dirigía a ella, aunque su informalidad la sorprendió. Tan pronto parecía tomarla por una especie de espía como se dedicaba a charlar con ella.

*Quizá quiera mantenerte confundida.*

*Tengo la sensación de que confunde a mucha gente.*

—Sin embargo, prefiero ser el que ataca y no el que defiende —continuó él, alzando un catalejo—. Se limita a rondar la zona. ¿Será una misión de exploración?

Esta vez, parecía estar hablando consigo mismo, pero Sardelle decidió responder.

—¿Vienen muy a menudo?

Cuanto más hablara con ella, más le costaría ordenar que la ejecutaran.

*Yo no estaría tan segura de eso. En lo tocante a la magia, y a juzgar por los ahogamientos de supuestas brujas que he contemplado, esta gente mataría a sus propios parientes sin pensárselo dos veces.*

Sardelle se concentró en la réplica de Zirkander en lugar de hacerlo en el comentario de Jaxi.

—No deberían. Se supone que este lugar es alto secreto.

Zirkander bajó el catalejo y la volvió a evaluar con la mirada, aunque se giró rápidamente.

—Capitán —dijo al hombre que apareció corriendo tras ella.

Era el ayudante que le había estado enseñando el fuerte, y Sardelle se preguntó si no era también el que había recibido la orden de organizar los archivos.

Si hubiera entrado en su mente, Sardelle podría haber husmeado en sus pensamientos y descubierto la localización de la sala y el lugar donde guardaban los formularios, para poder rellenar uno por su cuenta; pero, por segunda vez en el día, rechazó la idea de meterse en la mente de otra persona. Existía el peligro de que el coronel lo notara. De momento, sería mejor que se limitara a abrirse un poco. Cabía la posibilidad de que hablaran sobre los archivos y de que los pensamientos flotaran hasta las capas superiores de sus mentes, donde resultaban fácilmente accesibles.

—¿Sí, señor? —preguntó el capitán.

—¿Esto ha pasado antes? —dijo Zirkander, señalando la aeronave.

—No, señor. Desde que estoy aquí, ninguna nave enemiga ha aparecido en nuestro espacio aéreo. Son muy audaces... hay cientos de kilómetros hasta el más cercano. Me preguntó dónde han conseguido burlar a nuestras patrullas.

—Yo también me lo pregunto —dijo Zirkander, que apretó los dientes.

Ardía en deseos de estar allí, volando. Para entonces, Sardelle ya había deducido que era piloto, y podría haber adivinado sus pensamientos de forma intuitiva. Sin embargo, alcanzó a ver una intensa imagen de su mente, la imagen de un aparato volador con forma de dragón, no muy distinto al que lo había llevado a la fortaleza. Pero aquel era suyo, y no estaba solo cuando surcaba los cielos. Lideraba una escuadrilla de aparatos por la costa del norte de Iskandoth... Sardelle había estado las suficientes veces en aquellos fiordos y aquellas playas de arena gris como para reconocerlos, aunque nunca los había visto desde el aire. Zirkander se acordaba de haber atacado una aeronave parecida sobre la costa, a la que había destrozado el motor y derribado.

Su recuerdo la debería haber tranquilizado, porque demostraba que el coronel y ella estaban básicamente del mismo lado, luchando por defender el continente de Iskandia (aunque la gente lo llamara ahora de forma distinta); pero, por primera vez, Sardelle cayó en la cuenta de que podía ser descendiente de los que habían volado su montaña y aniquilado a los suyos.

Zirkander la miró y frunció el ceño. No podía haber adivinado sus planes, pero quizás había notado que andaba hurgando en sus pensamientos.

Sardelle señaló la aeronave.

—¿Sus armas pueden alcanzarla desde aquí?

—Ni mucho menos —intervino el capitán—. Ni los cañones ni los lanzacohetes tienen ese tipo de alcance.

¿Lanzacohetes? Sardelle nunca había oído hablar de nada parecido, pero, tras observarlo con más atención, vio que el objeto que descansaba en la estructura del arma de artillería era más complejo que un arpón. Y entonces, notó que Zirkander y el capitán la examinaban a ella y que luego se miraban entre sí.

—Señorita Sordenta, creo que ha llegado el momento de que vuelva al trabajo que le hayan asignado —dijo Zirkander—. Ya nos ocuparemos nosotros de los intrusos.

—Comprendo —contestó Sardelle.

Podría haber buscado una excusa para quedarse allí, pero habría resultado sospechoso, así que se alejó lentamente hacia patio de la fortaleza. Y gracias a una capacidad auditiva que quizás estaba agudizada por la magia, alcanzó a oír unas cuantas frases más antes de llegar a la escalera.

—Encuentre su expediente, capitán, y a algunas de las personas que llegaron en la nave de suministros de ayer. Si nadie se acuerda de ella…

—¿Cree que es una espía, señor?

—Ya veremos.

*Puede que tenga que huir, pero volveré a por ti, Jaxi.*

Sardelle se detuvo al pie de la escalera, sin saber adónde ir. Aún no le habían asignado ninguna labor, así que no podía irse a trabajar.

*Comprendo*, replicó Jaxi. Y era verdad que lo comprendía, pero no pudo ocultar su tristeza ante la idea de que la dejara atrás, y a Sardelle se le encogió el corazón.

Pero había más cosas en juego. Si el enemigo (¿seguiría siendo la Cofah, la que había perturbado el continente en sus tiempos?) destruía la fortaleza o hundía las montañas de alrededor, ¿podría volver algún día? Si las minas se cerraban, ¿quién la ayudaría a encontrar a Jaxi? Y aún más: ¿quién la ayudaría a encontrar las pertenencias (las reliquias) de su pueblo? Si era realmente la última de su clase, ¿no tenía la responsabilidad de salvar y preservar algún símbolo de sus ancestros?

Sardelle se llevó una mano a la cabeza. ¿Con tanto como había perdido y le preocupaba que la tomaran por una espía? ¿Qué importaba eso?

El capitán trotó escalera abajo, sin dejar de pensar en los archivos de forma obsesiva. Sin mirar siquiera, Sardelle alcanzó a sentir su localización y distribución. El capitán frunció el ceño al llegar a su altura, pero se limitó señalar la lavandería.

—Ciento cuarenta y tres le asignará una tarea. Está a cargo de la sección de mujeres.

—Comprendo.

Coser o hacer la colada: una oportunidad perfecta para dejar vagar sus pensamientos. Rechazó la idea de trastear con los recuerdos de los que habían llegado el día anterior, aunque ni siquiera sabía si podría localizarlos antes de que el capitán los interrogara. Tendría que contentarse con redactar su propio expediente.

Miró hacia lo alto de la muralla, donde Zirkander volvía a estar mirando por el catalejo. Con suerte, la inédita aparición del enemigo lo mantendría ocupado y se olvidaría de ella.

Ridge avanzó por las minas, detrás de un corpulento teniente de infantería que hacía las veces de guía y delante de dos de sus gigantescos soldados, quienes llevaban armamento suficiente como para asaltar una fortaleza sin ayuda de nadie. Ridge se sentía ridículo llevando guardaespaldas, pero el capitán Heriton había estado a punto de desmayarse cuando su nuevo comandante en jefe dijo que iba a dar una vuelta solo. Tras recibir un tardío informe sobre un ataque en uno de los niveles inferiores que se había producido esa mañana, Ridge aceptó la escolta. Por otra parte, estaba más preocupado por la aeronave de la Cofah que por la inspección. La nave se había ido sin pena ni gloria, pero Ridge tenía la sensación de que volvería. Sabía reconocer una misión de tanteo a primera vista. Desconocía cuánto tiempo llevaban buscando las minas de cristal, pero, ahora que las habían encontrado, tendrían problemas. La fuente de energía de los dragones voladores no era ningún secreto, y tampoco lo era que no había ninguna fuente parecida lejos de allí. Quizá la hubiera algún día, pero todavía no. Y, sin las aeronaves, su gente lo pasaría mal intentando defender el continente contra una fuerza naval superior.

Ridge había redactado un informe, pero no lo podía enviar hasta que llegara la siguiente nave de suministros, y faltaban dos semanas. Alguien había mencionado un paso de las montañas, pero solo era accesible durante los meses de verano. Qué útil.

—¿Qué están fisgando? —susurró el teniente, que miraba de un lado otro con inseguridad.

El grupo de Ridge estaba bajando por un corredor ancho, y una cuadrilla de mineros subía en dirección opuesta tras haber terminado su turno, como indicaban su gesto de cansancio y su ropa sucia. Uno de los soldados que vigilaba a los trabajadores dedicó a Ridge un asentimiento respetuoso, pero sin apartar la vista de su rebaño ni saludar al oficial, porque sostenía su fusil con ambas manos. Los mineros no dejaban de observar a la pequeña tropa de Ridge.

—O me miran a mí o se están fijando en usted, teniente —replicó—. Decídalo. ¿Quién es el guapo? ¿Usted? ¿O yo?

El teniente le echó una mirada taciturna por encima del hombro. Le habían partido la nariz una o dos veces durante su carrera o, quizás, antes.

—Definitivamente usted, señor.

Los mineros bajaron el paso, y unos cuantos empezaron a murmurar. No se atreverían a atacarlo con tantos hombres acorazados, ¿verdad? Sus únicas armas eran picos y palas. Sí, esas pesadas herramientas podían hacer daño, pero solo a corta distancia. Aunque, estando en un túnel, su grupo tendría que pasar a corta distancia.

—Esta es la razón de que el general no bajara nunca a las minas —dijo el teniente en voz baja, llevando una mano a la culata de su pistola. Al parecer, él también había sentido el peligro.

El primer minero, un embarrado y desaliñado hombre con la camisa manchada de sangre y un pañuelo al cuello, se dirigió al centro del pasaje. Se quitó una gorra impregnada de sudor, se la llevó al pecho con una mano y levantó la otra, que no sostenía ni pico ni arma de clase alguna.

—¿Coronel Zirkander, señor? —preguntó.

—¿Sí?

Ridge solo llevaba unas horas en el fuerte. No imaginaba que la noticia de su llegada hubiera llegado tan lejos.

—Yo, hum… nosotros queríamos que supiera…

El hombre señaló a sus camaradas y siguió hablando.

—Hemos tenido noticia de sus combates en el cielo. A veces, alguno de los que saben leer consigue un periódico y, además, tenemos a un antiguo piloto que nos cuenta historias de sus primeros vuelos. Dice que lo llegó a conocer, aunque no estoy seguro de que sea verdad. Sin embargo, son historias realmente entretenidas.

El hombre miró a los soldados de infantería, que tenían sus dedos en el gatillo de los fusiles, y añadió:

—Solo queríamos que lo supiera.

Pasaron unos momentos antes de que Ridge pudiera formular una respuesta. Los súbditos del rey le habían dado muchas veces las gracias por sus servicios, y los pilotos jóvenes le habían dado una buena ración de adoración al héroe, pero no esperaba que unos delincuentes se preocuparan por su país o por las personas que lo defendían.

Ridge se alejó del teniente, caminó hasta el hombre que estaba en mitad de la galería y le ofreció la mano.

—Gracias…

—Ciento cuarenta —dijo el hombre, estrechándole la mano.

Ridge arqueó las cejas.

—¿Y qué nombre le puso su madre?

El minero parpadeó un par de veces.

—Kal.

—Gracias, Kal.

Ridge avanzó por la fila de trabajadores, estrechó más manos y escuchó más nombres y números, sorprendido con su timidez, que no encajaba bien entre tantas narices rotas y bocas melladas. «¿Qué tal es el trato de aquí? ¿Es duro, pero justo? ¿Reciben suficiente comida?».

Con sus preguntas, se condenó a una erupción de quejas, pero las escuchó sin hacer demasiadas promesas. Si el fuerte sufría un ataque, iba a necesitar que aquellos hombres (todos los hombres) se quedaran en las minas sin causar problemas. Sabía que era mucho pedir, porque había sido prisionero de guerra en cierta ocasión y había aprovechado su primera oportunidad para escapar, pero cabía la posibilidad de que necesitara dedicar más soldados a la defensa el sitio.

Durante la inspección, se cruzó con muchos mineros apáticos a los que ni él ni el cambio de comandante les importaban ni las tetillas de un yak, pero se cruzó con otros más que sabían quién era y lo tenían por alguien especial. Ridge estaba dispuesto a aprovechar cualquier ventaja con tal de ganarse a los prisioneros. También se encontró con el *piloto* que había mencionado el primer minero. Ridge no lo había visto nunca y, tras unas cuantas preguntas en privado, averiguó que lo habían echado de la academia de vuelo al cabo de tres meses por pelearse. No le pareció sorprendente. Todos ellos eran hombres duros. No dudó ni por un momento que sus actos les habían otorgado el derecho a estar allí. Por suerte, ninguno le pidió la libertad condicional (aunque hubiera querido concedérsela, dudaba de que tuviera poder para ello). Cuando les preguntaba qué querían, la mayoría de las respuestas eran ridículamente sencillas, y les prometió estudiarlas. Si un tablero con forma de alud, una diana y unas cuantas imágenes de mujeres medio desnudas podían mejorar la moral, no tenía ningún problema en conseguírselas.

Un soldado se acercó a Ridge y a su séquito hacia el final de la inspección.

—¿Señor? Han matado a alguien arriba. Quizá quiera subir a verlo.

—Guíeme —dijo Ridge.

¿Cuántas muertes iban ya en ese día? Eran demasiado habituales en aquel lugar.

Aunque nadie había hecho ningún movimiento amenazador contra Ridge, sus escoltas entraron con él en la jaula.

—¿De qué tipo de muerte se trata? —preguntó al soldado mientras la jaula crujía y gemía, dirigiéndose hacia la débil luz del final del túnel. O ya había llegado el crepúsculo o las nubes habían oscurecido un poco más el cielo.

—Han colgado a una mujer por bruja.

A Ridge se le hizo un nudo en el estómago. ¿Sería la prisionera con la que había estado hablando? ¿Sardelle? Estaba fuera de lugar en ese sitio, pero no creía que tuviera nada que ver con la brujería. La tenía por una espía (aunque bastante mala) o, más probablemente, por alguien que se había colado para intentar conseguir un cristal.

Se podía sacar mucho dinero por ellos en el mercado negro. Y hasta cabía la posibilidad de que fuera una estudiosa que necesitaba una muestra para investigar (los dioses sabían que los militares tenían un control absoluto sobre los cristales). Ridge sabía de profesores universitarios que habían pasado por la base aérea con bolsas llenas de microscopios y herramientas, decididos a estudiarlos; pero muy pocos los habían llegado a ver de cerca, porque ni el rey ni el comandante querían que la información llegara a sitios donde los enemigos del país pudieran interceptarla. Sardelle podía ser de esas profesoras inquietas que no aceptaban un no por respuesta.

¿O era sencillamente que no quería que resultara ser una malhechora habitual que verdaderamente merecía estar allí? Aunque ser espía o ladrona tampoco era mucho mejor. Una ladrona podía terminar sin mucho más que un castigo moderado; sobre todo, si no había conseguido robar nada, pero una espía… Ridge cerró los ojos. Se vería obligado a fusilarla.

No obstante, recordó que todo ello sería una cuestión puramente intelectual si ya la habían ahorcado, lo cual le revolvió el estómago una vez más.

—¿Sabe el nombre o el número de la mujer a la que han colgado?

—No, señor —contestó el soldado.

Ridge refrenó el impulso de describírsela. La jaula ya estaba cerca de llegar arriba, y podía ver el cielo cada vez más oscuro. Todos los faroles de las sendas y murallas de la fortaleza estaban encendidos, pero no podían hacer grandes planes contra la noche invasora. Se había desatado una tormenta de nieve, y los remolinos de desparramados copos habrían dificultado la visibilidad de cualquiera que estuviera volando. Magnífico. Esperaba que la aeronave se viera obligada a alejarse de las montañas y dirigirse a cielos donde la podrían localizar y derribar.

—Por aquí, señor —dijo el soldado, que abrió la jaula y empezó a caminar por la nieve—. Ha sido en los barracones de las mujeres.

Ridge siguió al soldado a grandes zancadas y se sorprendió sobrepasándolo y, a continuación, caminando por la nieve vieja del patio en lugar de seguir las sendas; aunque, con la nieve nueva, ya no estaban tan despejadas. Antes de empezar su recorrido por la prisión, había encontrado mapas de la fortaleza y las minas, que había memorizado tan bien como pudo. O aquello era un atajo para ir a los barracones o se dirigía al edificio de las municiones; pero, en cualquier caso, el soldado se dio cuenta de que había perdido a su comandante en jefe y corrió a alcanzarlo.

Por suerte, la memoria de Ridge resultó ser exacta. Abrió la puerta principal y dio el tradicional aviso de «hombre presente», aunque el ceño fruncido del soldado le hizo comprender que allí no le importaba a nadie. Quizá se suponía que las presas estaban acostumbradas a que los hombres entraran arbitrariamente en el edificio donde dormían y se lavaban. Por lo que había hojeado del manual de operaciones, las gentilezas con los reclusos eran tan poco importantes que ni siquiera se mencionaban.

—La tercera puerta, señor —le informó el soldado.

Ridge lo habría adivinado por el grupo de mujeres que estaban fuera, mirando, gesticulando y charlando. La mayoría se habían quitado su pesada ropa exterior, y parecía que habían terminado su turno y que estaban preparadas para acostarse. Sardelle no estaba entre ellas.

—El sargento Benok ha ordenado que no tocaran el cuerpo —dijo el soldado.

—Bien —replicó Ridge, aunque ni era un experto forense ni, desde luego, experto en brujería.

—Apártense —gritó el soldado a las mujeres, a pesar de que ya se habían apartado.

Ridge les dio un «buenas noches, señoras» más que cordial, aunque solo quería entrar en la habitación y comprobar si…

No era Sardelle. Se dijo a sí mismo que su agobio estaba fuera de lugar: alguien había muerto de todas formas, ahorcada con una cuerda de sábanas trenzadas y retorcidas, colgada de una tubería de agua que cruzaba el techo. La mujer tenía la cabeza hacia abajo, y un mechón de pelo castaño caía sobre su delgada cara. Sin embargo, no ocultaba del todo ni el labio hinchado ni la hinchazón lateral de su mejilla. Llevaba el típico y pesado vestido de lana de las presas, que cubría casi toda su piel, pero tenía tatuajes de nudos y anclas en los nudillos, y más dibujos relacionados con el mar que desaparecían bajo sus mangas. En algún momento de su vida le habían cortado la punta de uno de los meñiques, dejando un brillante muñón rosado. Sus pies casi tocaban el suelo, y Ridge calculó que medía un metro ochenta de altura. Aquella sí que era mujer a la que habría tomado por pirata, incluso antes de que acabara allí.

—¿Nombre? —preguntó a las espectadoras.

—Seis-diez.

—¿Nombre? —repitió Ridge.

—Ah, hum… —las mujeres se miraron entre sí.

—Bretta la Gigante —dijo alguien desde el fondo.

—Gracias —replicó—. Soldado, ¿qué los ha llevado a pensar a usted o a su sargento que este ahorcamiento tiene algo que ver con la brujería?

—El sargento ha encontrado varias cosas en su catre, una colección de pelo humano y unas muñecas talladas en pedazos de madera. Todo parecía organizado para llevar a cabo un maleficio a alguien.

—Estuvo con nosotras en las cocinas, en el turno de mañana —contó alguien del grupo—. Pero no se presentó esta tarde.

—Yo soy quien la ha encontrado —intervino otra mujer—. He venido a coger las toallas que había que lavar, y he pegado tal grito que casi pierdo la cabeza. Los soldados han venido después y se han quedado a cargo.

—Al principio, alguien ha dicho que era un suicidio —comentó otra con indignación—. Bretta la Gigante no era de las que se suicidan. Siempre nos defendía de los cabro… de los que creen que pueden entrar aquí y hacer lo que quieran.

—La gente no suele pegarse puñetazos en la cara antes de suicidarse —declaró Ridge—. Suponiendo que nadie haya movido el cuerpo, tampoco hay un taburete o una escalera o algo que haya podido usar para subirse y ahorcarse. Soldado, ¿dónde está el sargento que le ha ordenado que fuera a buscarme? ¿Y quién suele encargarse de investigar los asesinatos?

Normalmente, y tratándose de unas instalaciones tan pequeñas, Ridge no habría esperado que se produjeran demasiados delitos (ni, desde luego, muchos asesinatos); pero, teniendo en cuenta los antecedentes de sus trabajadores, supuso que era inevitable.

—Era la hora del rancho, así que el sargento se ha ido a comer. Ha dicho que yo también me podía ir, pero después de encontrarlo a usted —replicó el soldado, encogiéndose de hombros—. Nadie investiga los asesinatos de presos. Nos limitamos a llevar los cadáveres al crematorio, como hacemos con los que mueren en los accidentes de la mina.

—Qué eficacia.

—Sí, señor. Habríamos hecho lo mismo en este caso, pero el sargento ha dicho que debía hablar con usted porque podía ser una bruja y haber hecho alguna maldad antes de que alguien acabara con ella. Puede que hasta fuera ella quien se chivó e informó a esa aeronave enemiga del lugar donde están las minas.

En algún momento de la conversación, los dedos de Ridge se cerraron hasta formar un puño. No quería sacudir al soldado, no exactamente, pero necesitaba golpear algo. Por un lado, comprendía que esas personas solo eran números para los que estaban a cargo, números que ya habían sido condenados a muerte por sus delitos, pero, por otro lado, estaban allí, habían elegido esa vida miserable y estaban ayudando a su país a encontrar los recursos que necesitaba para librar una guerra. ¿No merecían algún respeto por eso? Además, sin aquellos cristales, él nunca habría podido tener una carrera, nunca habría podido volar. Sin duda alguna, estaba en deuda con ellos.

El viento sacudió las persianas de las altas y estrechas ventanas de la pared que daba al exterior, sacando a Ridge de sus pensamientos.

—Quiero una investigación.

—¿Del caso de brujería, señor?

—Quiero saber quién ha matado a esta mujer —declaró, con una sonrisa adusta—. Después, le daré permiso para meterlo en el crematorio.

—¿Meterlo? ¿Cómo sabe que es un hombre?

—Por fuertes y capaces que sean estas damas —dijo Ridge, señalando el grupo—, dudo que alguna de ellas pueda levantar a una mujer de un metro ochenta de altura y colgarla de esa tubería.

El soldado se chupó la cara interior de la mejilla mientras miraba a la muerta.

—Ya, pero… ¿qué pasa si era una bruja, señor? No estaría bien que se castigara a alguien por librarse de una de ellas.

Ridge aún no había conocido a nadie que tuviera poderes mágicos ni brujeriles ni de otro tipo, y siempre había sospechado que la mayoría de las personas a las que mataban por eso eran inocentes; pero, si era verdad que Bretta la Gigante estaba echando maldiciones a la gente…

Ridge se encogió de hombros.

—Puede que no, pero las investigaciones están para eso, para determinar las circunstancias y poder juzgar lo que está bien y lo que está mal.

—De acuerdo, pero ¿quién se va a encargar, señor? Aquí no hay nadie que investigue nada, salvo que se trate de máquinas o accidentes mineros.

Ridge estuvo tentado de encargarse él mismo, pero dirigir el fuerte y mitigar las amenazas externas debía ser su prioridad. Y, de todas formas, no estaba cualificado para ello.

—Supongo que tendremos un médico o, al menos, un enfermero.

—Sí, señor, el capitán Orsom.

—Pues empecemos con él. Quiero un examen del cuerpo, y quiero saber qué pasó antes de que la colgaran. Que me envíe lo que descubra, que ya decidiré después a quién le asigno el caso.

El soldado se estaba rascando la cabeza con expresión de *no le veo sentido al asunto*, pero dijo: «Sí, señor» y se fue rápidamente.

Por mucho que Ridge se hubiera rebelado a lo largo de su vida contra las normas impuestas por sus superiores, debía admitir que había veces en que el simple hecho de dar órdenes, sabiendo que se obedecerían en lugar de discutirse en un comité, resultaba placentero.

Él también se dirigió a la salida.

—La dejaremos aquí hasta que el médico la examine —explicó a las mujeres que lo miraban—. El funeral se celebrará por la mañana, así que, si alguna de ustedes quiere decir algo antes de que…

Ridge dejó la frase sin terminar, en parte porque no conocía ningún eufemismo de incineración (los entierros eran más habituales en el país, ya fuera en los cementerios o en el mar), y en parte porque divisó una cara nueva atrás del grupo.

Sardelle llevaba una cesta de ropa medio llena, lo cual significaba que aún no había terminado su turno. Se tropezó con la pequeña aglomeración y decidió echar un vistazo al cuarto de baño. En cuanto a su expresión… quizá por ser nueva en la prisión o por estar menos insensibilizada que las otras, parecía aturdida. No parecía horrorizada, pero estaba asustada.

Ridge quiso decir algo, tranquilizarla de algún modo, pero Sardelle ya estaba retrocediendo, con los nudillos blancos donde aferraba la cesta de ropa. Dio media vuelta y salió de estampida del edificio.

Ridge no corrió tras ella, porque el soldado y todas las espectadoras femeninas lo habrían encontrado extraño o habrían pensado que la consideraba sospechosa, pero de cualquier forma estaba huyendo, así que cruzó el vestíbulo a buen paso. Abrió la puerta exterior a tiempo de que una ráfaga de nieve helada le golpeara la cara, pero también de ver que Sardelle entraba como un rayo en las instalaciones de la lavandería, unos pocos edificios más abajo. Ridge tenía trabajo que hacer, pero también sentía la necesidad de ir en su busca y animarla de algún modo. No es que hubiera dado abrazos de condolencia a las otras mujeres, que claramente conocían a la víctima; pero no parecían necesitarlo. Estaban indignadas, no asustadas u horrorizadas. Con toda seguridad, habían visto demasiadas situaciones parecidas. Sardelle era distinta.

—Sí, y ese es otro de tus problemas, ¿verdad? —se dijo Ridge en voz baja.

El soldado salió tras él y le dedicó otra mirada de curiosidad.

*Sí, tu nuevo comandante habla solo. Circula, chico. Circula.*

El soldado escurrió el bulto. Ridge pensó que quizá fuera demasiado excéntrico para aquel trabajo. Al menos, no tenía que dar explicaciones a ningún superior. Y mientras sopesaba todo lo que había sucedido en las pocas horas que llevaba allí, todo lo que ahora era responsabilidad suya, ya no estaba tan seguro de que su excentricidad fuera la bendición que alguna vez había pensado.

CAPÍTULO 4

SARDELLE ECHÓ SU carga de ropa en la enorme lavadora a vapor (otro artilugio que tampoco existía en su época) y alcanzó un montón de toallas para doblarlas. Dhasi, la mujer que estaba a cargo de las instalaciones, había dicho a Sardelle que tenía que quedarse hasta más tarde porque había empezado a deshora. Tras ver a la pobre mujer ahorcada de los barracones, casi se sentía aliviada. Prefería trabajar y distraerse con algo en lugar de tumbarse en su catre y esforzarse por expulsar aquella imagen de su cabeza.

*¿Estás disgustada por la muerte de la presa? ¿O por haberte dado cuenta de que podrías haber sido tú?*

*Por las dos cosas, Jaxi.* A Sardelle le molestó su insinuación de que no le importaba.

*Lo siento, es que no estaba segura de qué rumbo deben tomar mis alentadoras condolencias.*

*No necesito que me consuelen.*

¿Seguro que no? Estaba disgustada por el espeluznante asesinato, pero también por el «puede que no» que había oído al coronel cuando su subordinado sugirió que alguien que mataba brujas no merecía castigo. No había sido exactamente un juicio de valor tajante, pero había sido un recordatorio de que no se podía permitir el lujo de que ni él ni ninguna otra persona supieran de sus poderes. Y se temía que aquella cárcel fuera un microcosmos del mundo entero de aquella época. ¿Encontraría a Jaxi y lograría escapar solo para descubrir que la perseguirían por todas partes si revelaba sus poderes? ¿Los podría ocultar para siempre? La primera formación que había recibido era la de curandera. ¿Podría afrontar enfermedades y heridas sin hacer nada más por ayudar, pudiendo hacerlo? Y si lo hacía, ¿se volvería contra ella la persona a la que había ayudado y la atacaría por usar magia?

*Bueno, puede que necesite un poco de consuelo.*

*Está llegando.*

*¿Qué?*

Jaxi no contestó.

Una ráfaga de aire frío entró en la lavandería. Sardelle se giró hacia la puerta principal e intentó ver entre las cubas de agua jabonosa y las cuerdas de tender. Zirkander acababa de entrar. La oscuridad tras las ventanas era absoluta, y solo quedaban dos mujeres más en el edificio que estaban junto a las calderas para entrar en calor. Zirkander formuló una pregunta a una de las dos, y le dirigieron hacia la esquina de Sardelle.

Oh, oh.

*Jaxi, ¿sospechaba de mí cuando me ha visto? No creerá que tengo algo que ver con esa muerte, ¿verdad? Nunca había visto a esa mujer.*

*Más bien al contrario. Tu boca abierta y tu expresión de verte en mitad de una avalancha deberían sugerir inocencia.*

*Gracias. Eso creo.*

*De nada. Y no te olvides de pedirle que me saque de estos escombros.*

*En cuanto averigüe cómo hacerlo sin incriminarme a mí misma, lo haré.*

Sardelle siguió doblando toallas mientras Zirkander avanzaba hacia ella, serpenteando entre las cubas y agachándose para pasar por debajo de las cuerdas de ropa tendida, que se estaban secando delante de un ventilador. No sabía si fingir que no lo había visto o sonreír e invitarlo a sentarse en el canasto de mimbre que estaba a su lado. Al final, lo miró a los ojos y asintió con solemnidad.

—Buenas noches. ¿Le echo una mano? —preguntó, señalando las toallas.

—No lo sé —respondió Sardelle, sorprendida por la oferta—. ¿Tiene experiencia al respecto?

—Ninguna. Cuando estoy en casa, tengo un sitio en el que puedo vaciar todo mi morral lleno de calzoncillos sucios y tenerlos limpios al día siguiente por solo dos nucros. Y por la mañana, solo tengo que llevarle a la señora Mortenstock unos pastelitos de mango del Palm Flats —dijo él. Ni su tono ni su sonrisa indicaban que la creyera sospechosa. Al menos, no más de lo habitual. Pero fue un alivio de todas formas—. Sin embargo, creo que podré afrontar las complejidades geométricas de doblar esas toallas en cuadrado.

Sardelle sabía que Zirkander tenía cosas más importantes que hacer (de hecho, ella también tenía cosas más importantes que hacer), pero se apartó para dejarle espacio en la mesa, a su lado.

—Si está a la altura del desafío, adelante. Pero sepa que le juzgaré su trabajo.

Él levantó las cejas.

—¿En serio?

Ella se ruborizó. No debía ser tan amigable con el coronel. Pero decidió que era culpa de él, por haber establecido ese tono.

—Sin severidad. Al fin y al cabo, también es mi primer día.

Por supuesto, Sardelle se abstuvo de mencionar el artilugio mágico que ella había creado una vez para limpiar sus bragas sucias, uno que lavaba, secaba y doblaba sin requerir pago ni ninguna otra clase de compensación.

—Es muy amable —replicó en voz baja.

Él se quitó la gorra y la parka, las dejó en un estante y alcanzó una toalla. Por su sonrisa y su tono amistoso, Sardelle pensó que había ido a animarla, aunque no supiera por qué se había molestado.

*Porque le gustas, genio.*

*Lo dudo. En todo caso, soy un rompecabezas que intenta resolver, algo que no es bueno para ninguna de las dos. No debería alentarlo.*

*Claro, por eso te acabas de mover para estar más cerca de él.*

*Intentaba alcanzar esa toalla. Por cierto, ¿he mencionado ya lo asombroso que es que puedas espiar tan bien bajo un kilómetro y medio de rocas?*

*No, nunca mencionas lo asombrosa que soy con adecuada frecuencia. Mira, que sea tan educado como para mirarte a los ojos en lugar de mirarte las tetas no significa que no te encuentre atractiva. Si yo estuviera en tu lugar, lo aprovecharía. Haz lo posible por gustarle, por si descubre tu pequeño secreto.*

*¿Crees que se sentiría particularmente mal ante la idea de fusilarme?*

—Me ha parecido consternada por la muerte de Bretta la Gigante —le comentó Zirkander—. Es comprensible. Quería asegurarme de que está bien.

¿Sabía el nombre de la difunta? Ella no, y se sintió como un fraude.

—No, es que la escena me pilló por sorpresa. Además, pensé en el dolor que habría sufrido antes de su innoble final. En una época, hice prácticas de curandera… es decir, de médico.

Sardelle lo miró al hacer la puntualización, temiendo que el término *curandera* siguiera asociado a la magia. Él la miró con intensidad, pero ella no notó sospecha alguna.

—Creo que esa puede ser una de las primeras verdades que me ha contado.

Ella se volvió a ruborizar, y se concentró un poco más en las toallas.

—Estoy segura de que su capitán encontrará mi expediente y comprobará que yo…

—¿Que está donde debe estar?

Sardelle se preguntó si debía defender esa afirmación. ¿Acaso encajaba entre todos esos violadores rebanapescuezos?

—No hay nada extraordinario ni en mí ni en las circunstancias que me han traído a este lugar.

*Vaya, menuda vaguedad. No me extraña que le parezcas un enigma.*

*Calla.*

Él frunció el ceño y, tras decir: «Comprendo», guardó un momento de silencio sin dejar de doblar toallas y volvió a hablar.

—Estaba pensando… Este montón empieza a ser demasiado alto. ¿Dónde lo pongo?

Sardelle se lo señaló.

—En aquel carrito.

Caramba. Zirkander estaba doblando de verdad; no se limitaba a fisgar mientras hablaba con ella.

—Estaba pensando que, ya que a usted también le importa el bienestar de estas personas, quizá quiera tener los oídos abiertos para ayudarme con la investigación del asesinato de Bretta la

Gigante. No le pido nada arriesgado, solo que me avise si oye algo que quizá no se diga cuando yo esté cerca. Nunca me he considerado excesivamente hosco o amenazador, pero los soldados tienden a cerrarse como almejas cuando los oficiales pasan a su lado. Sospecho que los mineros son iguales.

Sardelle lo miró de reojo. ¿Le estaba encargando un trabajo menor para que no se obsesionara con la muerte de aquella mujer? ¿O realmente quería que le hiciera ese favor? Dijera lo que dijera Jaxi, sería mejor que se mantuviera alejada de él, porque veía demasiado bien a través de sus mentiras. Además, el hecho de que le pareciera atractivo (sobre todo, sin gorra y con el pelo revuelto de tal manera que se preguntó qué aspecto tendría y cómo estaría el resto de su cuerpo cuando se levantaba de la cama por la mañana) no significaba que no fuera la persona más peligrosa de la fortaleza.

A pesar de ello, se sorprendió preguntando:

—¿Me está pidiendo que me presente ante usted todas las mañanas para contarle los últimos cotilleos?

—Bueno, los rumores relacionados con la investigación. O si ve u oye algo que sugiera que una o varias personas del fuerte están usando magia de verdad.

El corazón de Sardelle se olvidó de latir. ¿Quería que ella lo informara de si alguien estaba usando la magia? Tuvo que toser para disimular el grito ahogado que su garganta se empeñó en soltar. Pero debió de sonar ahogado (o afligido) de todos modos, porque él le puso una mano en la espalda con delicadeza y preguntó:

—¿Se encuentra bien?

Ella logró asentir, aunque su contacto la ruborizó un poco más.

*Eso te pasa por imaginártelo en la cama.*

—Sí, estoy bien —replicó—. Es que…

Zirkander apartó la mano y la agitó desdeñosamente.

—Olvide lo de la brujería. No quiero que se meta en líos por mi culpa. Se dice que, en la antigüedad, esas personas podían leer la mente.

—Sí —consiguió decir Sardelle, con voz ronca.

—Lo último que desearía es que salga mal parada porque alguien crea que es una espía —dijo, observando la toalla que doblaba—.

Puede que sea una mala idea. Si está yendo y viniendo a mi despacho, hasta el prisionero más normal lo encontrará sospechoso.

—Teniendo en cuenta lo que he visto y oído y lo que me han propuesto hoy, supongo que pensarían que me acuesto con usted, no que sea su espía.

Esta vez fue la garganta de Zirkander la que hizo un ruido ahogado. Sardelle reprimió su sonrisa de satisfacción, aunque estaba encantada de haber roto su compostura por una vez.

—Eso tampoco sería precisamente ideal.

Él se giró hacia las calderas, preguntándose seguramente si las otras dos mujeres los habrían oído, pero o habían desaparecido en el interior del edificio o habían terminado su turno y se habían ido. De hecho, los faroles de su zona de trabajo estaban apagados.

—No soy su tipo, ¿eh?

Sardelle no estuvo segura de por qué había dicho eso ni de por qué intentaba quitarle importancia cuando era obvio que la idea le había afectado.

Jaxi sonrió en su mente. *Porque quieres saberlo.*

—Oh, es bonita, pero no sería apropiado que un oficial… o más bien, el carcelero con pretensiones que soy ahora, se aprovechara de una presa y, con independencia de que eso pasara o no, daría la impresión de que… —Ridge carraspeó—. No imagina lo irónico que resulta esto, viniendo de mí, que tengo un historial lleno de sanciones, pero siempre han sido sanciones honorables. Bueno, es lo que a mí me parecen. Saltarse las normas por un bien mayor. O incordiar a oficiales superiores que merecen que les incordien. Yo… oh, maldita sea. No importa. Supongo que no importa demasiado lo que piensen esos idiotas.

*Vaya, has conseguido ponerlo nervioso.*

*Ya lo veo.*

*Aunque no estoy segura de que ese «es bonita» conteste a tu pregunta.*

Sardelle suspiró para sus adentros.

*Yo tampoco.*

—Bueno, solo para aclararme, ¿tengo o no tengo que ir mañana por la mañana a su despacho a tomar café?

Zirkander parpadeó y la miró (había estado rehuyendo sus ojos durante casi toda la sesión de doblado de toallas).

—¿Significa eso que me contará lo que oiga?

—Se lo contaré, pero sería justo que, a cambio, reciba un pequeño favor de usted. A fin de cuentas, le estaré facilitando el trabajo —replicó, sonriendo.

Él también sonrió, tan cálida y amistosamente como de costumbre. Pero había una sagaz intensidad en sus ojos, y Sardelle casi tuvo la sensación de que acababa de caer en una trampa.

*Quiere tener la oportunidad de observarte para averiguar quién eres y qué eres. Acabas de aceptar que irás a verlo todos los días y, por si eso fuera poco, también te dispones a decirle lo que quieres, algo que le puede dar otra pieza del rompecabezas.*

*Hablas como si no lo aprobaras. Estoy intentando sacarte de ahí.*

*Lo sé, pero ten cuidado. No es idiota.*

*No, ya me he dado cuenta.*

—¿Qué favor?

Zirkander apartó la vista y volvió a doblar toallas. Quizá se hubiera dado cuenta de que sus ojos estaban diciendo demasiado.

—Me gustaría ver un mapa de las minas.

—¿En serio? —dijo, con más tono de afirmación que de pregunta.

*Yo ya he visto el mapa. Si estás pensando que puedes encontrar un sitio donde empezar a cavar por tu cuenta para sacarme, no estoy cerca de ninguno de sus túneles.*

*Quiero verlo de todas formas. Tengo una idea.*

*Ah, ¿sí? Espero que sea buena. Le parecerá sospechoso que quieras ver el mapa.*

—Sí, he estudiado la civilización que hubo aquí, en el interior de la montaña. Puede que averigüe algo sobre dónde debe cavar para encontrar lo que busca.

Sardelle estuvo a punto de reír. Además de una noción vaga sobre los cristales, no tenía ni idea de qué estaban extrayendo, aunque ahora estaba segura de que era algo más que simples minerales, porque ninguna aeronave enemiga necesitaba espiar una mina de plata. Sospechaba que estaba relacionado con lo que su pueblo había dejado detrás.

*Puede que quiera tu lavadora mágica.*

*Muy gracioso.*

Sardelle apartó mentalmente a Jaxi. Necesitaba estar totalmente concentrada, porque él la estaba observando de nuevo.

—Esta vez toca una media verdad —dijo Zirkander.

Ella le dedicó su mejor arqueamiento de cejas de *soy demasiado mayor para estos juegos*, aunque no creía que se lo tragara.

—Lo único que diré al respecto es que empiezo a pensar que usted es el telépata de aquí.

Sardelle sonrió, pero sus ojos la miraron con sorpresa… no, con enfado. La agarró del brazo y se acercó tanto que su pecho rozaba sus senos cuando se inclinó y susurró ásperamente:

—No diga esas cosas.

Él echó otro vistazo a su alrededor.

—Lo siento —dijo ella en voz baja, dolida por su enfado o, más aún, enojada con ella misma por haber convertido su juguetona conversación, su juego del gato y el ratón, en algo más oscuro—. Nada más estaba bromeando.

Zirkander la miraba fijamente, y ella podía sentir su respiración profunda y la dureza de su pecho bajo la camisa. No preparó ninguna defensa, no le pareció que fuera necesario, pero fue muy consciente de la fuerza de su mano, de toda su fuerza. Los ojos oscuros de él se clavaron en los suyos, ya no juguetones o especulativos, sino intensos, como si intentara leer todos sus pensamientos, como si pudiera leerlos por pura fuerza de voluntad. Ella le devolvió la mirada, e intentó demostrarle que no estaba mintiendo; no esta vez.

Él se debió de dar cuenta de que la estaba agarrando del brazo, porque bajó la vista, aflojó la presa, alzó la mano y, ya con los dedos extendidos, dio un paso atrás.

—Me he sobrepasado —dijo, volviendo a mirar la mesa de las toallas, aunque sus manos seguían tensas y duras cuando se aferró al borde—. Lo siento. Es que he visto carreras arruinadas por ese tipo de acusaciones.

No la suya, porque de lo contrario no habría estado allí, pero quizás alguna de un buen amigo.

—Cuándo se han hecho, no importa lo dudosa que sea la fuente —continuó—. Como se suele decir, una negativa no se puede demostrar.

Sardelle debería haber estado molesta o, al menos, contrariada por su maltrato, pero la turbada expresión de su rostro hizo que la quisiera abrazar.

—Lo comprendo —dijo y, antes de pensárselo mejor, puso una mano sobre la de él, deseando aliviar su tensión—. No debería haber dicho eso.

Zirkander miró su mano con gesto inescrutable. Sardelle la retiró, algo decepcionada por su reacción, aunque no debería haber sido tan atrevida.

Entonces él alcanzó la parka y se la puso.

—Será mejor que me vaya. Espero que mi pequeña ayuda con esas toallas haya aliviado su carga de algún modo.

Zirkander inclinó la cabeza ligeramente y sonrió, aunque la sonrisa no llegó a sus ojos.

Cuando él se dio la vuelta, Sardelle preguntó:

—¿Aún tenemos…? ¿Aún tengo que presentarme ante usted mañana por la mañana?

Él dudó durante un momento largo, y ella esperó que saliera un «olvídelo» de su boca. Pero, tras mirar hacia una de las oscuras ventanas, dijo:

—Si averigua algo de lo que informar, estaré en mi despacho hasta las nueve.

Mientras se alejaba, Sardelle tuvo la certeza de que daba por sentado que no averiguaría nada esa noche, de que no volvería a verla pronto. En realidad, era lo que quería. No necesitaba la telepatía para notarlo en la tensión con la que se marchó. Su estúpido comentario lo había cambiado todo.

Una pena.

Necesitaba ver ese mapa. Y encontraría algo de lo que poder informar.


Había estado a punto de besarla. El recuerdo de la noche anterior aún ardía en sus pensamientos. ¿En qué demonios estaba pensando?

Le había hecho esa broma y, tras su reacción inicial (una reacción excesiva), se había dado cuenta de que solo era eso, una broma; pero luego se había visto tan cerca de ella, mirándola a los ojos… y se había sentido como si fuera un recluso sexualmente hambriento que no se podía controlar.

—No llevo el tiempo suficiente aquí como para estar desesperado por hacérmelo con una mujer. —Ridge sopló su taza de humeante café, recién hecho en la pequeña estufa de la sala de descanso de abajo—. Aunque, por lo visto, llevo lo bastante para empezar a hablar solo.

Por lo menos, la puerta estaba cerrada esta vez. Ninguno de sus hombres oiría sus solitarias conversaciones.

Ridge dio un sorbo y alcanzó su pluma otra vez. Había sacado el manual de operaciones y el listado del personal, y estaba trabajando en una lista de cosas con la esperanza de mejorar la eficiencia y liberar a más hombres para las defensas. A las nueve, se volvió a dirigir a la entrada de la mina; en esta ocasión, con un ingeniero. Aunque quisiera creer que los de los túneles no intentarían aprovecharse de un ataque enemigo, no cuando parecían respetarlo por sus proezas aéreas, tampoco lo podía dar por sentado. Quería que se instalara algún tipo de pesadas puertas de hierro sobre los huecos por donde transcurrían las jaulas, que se pudieran cerrar desde el exterior cuando sus soldados tuvieran que defender el fuerte. Se había levantado pronto y había hecho un boceto de lo que quería para dárselo al ingeniero.

A decir verdad, se había levantado pronto (y acostado tarde) dando vueltas a aquellos pensamientos de recluso sexualmente hambriento. Se había obligado a hacer el trabajo que tenía que hacer, pero su mirada se había desviado con frecuencia hacia el mapa enrollado que estaba apoyado en el extremo de la mesa. Lo había sacado en cuanto llegó al despacho, varias horas antes del alba, por si acaso. Si ella lo quería ver de verdad, aparecería. Él tendría que asegurarse de que no estaba mintiendo, de que no se inventaba cuentos sobre la muerte de Bretta la Gigante para poder acceder a la información. No era una buena mentirosa; al menos, no parecía serlo. Pero había asumido la posibilidad de que estuviera allí para tener acceso a esa información por el procedimiento de fingir torpeza, o de manipularlo a él.

Acceder a enseñarle el mapa… hasta en el momento de concedérselo se había dado cuenta de que bordeaba la traición. El mapa no mencionaba nada sobre los cristales o su localización (eso estaba en otro que no le iba a enseñar), pero le podía servir de algo, justamente lo que ella necesitaba. Qué, no lo sabía. Por eso se lo había concedido. Para poder observarla, ver su reacción e intentar llegar a algunas conclusiones.

—Por los siete dioses, Ridge. Si fuera un hombre, te limitarías a interrogarla.

Se frotó la sien, molesto porque sabía que tenía razón, y más molesto aún porque no se imaginaba interrogándola. La había conocido el día anterior. ¿Cómo era posible que se hubiera metido en sus pensamientos? Quizá fuera una artista de la seducción. Pero la noche anterior le había parecido sorprendida cuando se acercó a ella, sobresaltada. Si había notado el momento en que su furia se desvaneció, dando paso a otras emociones, no lo había demostrado. El contacto con su mano, el que había desatado una incendiaria descarga de electricidad por su cuerpo, había sido de una inocencia absoluta, un gesto de preocupación. Seguro que una seductora consumada le había puesto una mano en la nuca, habría empujado hacia abajo para besarlo y…

Ridge gruñó.

—Necesito un baño helado, no un café.

Llamaron a la puerta y él se maldijo a sí mismo. Estaba tan ocupado pensando en *otras cosas* que no había oído que alguien se acercaba. «¿Sí?», dijo, preguntándose si su visita le habría oído hablando solo. Y preguntándose también si sería ella.

El capitán Heriton asomó la cabeza.

—Señor, nunca estoy seguro de si eso es una invitación a entrar.

—No suelo estar haciendo algo tan apasionante como para que no se me pueda interrumpir.

—Sí, señor —dijo Heriton, que abrió la puerta un poco más, aunque se volvió a detener—. Tampoco estoy seguro de que eso sea una invitación, señor.

Ridge le guiñó un ojo.

—Puede que ya lo haya descubierto cuando me marche.

—Espero marcharme antes que usted, señor. Según mis órdenes, solo me quedan seis meses.

Heriton miró hacia la ventana con expresión melancólica. Comprensible.

—Pase, capitán. ¿Qué tiene para mí?

Heriton lanzó una mirada por encima de su hombro, se encogió de hombros y entró con una pila de papeles.

—Se trata más bien de lo que usted tiene para mí, señor. ¿He entendido bien su circular? ¿Quiere que los guardias reciban estas… listas de lectura… para que las repartan entre los mineros?

—Exactamente.

—Ah. Pensé que quizá se refería a los soldados.

—Supongo que ustedes ya tienen una buena educación —destacó Ridge, señalando los papeles—. Intento mejorar la moral, ofrecer incentivos para que se mejoren a sí mismos.

—¿Mejorarse, señor? ¿Para qué?

—Para que trabajen más eficazmente para nosotros.

—Ah. ¿Y leer a los clásicos tendrá esa consecuencia?

—Piense que es un experimento del coronel chiflado.

Ridge estaba seguro de que los juegos de mesa serían más populares, pero si algunos prisioneros empiezan a leer de verdad…

—Puede que los que manifiesten interés se demuestren merecedores de asumir más responsabilidades —prosiguió—. Lo que espero conseguir en última instancia con estos cambios son individuos de fiar que puedan ayudarnos, o al menos impedir que otros nos apuñalen por la espalda, si nos vemos obligados a dedicar todos nuestros recursos a la defensa de la fortaleza.

Y, por si aquello no funcionaba, Ridge tenía un plan de repuesto: las puertas.

—Ah, comprendo, señor.

Heriton sonó algo menos perplejo. O, por lo menos, había decidido seguir la corriente a su excéntrico comandante. Pero señaló la parte inferior de una página y preguntó:

—¿Y quiere darles un día libre si se terminan un libro?

—Si pueden resumirlo suficientemente y responder a preguntas que demuestren que lo han leído. Estamos hablando de tomos pesados, y esos hombres no tienen mucho tiempo libre. Necesitan algún tipo de incentivo.

—Creo que ya lo entiendo, señor. Pero, hum… ¿quién va a interrogar a los mineros?

—¿Qué le ocurre, capitán? ¿Es que usted no los ha leído? Son clásicos.

—Sí, bueno, he leído un par.

Ridge sonrió.

—Me familiarizaré con ellos —añadió Heriton, no sin cierta expresión de espanto en los ojos.

—Bien. Retírese.

—Gracias, señor. Ah, casi lo olvidaba. Tiene otra visita.

Heriton abrió la puerta de par en par. Sardelle estaba en el pasillo, de pie, con su exuberante pelo cayéndole sobre los hombros y sus labios curvados en un intento de sonrisa.

La noche anterior, Ridge se había convencido de que su cordura saldría ganando si ella no aparecía; pero, al verla allí, su alma se hinchó como la espuma. También se le ruborizaron las mejillas, porque sus pensamientos nocturnos volvieron a la superficie de su mente. Dio gracias a los dioses por el vestido de señorona que llevaba, que no contribuía en nada a aumentar su interés. Consciente de que el capitán lo estaba mirando, Ridge se las arregló para mantener una expresión neutral.

—Afirma que la está esperando —dijo Heriton, arqueando las cejas.

—Sí, es mi infiltrada en la investigación sobre la magia.

Ridge eligió la palabra *magia* en lugar de *asesinato* porque las muertes de mineros no parecían importar a nadie. En cambio, la magia era algo que indudablemente creerían digno de investigarse.

Heriton alzó un poco más las cejas.

—¿En serio? ¿Significa eso que ya no necesita su expediente?

—No, sigo esperando a que lo encuentre.

Ridge sonrió y le señaló la salida con la mano.

Sardelle entró, también con las cejas arqueadas.

—¿Ha leído todos los libros de esa lista?

Ridge alzó la barbilla.

—He leído muchos.

—¿Muchos? ¿Más de tres?

—No menos de cinco, se lo aseguro.

Ella bufó, y en su cara asomó una expresión de curiosidad.

—¿Un día libre para cualquiera por resumir un libro? ¿Por cada libro?

—Sí, ese es el acuerdo, sí.

—¿Cuándo hay que hacer la prueba?

—¿Solo lleva un día en la lavandería y ya está preparada?

—Oh, más que preparada. —Sardelle se frotó las manos—. ¿Tiene una copia de la lista? Puedo hacerlo ahora mismo. Hasta me puedo limitar a los que usted ha leído.

—¿Cómo sabe que ha leído los que he leído yo? Esa lista tiene más de cien libros. No puedo creer que los haya leído todos.

Ridge había metido todos los clásicos de la exigua librería de la prisión en la lista. Algunos eran tan viejos y estaban tan polvorientos como la propia montaña.

—He leído lo suficiente para ganarme un día libre, o cinco.

—Está bien —dijo él, sacando la lista original de una carpeta guardada en el cajón inferior—. ¿Qué le parece *Teorías de Denhoft sobre aerodinámica y vuelo aerostático*?

Sardelle cruzó las manos tras su espalda.

—Escrito aproximadamente hace cuatrocientos años, es un texto esencialmente teórico, más que basado en experimentos científicos probados. Denhoft teorizó que había dos tipos de aparatos voladores que podían vencer la gravedad y…

Ridge tuvo que hacer un esfuerzo para no quedarse boquiabierto de sorpresa mientras ella hablaba, ofreciendo un preciso y certero resumen del libro. Al final, le hizo unas cuantas preguntas, que ella contestó satisfactoriamente, aunque con algunas dudas.

—Estoy más especializada en historia —confesó antes de que él pudiera felicitarla—. Cuando estaba en la escuela, leí muchos de los que están en ese estante de la izquierda.

Ridge solo había leído dos de ellos. Empezó con los que conocía. Sardelle se mostró más animada y segura durante su resumen, añadiendo opiniones y gesticulando con las manos mientras describía el ascenso y la caída de las dinastías imperiales que habían dominado aquel continente antes de que las tribus originarias se sublevaran, se declararan nación independiente y soberana, y empezaran a luchar contra cualquier invasor que pretendiera imponerse otra vez.

Tras resumir los libros que él conocía, así como otros cinco que él no había leído, ella se volvió a echar hacia delante.

—Ah, Dusmovan. ¿Ha leído su libro? Es ficción, pero asombrosamente detallada. Cuenta el viaje de un arqueólogo que quiere descubrir lo que les pasó a los dragones. Va por todo el mundo buscando fósiles que ayuden a explicar su súbita desaparición.

Ridge alzó una mano. Parecía interesante y, desde luego, tenía intención de añadirlo a su propia lista de lectura (en el improbable caso de que aquel trabajo le dejara tiempo libre), pero...

—Ya se ha ganado ocho días de descanso, pero creo recordar que ha venido por otra cuestión.

—Ah.

Sardelle se ruborizó, y el rojo de sus mejillas enfatizó el azul de sus ojos.

A Ridge no le habría importado que continuara, pero también tenían que hablar de eso. Sin embargo, había sido un interludio sorprendentemente esclarecedor. Su teoría inicial, que fuera algún tipo de profesora rebelde que estaba allí en busca de cristales o incluso de otros artefactos, volvió a la parte delantera de su mente. ¿Estaría tan versada en los clásicos una espía militar? ¿En los clásicos del continente de él? Y no solo eso, sino que, además, era una verdadera apasionada de la historia.

—Por cierto —interrumpió Ridge—, esa escuela donde leyó esos libros... ¿Estuvo antes o después de que abandonara a su familia de pastores para ser pirata?

Ella sonrió, y en sus mejillas se formaron hoyuelos. Fue una sonrisa tímida, de *me has pillado*.

—Antes.

—No sabía que la educación rural pudiera ser tan exhaustiva. Su profesor era digno de admiración.

Su sonrisa desapareció y algo brilló en sus ojos. ¿Pesar?

—Sí —dijo Sardelle, sombríamente—. Era inspiradora.

Ridge ya se estaba preguntando si debía disculparse por haber despertado un recuerdo doloroso por casualidad cuando ella volvió a hablar.

—El asesinato no parece que tenga nada que ver con la magia —dijo, mirándolo a los ojos—. O tal vez debería decir que la mujer, Bretta la Gigante, no tenía nada que ver con la magia. He investigado los objetos supuestamente mágicos que estaban bajo la manta de su catre, y creo que alguien los puso ahí. Según el *Compendio de hechiceros y artefactos de hechicería de Braytok*, un libro que no está en su lista y debería estar, porque eliminaría confusiones debidas a la ignorancia, las herramientas para albergar almas o energía, o para desarrollar tareas, o aumentar poderes tienen que estar hechas de un material suficientemente fuerte para contener energía; en general, de una aleación metálica, de diamante o de alguna gema parecida. Las rocas duras sirven a veces, pero no la madera. El libro afirma que ardería en cuanto se intentara verter energía en ella.

Ridge la escuchó con atención, aunque le incomodaba que hablara tan abiertamente de la magia. El libro que había mencionado… nadie fuera del mundo académico se habría arriesgado a que lo descubrieran con algo así. Ponía nerviosa a la gente. A él le había puesto nervioso. No era un asunto que le importara mucho hasta que la Cofah empezó a importar a esas brujas o hechiceras o como fuera que las llamaran y las pusieron en el cielo, donde su escuadrilla y él se las empezaron a encontrar. Desde entonces, había perdido… demasiado.

—Perdone la divagación —dijo Sardelle. Ridge se preguntó si habría notado alguna reacción en él. No tenía intención de mostrar ninguna—. Adonde quiero llegar es a que las muñecas hechas con ramitas son una sandez. Alguien las puso en el catre para despertar sospechas o dar por válido lo que estaba a punto de hacer, y luego entró a hurtadillas en los barracones cuando había poca gente y la mató.

—¿Alguna idea sobre quién pudo ser?

Ridge no esperaba que hubiera descubierto algo en las escasas horas transcurridas desde su última conversación, pero, cuando ella tragó saliva y miró hacia la ventana, se dio cuenta de que lo sabía. Pero entonces, ¿por qué dudaba? Intentó interpretar su expresión. Era la quintaesencia de la concentración. Parecía batallando contra ella misma.

—¿Tiene miedo de que intente vengarse de usted si me lo dice? —preguntó.

—Siento temor a que verdaderamente creyera que era una bruja, y a que en su cultura, es decir, en la nuestra, eso haga que el asesinato de Bretta la Gigante sea justificable.

Ridge se echó hacia atrás y notó la dureza del sillón contra los omóplatos. Había captado su metedura de pata, lo cual volvió a poner en duda sus suposiciones. Además, notó que estaba mintiendo.

—¿Quién ha sido? —insistió Ridge—. Oiremos lo que tenga que decir y decidiremos.

¿Decidiremos? Era él quien debía decidir, ¿no? En aquel lugar, él tendría que ser el juez y el jurado. Un hecho que no se mencionaba en sus órdenes.

—No estoy segura —dijo lentamente Sardelle—. Habladurías, rumores, quién vio qué, cuándo lo vio, ya me entiende.

—Sí...

—Pero, si puede encontrar a un tal Tace que se saltó su turno ayer por la tarde, cuando la mataron, puede que obtenga su respuesta. Es posible que lo ayudara un segundo hombre. No pude oír su nombre.

—Gracias.

Ridge apuntó el nombre. Por una vez, el número habría facilitado las cosas, pero suponía que el capitán Heriton ya estaría íntimamente familiarizado con los archivos. Quizá lo reconociera.

—Lo encontraremos y lo interrogaremos.

Sardelle asintió con brusquedad. Seguía mirando por la ventana. Ridge esperó a que preguntara por el mapa, que debía de haber visto enrollado junto a la mesa, pero algo la preocupaba. Todo el entusiasmo que había mostrado al resumir los libros había desaparecido. Sintió la necesidad de animarla, la misma necesidad que lo había llevado a la lavandería la noche anterior. Esta vez, se obligó a quedarse donde estaba.

—¿Hay algo más que deba saber? —preguntó.

Sardelle sacudió la cabeza y se volvió a concentrar en él.

—No, es que… es una situación lamentable.

—Sí.

Ridge señaló el mapa con su pluma.

—Hicimos un trato. Ahí tiene el mapa. No tenemos muchas copias actualizadas, luego espero que comprenda que no puedo permitir que salga de mi despacho —dijo, sin mencionar la cantidad de manchas de vómito y bolas de polvo que había tenido que limpiar hasta que lo encontró, encajado detrás del sofá contra el rodapié.

—Lo comprendo.

Sardelle aún parecía triste cuando se acercó y desenrolló el mapa.

Ridge alcanzó sus papeles para que lo pudiera extender sobre la mesa.

Ella lo extendió, utilizó un par de pisapapeles para sujetar las esquinas y lo miró durante no más de treinta segundos antes de soltar un elocuente «hum».

Ridge no estaba seguro de qué reacción esperaba, pero no era esa.

—¿Las menas están ahí? —preguntó Sardelle, señalando la sección de la montaña por donde serpenteaban los muchos niveles de túneles.

Ridge no contestó. Le había permitido echar un vistazo, pero no le iba a dar información. Le preocupaba que su generosidad, o quizá su estupidez, le diera motivos para arrepentirse. Había llegado a un acuerdo sobre el mapa con la esperanza de que, al observarla, averiguaría más sobre ella que esta sobre las instalaciones.

—Todos los mineros cuchichean sobre los cristales —añadió ella, mirándolo.

Parecía tener curiosidad y estar ligeramente confundida. ¿Lo estaría fingiendo? ¿No estaba acaso allí por los cristales? Tanto si era una espía como si era algún tipo de bandida arqueológica, Ridge daba por sentado que estaba en aquel lugar por ellos. ¿Había algo más de valor en esa montaña? La plata tenía algún valor, pero no era un material tan escaso. Y, aunque no estuviera allí por los cristales, le pareció extraño que hubiera descubierto el nombre de un asesino de la noche a la mañana y no supiera nada de algo que todos los mineros conocían. Cierto, las mujeres se quedaban arriba y solo se encargaban de las labores domésticas, pero a Ridge le habría parecido sorprendente que la mayoría no estuviera informada de lo que había debajo de ellas, en la montaña.

—¿La disposición de los túneles le sorprende? —le preguntó, pensando que quizá le podía sacar alguna información, aunque ni siquiera supiera qué información pudiera ser.

—Según los libros, la gente que vivía antes aquí… antes de que los destruyeran… vivía en esta parte de la montaña. —Sardelle señaló un punto que casi estaba fuera del mapa—. Creo que había unos cuantos túneles por aquí, pero esas personas estaban más interesadas en… bueno, supongo que no lo sé, pero el antiguo camino que llevaba al paso salía del otro lado de la montaña. Era la que tenía más tráfico. Aquí no había demasiado, salvo unos cuantos puestos de mercado que instalaban en verano y una zona privada para practicar… cosas.

Ridge tuvo que echar mano de todas sus fuerzas para no preguntar de qué diablos estaba hablando. ¿La gente que vivía allí? Quizá fuera él quien necesitaba bajar a hablar con los mineros. Pero no, había leído casi todo el manual de operaciones con detenimiento, y no decía nada sobre habitantes antiguos. Afirmaba específicamente que los cristales eran un fenómeno inexplicable que solo se había descubierto en aquella montaña.

—¿En qué libro ha encontrado esa información? Porque estoy seguro de que no está en ninguno de los de mi lista.

—No, es algo que leí en algún momento. No consigo recordar el título.

Tras su exhibición de memoria de aquella mañana, a Ridge le costó creer que pudiera olvidar algo. ¿Habría alguna universidad donde supieran más que los militares sobre su propio secreto? Aunque también era posible que algunos soldados lo conocieran y hubieran olvidado mencionárselo antes de endosarle el cargo. De ser así, habría sido una falta de respeto.

—¿Y quién era la gente que vivía aquí, según su fuente olvidada? —se interesó Ridge.

Sardelle abrió la boca como para responder al instante, pero se detuvo y escudriñó su rostro antes de encogerse de hombros y decir:

—Los referati.

Él se estremeció.

—Los hechiceros.

Los hechiceros que habían intentado apoderarse del continente para esclavizar a todos los que no tuvieran sus poderes. Sabía algo de la purga, de la guerra que habían mantenido contra ellos trescientos años antes, pero nunca había oído que salieran de una base en las montañas. Ni que aquella montaña fuera su base. Cierto, él no era un gran intelectual; de niño, no le interesaba mucho más que el ejército y volar; pero tampoco era un ignorante absoluto. Aquello no era cultura general. ¿Cómo era posible que lo supiera su pequeña espía o ladrona?

Sardelle extendió las manos.

—Supuse que lo sabía. O, al menos, que quien empezó a excavar lo sabía.

¿Estaba siendo sincera? ¿O era otra de sus mentiras? Le empezaba a doler la cabeza. Aún no eran ni las nueve de la mañana. Demasiado pronto para sufrir jaquecas.

—Esos cristales —dijo ella—, ¿son…?

Se oyeron pasos en el pasillo; pasos urgentes, rápidos.

—¡Señor!

El capitán llamó a la puerta; pero Ridge, que ya se acercaba a abrirla, lo pilló con el puño en el aire.

—La aeronave ha vuelto —soltó el capitán—. Y esta vez está más cerca.

Ridge maldijo, alcanzó su parka y salió rápidamente al pasillo, poniéndosela por el camino.

—Aún está nevando, ¿verdad? Pensé que eso los mantendría lejos.

—Sí, señor; por lo demás, no.

—Maravilloso.

# CAPÍTULO 5

A SOLAS EN el despacho del coronel, Sardelle dudó entre correr tras él o aprovechar el momento para estudiar un poco más el mapa, en privado. Le había bastado un vistazo para saber que los túneles estaban a cientos de metros de Jaxi. Los mineros la habían encontrado a ella por pura suerte. Los refugios de mago se habían instalado en la parte más profunda del complejo de su gente, más cerca del corazón de la montaña; algo que había resultado ser un error, porque muy pocos lograron alcanzarlos a tiempo.

*Solo tú.*

*Lo sé.*

Sardelle tocó el mapa, trazando con los dedos el nivel más bajo de los túneles.

*Creo que me encontraron por esta zona, aunque no parece que el mapa se haya actualizado para incluir el pasaje en el que Tace y su secuaz estaban trabajando.*

Al pensar en ellos, se estremeció. Se había prestado a ayudar a Zirkander en su investigación por un pronto, porque había visto la oportunidad de conseguir que la dejara ver el mapa. No imaginaba que Tace fuera el asesino ni que Bretta la Gigante fuera alguien que se había negado a tener relaciones sexuales con él en el pasado… y, de paso, usado su fuerza para impedir que abusara de otras mujeres. Desde luego, no podría haber previsto la cadena de acontecimientos que la llevarían a acusar a Bretta la Gigante de haber causado su nuevo y persistente sarpullido. Sardelle no se arrepentía de haberse defendido, pero ahora deseaba haber encontrado otra forma. Al menos, tendría que haber localizado al tipo (desde una distancia prudencial) y haberlo curado de lo que ella le había infligido.

Las consecuencias no se podían prever. Los ancianos lo habían entendido muy bien. Ese era el motivo de que el Círculo no actuara nunca en calidad de juez de otros, y de que insistiera en que los referati se rigieran por las mismas leyes que las gentes del resto del país. Hasta que aquel puñado de hechiceros se volvieron depravados, creyéndose por encima de la ley. Ellos eran los que habían extendido el miedo a la magia entre la población, un miedo que había desembocado en… Sardelle miró la montaña desde la ventana, con el corazón encogido por una emoción que se había esforzado por no sentir. Pero hablar con Zirkander y darse cuenta de que nadie se acordaba siquiera del Referatu había sido… *Unas cuantas consecuencias imprevistas, y soy la última de los míos.*

Notando quizá que Sardelle no estaba pensando en nada constructivo, Jaxi la redirigió hacia su situación actual.

*Si pudieras convencer a los mineros de que alarguen ese túnel y lo inclinen unos catorce grados hacia abajo, terminarías llegando al sitio donde estoy.*

*¿Y cómo los convenzo de eso?*

*Sigue trabajando con el coronel.*

*El coronel está ocupado con…*

Una explosión sonó en la distancia.

—Pensaba que no iba a usar los cañones.

Mientras hablaba, Sardelle extendió sus sentidos a lo largo de las murallas y confirmó lo que sus oídos le tendrían que haber dicho. La explosión se había producido mucho más lejos. La aeronave, ¿qué si no?

Dejando el mapa en la mesa, Sardelle corrió por el edificio y salió al exterior. La luz del día ya había llegado a las montañas, pero las pesadas nubes y la persistente nevada simulaban un crepúsculo perpetuo. Intentó divisar la aeronave, y no la habría encontrado si no hubiera visto el arpón (no, Zirkander lo había llamado *cohete*) alejándose de la muralla. Desapareció en el blanco cielo, pero, al seguir su trayectoria, divisó a los intrusos. La aeronave enemiga estaba arriba, cerca de una cumbre cubierta de nieve, soltando explosivos en la cornisa en la que ella se había fijado el día anterior. Y el miedo de la víspera se apoderó de ella.

El cohete estalló en el cielo, bajo el fuselaje de madera de la aeronave. Ya fuera por su fuerza o por la metralla, hizo que la nave se agitara y se ladeara durante un momento, aunque el gigantesco y alargado globo que la sostenía la estabilizó. El capitán debía de conocer bien el alcance de los cohetes, y se mantenía fuera de él.

Pero no conocía el alcance de ella.

Sardelle se detuvo a la sombra del edificio y se aseguró de que nadie la estuviera observando. Los mineros estaban abajo, en la montaña, y todos los soldados de la fortaleza estaban ocupados sacando armas de la armería y subiendo a las murallas para luchar. Sin embargo, aquella batalla no se iba a ganar con armas de fuego.

Aborreciendo la idea de tener que pensar primero en ella misma, porque no se podía arriesgar a que la descubrieran, Sardelle esperó unos largos y dolorosos segundos para hacer coincidir su ataque con el siguiente ataque de los soldados. Cuando cargaron un segundo cohete y lo apuntaron, la aeronave soltó otra bomba.

—Rápido —susurró ella.

Por fin, el cohete salió volando. Sardelle se obligó a esperar hasta que estalló, para ver si lo hacía lo suficientemente cerca como para poder achacar a la metralla el…

De pronto, una luz naranja se recortó contra el gris cielo, indicando que el arma había estallado más cerca de la aeronave que la primera. La metralla alcanzó el fuselaje, aunque solo lo justo para provocarle unas cuantas mellas y abolladuras.

—Bastará —dijo en voz baja.

Sardelle extrajo energía de su interior y provocó un largo corte en el globo.

Su superficie era más ancha de lo que había supuesto (habría aguantado la metralla, aunque los cohetes hubieran estallado más cerca), pero no estaba al alcance de su poder. No estaba segura de cuánto tardaría en deshincharse, así que provocó más agujeros, pequeños cortes y pinchazos que más tarde parecerían consecuencia de la metralla. Con más tiempo, se habría asegurado de que la aeronave cayera, pero entonces se oyó un estruendo siniestro. No venía de la aeronave, sino de la montaña que estaba detrás, de la nieve.

En la esquina del fuerte, un cuerno emitió un zumbante gemido.

—¡Avalancha! —gritó alguien.

*Lo que me temía.*

*No dejes que te alcance*, le advirtió Jaxi. *Salir de debajo de la nieve es tan difícil como salir de debajo de las rocas.*

*Lo sé. Crecí en esta zona, ¿recuerdas?*

Sardelle hizo caso omiso de la sarcástica réplica de Jaxi. Respiró hondo varias veces y flexionó las manos, como una atleta que se preparara para una carrera. Hacer un agujero a un globo era fácil, ¿pero esto?

Con una hoja de alma en la mano, con su poder combinado con el de Jaxi, podría haber afrontado el problema, pero, hasta en ese caso, habría necesitado tiempo para planear un ataque. La nieve ya estaba cayendo, ganando velocidad y sumando más materiales a medida que caía por la escarpada pendiente. Tan arriba, no había árboles que pudieran frenar su empuje. Sardelle intentó crear barreras invisibles para dificultarlo, pero era como meter los dedos en los agujeros de un dique para taparlos mientras se abrían más y más agujeros. Entonces, la repisa de nieve se colapsó por completo y empezó a caer demasiado deprisa, con excesiva potencia. Lo único que podía hacer ahora era desviarla parcialmente para alejarla de la fortaleza, derivarla hacia un lateral, pero el fuerte estaba en el punto más bajo del valle, y ni un hechicero habría podido desafiar a la gravedad demasiado tiempo.

El extremo de la avalancha rompió contra la muralla del este, derribando y devorando hombres. El lanzacohetes también desapareció y, con él —Sardelle tragó saliva y susurró un lastimero «nooo»—, Zirkander, que intentaba alejar a sus hombres de allí, empujarlos hacia el fondo de la fortaleza. La ola de nieve superó las torres y se estrelló en mitad del patio, enterrando la muralla oriental y dos de las entradas de las galerías antes de detenerse.

Apenas consciente de que la aeronave dañada se alejaba renqueando y perdiendo altura según se apartaba, Sardelle corrió hacia la montaña de nieve.

*Una pala*, dijo Jaxi.

*¿Qué?*

*Necesitas una herramienta. No hagas nada, nada más, que pueda llamar la atención.*

Era un buen consejo, aunque no quisiera oírlo. Ya había dudado y se había protegido a sí misma en lugar de limitarse a atacar. Si no hubiera dudado, podría haber detenido la aeronave antes de que dejara caer ese último explosivo.

—¡Palas! —exclamó alguien—. ¡Sacad a esos hombres de ahí!

Sardelle trepó por la pendiente en compañía de un aluvión de soldados, todos resbalando en el hielo, pero desesperados por salvar a los hombres.

—¡El coronel ha desaparecido aquí! —gritó ella—. Yo estaba mirando. Lo he visto.

No esperaba que nadie la escuchara (Zirkander era el único que la trataba como si fuera algo más que una prisionera), pero su voz los convenció, quizá por la confianza con la que sonó. Tres soldados se sumaron a ella, quien les señaló el lugar y cogió una pala a alguien que había llevado varias. Había visto hundirse a Zirkander, había visto la ola arrancándolo de la muralla, pero también lo sentía bajo varios metros de nieve. Estaba vivo y no malherido, pero confundido, intentando averiguar dónde estaba la superficie y cuánto aire le quedaba.

Sardelle cavó. Nunca se había visto atrapada en una avalancha, pero había sabido de otros que habían sobrevivido. La nieve se volvía como de cemento cuando se compactaba encima de una persona, y nadie se podía abrir camino por ella. Tenían que ser otros los que la sacaran. Sardelle, que tenía intención de hacer exactamente eso, empezó a echar la nieve a un lado.

—¿Seguro que estaba aquí? —preguntó uno de los soldados.

—Sí —contestó Sardelle sin abandonar su tarea.

Solo habían cavado medio metro. Necesitaban cavar al menos metro y medio más, pero se abstuvo de decirlo, porque alguien se podía acordar después de su inexplicable precisión.

—La nieve puede haberlo movido —observó el soldado.

—Lo sé, ya lo he tenido en cuenta. Hay un… un modelo matemático que he estudiado.

Eso era. Eso sonaba creíble, ¿no? Por lo que ella sabía, hasta podía existir dicho modelo.

—Sigue cavando, Bragt —intervino otro soldado.

Ya tenía las manos en carne viva de tanto cavar, pero no redujo el ritmo. Medio metro más. Tenían que estar cerca, seguro que oían algo pronto. Zirkander los oiría enseguida y gritaría, para hacerles saber que estaban cerca.

—Quedaos abajo —gritó alguien al otro lado del fuerte—. Permaneced ahí sin moveros. Ya os haremos saber cuándo podéis salir.

El soldado que estaba junto a Sardelle masculló:

—Si esos presos salen e intentan utilizar esto en su provecho…

—Les pegaré un tiro sin hacer preguntas —declaró otro—. ¡Señor! ¿Está ahí? ¿Puede oírnos?

Se oyó un débil y ahogado gemido de una bola que se deslizaba por la pendiente nevada.

—Ya nos encargamos nosotros, mujer.

Ella tropezó y estuvo a punto de caer. No estaba cavando despacio, no había razón para apartarla.

*¿Querías que viera tu cara en primer lugar?*, dijo Jaxi, arqueando una ceja mental. *¿Que supiera que eres tú quien lo ha salvado?*

*No, eso no importa.*

Sardelle gruñó a la espalda del soldado que la había reemplazado. No iba a provocar más sarpullidos, pero el soldado quedaría bien con el cinturón desabrochado y los pantalones a la altura de los tobillos. *Quizás un poquito*, confesó a Jaxi.

*Mejor que no tenga motivos para interrogarse después sobre la asombrosa habilidad que has demostrado localizándolo.*

Sonó un grito ahogado colectivo, y luego un suspiró al ver una mano.

—Es el coronel.

Todo el mundo se sumó a la labor de sacarlo. Sardelle no llevaba mucho tiempo en el fuerte (ni él tampoco), pero ya conocía a Zirkander lo necesario como para saber que se enfadaría cuando se diera cuenta de que habían dejado de buscar a los demás para concentrarse en él.

Tras la mano apareció un brazo que agarraron no menos de cuatro personas. Tiraron de él, y la cabeza de Zirkander apareció a continuación, con nieve pegada a su pelo y congelada sobre sus cejas. Con su ayuda, salió del agujero y se dejó caer en la pendiente, a poca distancia de Sardelle. Sacó algo del bolsillo, una pequeña figurita de madera, y la besó antes de volver a guardarla.

—¿Se encuentra bien, señor? —preguntó un soldado.

—¿Necesita que le vea el médico?

—¡Brillante disparo el del lanzacohetes, señor! ¿Ha podido verlo? Dio en el globo y empezaron a caer.

—Sí, estoy de acuerdo —Zirkander parecía aturdido, pero se limpió la nieve del pelo y se recuperó lo justo para señalar la zona—. ¿Hay más hombres ahí abajo?

—Sí, señor. Había varios más en la muralla, con usted…

—Pues no dejen de cavar, hombre. ¡Sáquenlos!

—¡Sí, señor!

Los soldados se giraron, contemplaron la inmensidad de la nieve y dudaron. Uno se giró hacia Sardelle.

—Ella sabía dónde estaba el coronel.

—Es cierto. ¿Ha visto a los otros?

Aquello hizo que Zirkander se fijara por primera vez en Sardelle, quien se preguntó hasta dónde se atrevía a llegar… ¿Hasta qué punto creerían lo de su modelo matemático? Pero entonces sacudió la cabeza. Había vidas en juego. Anteponer su seguridad a la de los demás habría sido una cobardía. Ya pesaba la muerte de Bretta la Gigante sobre su conciencia.

Sardelle cerró los ojos y miró bajo la nieve con sus otros sentidos, intentando determinar a quién le quedaba menos aire y a quién había que sacar antes.

—Uno desapareció por ahí.

Sardelle se acercó al sitio, dibujó una X sobre la nieve y se apartó, encantada de que cavaran ellos. Se miró la palma de una mano. Tendría que curarse unas cuantas ampollas cuando nadie estuviera mirando.

Una mano la alcanzó y la agarró de la muñeca antes de que ella pudiera bajar la suya. Zirkander se había incorporado, y ahora estaba junto a ella. Arqueó las cejas al ver sus palmas en carne viva. Ah, las heridas merecerían la pena si implicaban que él se había dado cuenta de que ella había ayudado a cavar.

—Es el único que sabe que me he ganado unos cuantos días libres —dijo Sardelle—. Tenía que asegurarme de sacarlo.

—Por supuesto, está bien pensado.

Ella miró su bolsillo.

—¿Tiene un amuleto de la suerte?

Zirkander alzó la barbilla.

—Sí, lo tengo. Y menos mal, hoy necesitaba tener suerte.

Sardelle arqueó una ceja. Nunca habría pensado que era supersticioso.

Él la miró de soslayo.

—No es extraño entre los pilotos. Nos jugamos la vida cada vez que despegamos. Cuando han estado a punto de derribarte tantas veces como a mí, desarrollas tus propios rituales y creencias, cualquier cosa que pueda ayudar a que las cosas salgan bien. Sabes que es ilógico, pero tampoco quieres tentar a la suerte —dijo, encogiéndose de hombros—. Uno de los chicos de mi escuadrón besa cada una de las seis ametralladoras de su aeronave antes de meterse en la carlinga, aunque nos estén disparando en ese momento. Otro esnifa hierbabuena porque afirma que le aclara las ideas. Yo tengo una pequeña talla que mi padre me hizo. No es ninguna locura.

—No lo estaba juzgando, coronel.

—Ha arqueado la ceja con ese gesto tan suyo, y ya he descubierto lo que significa esa mirada.

Em, ni siquiera se había dado cuenta de que fuera una expresión típica de ella.

—En realidad, me parece encantador que lleve un recuerdo que le dio su padre.

—Oh, oh.

—Señor —gritó alguien por detrás, alguien que hizo un alargamiento de las sílabas de la palabra cuando resbaló al intentar subir.

—¿Sí, capitán? —dijo Zirkander, que soltó la muñeca de Sardelle.

El oficial llevaba una bolsa de cuero.

—¿Está herido? ¿Necesita tratamiento médico?

—Estoy bien. No he estado mucho tiempo bajo la nieve, pero quédese cerca. Puede que otros no tengan tanta suerte.

Zirkander señaló la pala de Sardelle y preguntó:

—¿Puedo?

El capitán (el médico, supuso Sardelle) frunció el ceño. Sardelle quiso decirle que se sentara y se relajara, pero alcanzó su pala y subió la pendiente para unirse a los demás.

Un tiro sonó a poca distancia, y ella se sobresaltó. Del fusil de uno de los soldados que vigilaba una de las dos entradas de la mina que la nieve no había cegado surgió un poco de humo.

—Permanecerán dentro hasta que hayamos asegurado la zona —bramó.

Zirkander se quedó pensativo un momento y, a continuación, llamó a un teniente.

—Diga a los mineros que quieran salir a ayudar a cavar que tendrán el resto del día libre cuando hayamos recuperado a todos los nuestros.

—Sí, señor.

—¡Tú, mujer! —exclamó un soldado desde el montón de nieve—. ¿Has visto dónde han desaparecido los demás?

Sardelle se encaramó a la pendiente y echó un vistazo a su alrededor, dubitativa. Sabía exactamente dónde estaba el resto y cuántos metros de nieve tenían encima, pero no quería parecer demasiado segura, porque aún cabía la posibilidad de que pudiera achacar aquello a su gran capacidad de observación y a su comprensión de las matemáticas.

Ya estaba haciendo otra marca en otro punto cuando sintió un escalofrío que no tenía nada que ver con la nieve que caía. Una presencia bajaba desde las montañas, algo que reconocía, pero que no esperaba sentir allí. Se detuvo y miró hacia el lugar donde había desaparecido la aeronave. No vio nada salvo nieve y la difusa silueta de la montaña más cercana, pero tuvo la certeza de que no era la única hechicera que estaba allí.

Alguien plantó una taza de humeante líquido marrón en la mano de Ridge.

—¿Café? —preguntó el coronel.

—Casi, pero más fuerte —dijo el capitán Heriton—. Tiene el aspecto de haber sobrevivido al ataque de un cocodrilo, señor.

Ridge se apretó un poco más la manta que llevaba encima, sin poder estar en desacuerdo con su subordinado. Varias personas habían intentado que entrara en el edificio y se calentara, pero no se podía ir cuando aún quedaba gente bajo la nieve. Sin embargo, ya habían sacado a las víctimas de la avalancha, y solo faltaba despejar las entradas de las minas. Probó el contenido de la taza y arqueó una ceja al capitán.

—¿Más fuerte? ¿Como el alcohol?

—Efectivamente, creo que ese es el ingrediente secreto. Es una bebida local.

Beber de servicio estaba prohibido, sobre todo cuando ni siquiera eran las doce del mediodía, pero no podía negar que el dulce líquido tenía un efecto vigorizante, que calentaba por dentro, algo que le venía de perlas en ese momento. No creía que hubiera estado más de diez minutos bajo aquel montón de nieve, pero le había parecido una eternidad, una abrumadora oscuridad y una solitaria impotencia. Si no hubiera estado atrapado y bocabajo, habría bailado y saltado de alegría cuando oyó los arañazos de las palabras que hendían la nieve.

Sabía que tenía que dar las gracias a Sardelle por su rápido rescate, aunque no sabía cómo se las había arreglado para encontrarlo… ni a tantos desde entonces. Sí, Ridge la había visto caminar por la pendiente, garabateando ecuaciones en una libreta y tomando medidas desde puntos de la muralla que no habían acabado bajo la nieve, pero no estaba seguro de haberse tragado el numerito. Pero bueno, ¿quién era él para quejarse si había salvado a sus hombres y lo había salvado a él?

Cuando sacaron al último soldado de la nieve, Ridge vio que se alejaba hacia la pared de un edificio cercano. Miraba hacia el norte, pensativa. Era el lugar donde había desaparecido la aeronave, ¿no? Él estaba demasiado ocupado bajo la nieve, y no había visto su rumbo final. Alguien lo había felicitado por hacer diana con el último cohete, pero ¿había acertado de verdad? No había calculado bien el alcance, ni mucho menos. Disparaba con más deseo que lógica, esperando que alguna de las explosiones alarmara al piloto y se estrellara en una de las imponentes cumbres.

—Capitán, ¿en qué situación estaba la aeronave? —quiso saber.

—El último cohete rasgó el dirigible. Se alejaba hacia el norte, perdiendo altura.

Ridge respiró hondo.

—¿Se alejaba? ¿Alguien la vio caer?

Heriton sacudió la cabeza.

—Nevaba demasiado y estaba demasiado arriba. Si al final se estrelló, sospecho que recorrió varios kilómetros antes de caer.

—Entonces, podría estar esparcida ahora mismo por la ladera de una montaña, ¿no?

—Está sonriendo, señor. ¿Está pensando en enviar una patrulla a buscar supervivientes?

—¿Supervivientes? Supongo que nos podrían ser útiles, pero estaba pensando más bien en reparar la aeronave y reclamarla para el fuerte.

—¿Para qué?

—Para empezar, para conseguir información, porque aquí estamos como en una ratonera. Si tuviéramos una aeronave, podríamos enfrentarnos a los intrusos en su propio campo. Ahora mismo, pueden evitar nuestras defensas terrestres con mucha facilidad.

Y, si él podía volver a volar… Cierto, las aeronaves eran torpes y pesadas en comparación con su dragón volador; pero, si le permitía surcar los cielos de vez en cuando, lo ayudaría a mantener la cordura. En misiones de exploración, claro. Nada tan frívolo como volar sin rumbo entre las nubes.

—Si el Cuartel General supiera que la Cofah anda por aquí, enviarían una escuadrilla a defender la fortaleza; pero, hasta que les podamos informar, conseguir una aeronave enemiga es lo mejor que podemos hacer.

—¿Y si no nos la quieren dar?

—Bueno, ya se verá. Si se han estrellado, puede que estén en malas condiciones. Si no se han estrellado, o si solo han sufrido daños menores, podemos estar seguros de que lo intentarán de nuevo.

—Sí, es probable.

Heriton miró las cumbres de las montañas. Estaban envueltas en nubes, pero no ocultaban la ingente cantidad de nieve que había caído ni la que seguía cayendo cada minuto. Incluso ahora, podían provocar más avalanchas con lo que había arriba.

—Supongo que no habrá ningún dragón volador escondido en el fuerte, ¿verdad?

Ridge prefería ir volando a buscar la aeronave en lugar de ir andando; sobre todo, porque no sabían dónde había caído (ni si había caído), pero lo dijo sabiendo que encontrar un dragón allí era altamente improbable.

—No, señor; creo… Recuerdo haber oído que una se estrelló al otro lado de la montaña de Galmok, hace alrededor de diez años —el capitán agitó la mano con vaguedad—. No lograron que volviera a volar, así que recuperaron el cristal y la dejaron allí, oxidándose.

Una opción menos que ideal.

—Iré antes a buscar la aeronave.

Ridge se giró, pensando ya en los hombres que podía arrebatar al fuerte para llevárselos de caminata por la ladera de la montaña.

—¿Usted, señor? —preguntó Heriton, deteniéndolo.

—Aquí no estoy haciendo nada particularmente útil —Ridge alzó la taza—. Creo que el fuerte puede estar unas cuantas horas sin un comandante empapado de alcohol y envuelto en una manta.

—No creo que sea buena idea, señor. Si se han estrellado y hay supervivientes, no estarán muy contentos con su situación. Seguro que todos llevan armas. ¿Por qué no deja que vaya a buscar al sargento Makt y a su equipo?

—¿Alguno de ellos es piloto?

Ridge sabía que no: casi todos los hombres de allí eran de infantería. La elección lógica para recuperar una aeronave, si es que se podía recuperar, y para decidir si estaba en condiciones de volar, era él.

Heriton frunció el ceño.

—No, señor, pero…

Ridge alzó una mano.

—Tendré cuidado, capitán. Aunque su preocupación por mi bienestar es conmovedora.

—Es que no quiero quedarme a cargo —refunfuñó Heriton—. Dirigir la base interferiría en mi habilidad para terminar de organizar los archivos.

Ridge sonrió.

—Tomo nota de su insatisfacción. Voy a cambiarme de ropa y a ver si encuentro unas raquetas de nieve. Mande a esos sujetos de infantería a mi despacho, y cuanto antes. No tengo nada en contra de esconderme detrás de unos jóvenes enormes si surgen problemas.

Heriton miró el lienzo cubierto de nieve de la parte de la muralla donde había estado el lanzacohetes.

—No sé por qué, pero no le creo, señor.

Ridge se despidió con la mano y cruzó el patio en dirección a su despacho. Ahora que estaba decidido a salir, quería marcharse tan pronto como fuera posible, con la esperanza de llegar rápidamente a su destino y volver antes del anochecer. Habían pasado muchos años desde su curso de supervivencia en climas extremos, que había hecho en Fuerte Balabriosa… o Fuerte Bolas Briosas, como lo llamaban los hombres.

Una familiar mujer de cabello color azabache trotó hasta él para caminar a su lado.

—¿Piensa salir? ¿Va a buscar la aeronave?

—¿Estaba escuchando a escondidas? —preguntó Ridge.

Sardelle se tomó unos momentos para sopesar su respuesta (algo que hacía con bastante frecuencia), y luego dijo:

—Estaba a poca distancia cuando ha mencionado su plan en un tono de voz normal y en un lugar abierto.

—Así que no estaba escuchando a escondidas.

—Correcto.

—Y, si hubiéramos bajado la voz, ¿habría sido escuchar a escondidas? —preguntó Ridge.

—Es posible —Sardelle lo miró. Casi habían llegado al edificio de su despacho—. Me gustaría ir con usted.

Ridge se detuvo, con la mano ya en el pomo.

—¿Cómo? ¿Por qué?

Como mucho, Ridge habría esperado que aprovechara su ausencia para husmear por ahí y, tal vez, examinar el mapa con más detenimiento.

—Creo que puede ser más peligroso de lo que usted cree —respondió Sardelle.

—¿Ah, eso cree?

El comentario de Sardelle hizo que su intención de acompañarlo resultara aún más extraña.

—Solo es una sensación, una corazonada —dijo ella, encogiéndose de hombros—. ¿Nunca tiene corazonadas cuando vuela?

—Sí, y también las tengo cuando trato con mujeres de inescrutables ojos azules.

Ridge le puso una mano en el hombro antes de que ella pudiera replicar y añadió, lanzando una mirada a la montaña de nieve del fuerte:

—Quédese aquí, donde estará seguro, o casi seguro.

Sardelle entrecerró los ojos con… ¿determinación? No pudo interpretar la emoción, pero ella no volvió a protestar cuando la dejó fuera, así que pudo entrar y hacer la mochila. Ridge decidió que, al contrario de lo que Heriton creía, estaba dispuesto a que esos musculosos tipos de infantería fueran por delante. No alcanzaba a imaginar por qué quería ir Sardelle, pero, teniendo en cuenta que le había visto señalar los lugares donde estaban todos los hombres sepultados bajo la nieve, pensó que sus corazonadas eran un buen motivo de preocupación.

# Capítulo 6

Abastecerse fue fácil, porque Sardelle dijo que era para Zirkander a los que preguntaron, aunque todas las raquetas de nieve estaban pensadas para hombres mucho más grandes que ella. En cambio, salir de la fortaleza iba a ser más complicado. Había más soldados quitando nieve de las entradas de las minas que montando guardia en las murallas, pero aún quedaban ojos en las torres que vigilaban la puerta principal, un enorme portalón de hierro con goznes que chillaban como un cerdo moribundo cuando lo abrían.

*Puede que sea intencionado. Para que todo el mundo se entere cuando alguien se intenta escapar.*

*Estoy segura de que puedo silenciarlas. Y abrir la puerta. Lo difícil será pasar delante de las narices de aquellos guardias sin que me vean.*

*Sin que te vean ni te atrapen. No eres la persona más ágil del mundo con raquetas.*

*Gracias, Jaxi.*

*¿Recuerdas aquella competición de esculturas de dragones de hielo? ¿No acabaste tirada sobre la mesa, encima de todos los entrantes?*

*No.*

*¿En serio? Puedo refrescarte la memoria si quieres, y enviar los detalles a...*

*No es necesario.*

Sardelle estaba en la esquina del edificio de la administración, viendo partir a Zirkander y su grupo. Llevaban raquetas de nieve y bastones, con las armas a la espalda, junto a las rebosantes mochilas; creyeron que podían verse obligados a pasar la noche fuera.

Sardelle sopesó la idea de intentar escabullirse tras ellos; pero, a pesar de la nieve que caía, no había forma alguna de que los atentos soldados no la vieran. La puerta se cerró con un sonido metálico. Decidió darles diez minutos de ventaja, lo justo para que se alejaran del fuerte y entraran en la arboleda, lo justo para que los hombres de guardia volvieran a las partidas de cartas o dados que estuvieran jugando.

*No volverán. Están junto a las ventanas, sin pestañear.*

*¿Seguro?*

*Sí, son deprimentemente leales a su deber. Puede que quieran quedar bien con el coronel.*

Sardelle flexionó los dedos dentro de sus manoplas y dejó que sus otros sentidos vagaran hacia las torres. Había un hombre en las dos que estaban cerca del portalón. Eran los que más debían preocuparle. Podía distraerlos o alterar sus pensamientos, para que no recordaran haberla visto. Sin embargo, eso requería un toque delicado, y sería difícil hacerlo con dos personas a la vez, sin mencionar que era poco ético.

*Dales un sarpullido.*

*Ya lo había pensado. Pero puede que esta vez elija algo menos doloroso.*

Sardelle cerró los ojos y examinó el interior de las torres. Las dos tenían escaleras de caracol que ascendían hasta los entarimados de la parte superior, donde estaban los soldados. En la planta más baja, tenían grandes estufas de hierro y ordenados montones de leña colocados bajo las escaleras. Un poco de humo de una de las estufas se podía controlar, pero cuando se juntaban las dos se desbordaba. En la torre de la izquierda, notó un hálito de vida que no tenía que ver con el soldado, lo cual la llevó a investigar bajo la tarima. Era un nido de ratas, que pasaba el invierno al calor. Quizá les apeteciera un poco de ejercicio.

*Tú no eres hechicera. Eres una bromista.*

Sardelle resopló.

*Lo dices como si no lo aprobaras. Seguro que estás asando castañas para comer algo mientras disfrutas del espectáculo.*

*Es posible.*

En primer lugar, Sardelle cerró el tiro de la estufa. Esperó a que el soldado de esa torre empezara a arrugar la nariz y, a continuación, sacó de su escondite a las ratas de la otra. Pronto, una familia de seis roedores correteaba alrededor de las piernas del soldado, que empezó a maldecir e intentó matarlas con su espada antes de salir en busca de una escoba. En la otra torre, el guardia corrió escaleras abajo para comprobar la estufa.

«Hora de irse», se dijo Sardelle en voz baja. Echó un vistazo a su alrededor para asegurarse de que no había nadie en el patio que la pudiera ver. La nieve, que caía con más fuerza que antes, se lo impedía, pero carecía de importancia si también dificultaba la vista de otros.

Avanzó a grandes zancadas por la nieve compacta, sacudió una mano para abrir la cerradura de la puerta y ahogó el chirrido de los goznes. Tras cerrarla a su espalda, siguió el rastro que había dejado la patrulla de Zirkander con las raquetas metidas bajo el brazo. Hasta con los poco manejables trastos que llevaban atados a las botas, los soldados habían abierto un sendero de varios centímetros de profundidad en la nieve fresca. Aunque el calendario afirmara que era otoño, ya había un metro de nieve acumulada contra las murallas de la fortaleza.

Tras echar un rápido vistazo, notó que el soldado de la estufa se había dado cuenta de que el problema estaba en el tiro. Su camarada seguía persiguiendo ratas, pero volvería a su puesto rápidamente. A pesar del sendero abierto por el grupo, Sardelle avanzaba a trompicones en la profunda nieve mientras intentaba alcanzar la arboleda antes de que aparecieran los testigos. La fortaleza ocupaba el único terreno llano del minúsculo valle, y ya estaba ascendiendo por una pendiente. Quizá tendría que haberse puesto las raquetas en el patio, pero habría sido difícil de explicar si alguien la hubiera divisado.

Corriendo unas veces y tropezando y vacilando otras, Sardelle llegó a la linde del bosque, de viejos árboles de hoja perenne. Puso varios más de por medio antes de pararse a ponerse las raquetas. Se reajustó la mochila y se secó el sudor de la frente.

—He avanzado cien metros y ya estoy pensando en echarme una siesta.

*¿Eh? Lo siento, no estaba escuchando. Ver correr a tu amigo tras las ratas es ciertamente entretenido.*

*¿Lo más emocionante que has visto en trescientos años?*

*Tristemente, sí. El mundo es insoportablemente aburrido cuando no estás despierta.*

*Me lo tomaré como un cumplido.*

Una gélida ráfaga de viento silbó en la colina, azotando la húmeda piel de Sardelle. Se hundió la capucha hasta la altura de los ojos, se subió la bufanda hasta taparse la nariz, se apartó del árbol y retomó el sendero. Con toda seguridad, los soldados caminarían más deprisa que ella, hasta saliéndose de la ruta; pero, de todas formas, no los quería alcanzar: explicar su presencia y el motivo por el que había desobedecido a Zirkander no habría sido divertido. Solo quería estar lo suficientemente cerca para poder echarles una mano si el hechicero que había captado atacaba al grupo.

*¿Estás segura de que los quieres ayudar contra alguien que podría ser un familiar lejano?*

*Si es de la Cofah, no es familiar mío.*

*Eso no es técnicamente cierto. Sus antepasados son los mismos que los tuyos, de los tiempos en que los magos montaban dragones, volaban por todo el mundo y lo colonizaban con tanta facilidad como... bueno, con tanta facilidad como hoy con sus aeronaves, supongo.*

*Lo sé, Jaxi; pero la Cofah intentaba conquistar nuestra tierra hace trescientos años, y no parece que eso haya cambiado. Esté quien esté ahí, no es alguien con quien yo tenga nada en común.*

Excepto la magia. ¿Llegaría el día en que estuviera tan sola y alejada de su propia clase, de las personas con las que podía hablar abiertamente de las artes mentales, que saldría a buscar hechiceros por otros continentes, territorios que no habían sufrido nunca una purga o donde quedaban más supervivientes de aquella época? Quizá, pero no sería entonces. Desde luego, no se iba a cruzar de brazos mientras herían a Zirkander. Él era... no sabía qué era exactamente para ella, pero sabía que no quería verlo herido, o lo que sería aún peor.

Sardelle esperaba un comentario sarcástico, pero Jaxi debía de estar distraída. Tal vez, intentando explorar la montaña para ver si la aeronave se había estrellado de verdad, con un hechicero dentro, o si este había huido al éter. Sardelle prestó más atención al bosque donde estaba, a los altísimos árboles perennifolios que arañaban el cielo, con sus ramas cargadas de nieve fresca. De vez en cuando, una rama con exceso de peso soltaba su carga, y el estrépito la sobresaltaba. No había muchos ruidos más. Seguramente, los animales que vivían en las montañas se habían metido bajo tierra cuando la avalancha rugió.

El camino se volvió menos empinado, dando un descanso a sus piernas (mantenerse erguida mientras caminaba por una pendiente cada vez más abrupta no era tarea fácil), pero giró hacia un estrecho desfiladero. Sardelle miró sus escarpadas paredes grises y se preguntó si habría pumas en la zona. Y, por estar mirando en esa dirección, no captó el movimiento de detrás de un árbol, a la izquierda de la entrada del desfiladero.

Una oscura figura saltó sobre ella y la agarró antes de que pudiera pensar siquiera en defenderse. Le pasó un brazo alrededor de la cintura, la desequilibro y la apretó contra…

«Coronel Zirkander», dijo con dificultad, contenta de haberlo reconocido antes de recuperar el aplomo y lanzar un ataque que más tarde habría sido difícil de explicar.

Zirkander aflojó un poco la presa, aunque no la soltó.

—Es usted. No se me había ocurrido que pudiera ser… ¿Cómo ha conseguido salir?

—Esperando a que nadie estuviera mirando.

—Tendré que hablar con los guardias de la entrada.

Zirkander la soltó, la plantó bien recta en el camino (mantener el equilibrio con las raquetas era realmente difícil) y tocó su mochila.

—Viene preparada.

Sardelle decidió no recordarle que se había criado en la zona, porque la había pillado mintiendo al mencionar una localidad que ya no existía.

—¿Va a devolverme al fuerte?

Zirkander miró el camino. Si decía que sí, la giraba y le daba un cachete en el trasero para que se pusiera en marcha, ¿qué podría hacer, salvo obedecer?

—No. Ya hemos encontrado huellas por aquí.

—¿Huellas humanas?

Él asintió.

—Un par de hombres se acercaron al fuerte. Seguramente, para ver si la avalancha nos había tragado por completo o no.

—Eso significa que la aeronave aterrizó.

—O que se estrelló. Vamos. Lo averiguaremos.

Él empezó a caminar hacia el desfiladero.

—Gracias.

—Y, por el camino, me contará por qué tiene tantas ganas de acompañarnos —dijo Zirkander, lanzándole una larga mirada por encima del hombro—. Dudo que por aquí haya restos arqueológicos.

Sardelle tropezó. Estuvo a punto de preguntar por qué creía que estaba allí en calidad de arqueóloga, pero se refrenó. Si la tomaba por una académica deseosa de agujerear piedras, magnífico. Era mucho mejor que ser prisionera. Pero, por supuesto, ya había archivado su expediente falso, y el capitán terminaría por encontrarlo. Solo era cuestión de tiempo.

*De momento, preocúpate por la nieve*, le aconsejó Jaxi. *Y atenta a lo que está por delante. Por lo que sabemos, ese hechicero puede ser uno de los que andan por aquí.*

*Tienes razón.*

Atravesaron el desfiladero sin sufrir el ataque de ningún puma y, al llegar al otro lado, un atlético y joven soldado salió de entre los árboles y se unió a ellos. En la placa que llevaba en la parka, se leía: Oster.

—¿Señor? —dijo, mirando a Sardelle.

—Nuestra sombra —contestó Zirkander.

—¿Viene con nosotros?

—Parece ser de esa opinión.

Oster miró fijamente al coronel, pero no planteó ninguna cuestión. Sardelle tuvo miedo de que, por su culpa, la gente se empezara a hacer preguntas a sus espaldas o de cara. Aún llevaba su indumentaria de presa, aunque con varias capas más que había cogido para aquella excursión. Aunque hubiera ayudado tras la avalancha, eso no implicaba necesariamente que los soldados confiaran en ella, y cruzó los dedos para que el hecho de que Zirkander pareciera confiar no le causara problemas.

—¿Ha encontrado más huellas, cabo? —se interesó el coronel.

—No, señor. Los dos rastros que encontramos allí llevan hasta el fuerte y vuelven por el mismo sitio. No llevaban raquetas, así que es posible que los alcancemos si nos damos prisa.

—Entonces, dígale al sargento que se adelanten. Ya los alcanzaré. De todas formas, ustedes son guerreros jóvenes, y supongo que no me querrán en medio si se produce una refriega.

El cabo dudó.

—No queremos que lo disparen o que... —el cabo volvió a mirar a Sardelle—, o que le pase cualquier otra cosa, señor.

—Estaré bien —replicó Zirkander, quien alcanzó el fusil que llevaba a la espalda y lo sostuvo por delante—. Hay quien dice que soy un buen tirador.

—Sí, señor.

Oster se cuadró y se alejó al trote.

—No sé cómo pueden correr con raquetas —intervino Sardelle.

—Es cuestión de práctica.

Sardelle habría apostado lo que fuera a que Zirkander podía seguir el ritmo de los jóvenes, y a que se quedaba atrás por ella. No supo cómo sentirse al respecto.

*¿Como una carga?*

*No hasta que lo has dicho tú. Gracias, Jaxi.*

Mientras caminaban, Sardelle extendió sus sentidos a su alrededor. No había estado prestando atención suficiente, y Zirkander la había sorprendido con vergonzosa facilidad. No permitiría que se acercara nadie más.

Empezaron a bajar por una pendiente que llevaba a otro desfiladero, mucho más grande que el que habían dejado atrás. Lo suficientemente considerable como para esconder una aeronave estrellada. Y algo rozó el borde de sus sentidos. Varias personas, y alguien... ¿Sería el hechicero? ¿Estaría haciendo alguna brujería? Fuera hombre o mujer, no parecía notar su presencia, aunque ella se retiró de todos modos. El taumaturgo parecía ocupado; pero, si ella lo había captado sondeando la fortaleza, él también podría sentirla a ella.

Quiso advertir a Zirkander no solo sobre la aeronave estrellada y las personas que estaban al otro lado del desfiladero, sino también sobre el hechicero. Pero ¿cómo? Clavó la vista en su espalda, deseando poder eliminar los prejuicios que pudiera tener contra las personas que ejercen estas prácticas. Lástima que fuera imposible. Sacudió la cabeza. Se tendría que limitar a ayudar a los soldados cuando se encontraran con la tripulación de la aeronave.

Zirkander alzó una mano.

—Espere aquí, por favor.

El coronel se quitó las raquetas, apoyó el fusil contra una peña y empezó a ascender por la pared de roca, de oquedades y bordes resbaladizos por culpa del hielo y la nieve. Ascendió unos doce metros, como si tuviera una cuerda a la que poderse agarrar, y Sardelle se quedó atónita. Sí, definitivamente estaba a la altura de los jóvenes soldados.

Al llegar a lo alto, se agachó con la espalda contra un peñasco y escudriñó el valle. Ya no nevaba tanto, y los copos solo caían en ráfagas intermitentes.

—Sí, me había parecido que olía a humo. Están ahí —dijo, apretando un puño—. No parece que hayan derribado ningún árbol, pero es obvio que sufrieron algún tipo de daño al aterrizar.

—Quiere esa nave de verdad, ¿no?

—Sí.

Zirkander descendió, no tan deprisa como había subido, pero aterrizó junto a ella sin perder el equilibrio ni parecer en peligro de caerse en ningún momento.

—Un camarero sagaz achacaría indudablemente ese deseo a mi infancia, al día en que mi padre se negó a comprarme una aeronave a escala.

¿Un camarero sagaz? ¿Eso era lo que entendían por terapeuta en el ejército?

—¿Por qué no se lo quiso comprar?

Zirkander se volvió a poner las raquetas mientras hablaba.

—Dijo que no quería animar, porque ya estaba loco por volar a los cinco o seis años, y mi madre añadió que no teníamos dinero para una tontería de juguetes. Decidí hacerme uno, con palos; parecía una balsa voladora.

El coronel asintió, indicándole que ya estaba listo, y empezó a andar.

—Seguro que era bonito —comentó Sardelle.

Un tiro sonó en la distancia. Zirkander soltó una maldición y empezó a correr. Sardelle hizo lo posible por mantenerse a su altura. Sonaron más tiros, todos procedentes del desfiladero, y ella tuvo miedo de que siguiera adelante sin ella; pero se giró y, al ver que se estaba quedando atrás, se detuvo a esperarla. Agarraba el fusil con fuerza, y le recordaba a los perros de trineo, rastreando con energía, ansiosos por salir disparados.

—No es necesario que me espere —dijo Sardelle—. Ya lo alcanzaré. O quizá sea mejor que me quede y me mantenga fuera de peligro.

—No sé por qué, pero no la creo.

Excelente. De todas formas, quería que Zirkander estuviera donde pudiera echarle el ojo. Intentaría ayudar también a los otros soldados, pero Zirkander era… su mejor esperanza de liberar a Jaxi.

*Vaya, vaya. Así que soy la razón que te ha llevado a seguirlo por la montaña en plena tormenta de nieve.*

Sardelle movió una mano hacia los escasos copos que caían.

*Dudo que esto sea una tormenta de nieve.*

*Dale tiempo. Deberías ver las nubes que van en tu dirección.*

Ella hizo un mohín. Más noticias que tendría que haber compartido con los demás, y más que no podía compartir.

Volvió a extender sus sentidos, intentando captar la situación de adelante y cuidar de los soldados si podía. Había gente al otro lado del desfiladero, pero algunos se habían desperdigado. A esa distancia, no podía saber si eran hombres de Zirkander o de la aeronave. Solo reconoció a Oster. Estaba más atrás, más cerca de Zirkander y ella.

Los árboles y el irregular terreno forzaron al camino a serpentear antes de llegar a la boca del desfiladero, pero por fin entraron.

Habían pasado uno o dos minutos desde el último disparo. Sardelle notó que…

—Se marchan.

Sardelle se tapó la boca con una mano, preocupada por haber dicho algo que quizá no podía saber desde su posición. Pero Zirkander asintió.

—Ya lo veo.

Los árboles impedían ver gran cosa; pero ah, no tenía que mirar hacia delante, sino hacia arriba. El enorme dirigible estaba sobrepasando las copas de los árboles. Si lo había dañado una vez, cabía la posibilidad de que pudiera dañarlo de nuevo, pero la cantidad de gente que iba a bordo era alta; más de dos docenas, tal vez más.

—No está tan dañada como esperaba —comentó Zirkander.

No, un hechicero podía haber acelerado las labores de reparación.

Unas cuantas personas se movieron en cubierta, bajo la sombra del globo. Desde donde estaba, Sardelle solo podía ver a los que estaban cerca de la barandilla, pero entrecerró los ojos con la esperanza de divisar al hechicero, con el deseo de ver a su oponente. Y vio a alguien con un catalejo junto a otra persona con un fusil, mirándolos.

—Cuidado —susurró.

Sardelle retrocedió hacia un árbol, o lo intentó. Las enormes raquetas se engancharon bajo sus pies, y acabó tirada en mitad del camino, a la vista de los que estaban en la aeronave.

Sonó un disparo, y ella extendió un brazo, formando una barrera invisible en el aire que la rodeaba. Se oyó un ruido metálico, otra bala que metían en la recámara, y un segundo tiro siguió al primero. Sardelle comprendió con retraso que era Zirkander el que había disparado, no los de la nave. De hecho, uno de los hombres ya no estaba. El segundo se llevó una mano al pecho, cayó hacia delante y desapareció de su vista.

Zirkander se inclinó sobre ella, que bajó su escudo antes de que chocara con él. La alzó en vilo y la llevó hasta un par de árboles anchos. Ya detrás, la soltó y la puso en pie.

—Gracias. Había olvidado que llevo estos armatostes —dijo Sardelle.

—Son ciertamente incómodos.

Él estaba a su lado, en actitud protectora, con un brazo pasado alrededor de su espalda, pero mirando el cielo. Arrastrada por las corrientes, la aeronave ya había desaparecido de su vista.

«Siento que no haya conseguido su botín», manifestó ella. Pero ¿por qué no? ¿Qué pasaría si volvía a rasgar el globo? Cierto, ahora no había cohetes que ocultaran su sabotaje, pero, con los árboles bloqueando la vista, ¿quién podría saber lo que había pasado?

Cerró los ojos, visualizó el globo e intentó hacerle un agujero como antes. Esta vez no funcionó. Supo el porqué inmediatamente. Tenía una capa protectora a su alrededor, no muy diferente a la barrera que ella acababa de erigir. El hechicero sabía que ella estaba en aquel lugar, y no se dejaría sorprender de nuevo.

Un chillido sonó en las profundidades del desfiladero, espeluznante y horroroso. Sardelle tragó saliva.

—¿Un felino?

En las Hojas de Hielo también se veían pumas y lobos durante el día, y Sardelle los había oído; pero aquello era algo distinto, algo menos… mortal.

—Casi suena como un halcón. Un halcón extremadamente ruidoso, y más escalofriante que un campo de batalla embrujado —comentó Zirkander—. Encontremos al resto de los hombres y volvamos al fuerte. Aquí ya no hay nada para nosotros.

El chillido volvió a sonar, más cerca esta vez. Resonó en las paredes del desfiladero, y pareció flotar en la brisa durante una eternidad. Había algo en él que hizo que Sardelle deseara salir corriendo en dirección contraria y dejar que los soldados encontraran el camino de vuelta por su cuenta. Sin embargo, Zirkander no se amedrentó, y ella lo siguió a largas zancadas.

Sardelle investigó el valle con sus sentidos, intentando localizar a la criatura e identificarla; o simplemente, encontrarla para poder evitarla mejor. Sintió a los hombres. Se habían desplegado para intentar acercarse por sorpresa a la aeronave mientras su tripulación terminaba las reparaciones. Ahora se estaban reagrupando otra vez, aunque dos parecían haberse desorientado entre la nieve y los árboles, aunque también cabía la posibilidad de que estuvieran buscando intencionadamente la fuente de aquellos chillidos. Sardelle se estremeció. Ella no la habría buscado.

Extrañamente, no pudo encontrarla ni con sus sentidos mágicos. El chillido sonó una vez más, así que Sardelle supo que el felino, halcón o lo que fuese no había salido del desfiladero, pero no percibió nada en la dirección del ruido. Ni siquiera supo de dónde procedía. Resonaba de tal forma en las paredes rocosas que no había forma de saberlo.

Sonaron dos disparos.

—No estarán disparando a algún animal, ¿verdad?

Avanzaban por el desfiladero a marchas forzadas, pero Zirkander no sonó como si le faltara el aliento. En cambio, ella estaba tan ocupada intentando respirar que no dijo nada.

—Salvo que la aeronave haya dejado hombres atrás —prosiguió él.

—No lo creo —dijo Sardelle, que no sentía a nadie en el desfiladero, excepción hecha de los hombres del coronel—. Me pareció bastante llena —añadió cuando él la miró.

Sin embargo, le faltaban los dos hombres a los que él había disparado, que no estarían muy contentos al respecto. Hasta era posible que la aeronave regresara para volver a atacar el fuerte. Sardelle esperaba que no, porque se había alejado en dirección contraria. Pero eso no significaba nada.

—¿Coronel Zirkander? —dijo alguien a su izquierda.

Los peñascos y los barrancos del desfiladero se veían perfectamente tras los nevados árboles, pero Sardelle no pudo distinguir a la persona que había hablado.

—Ya voy —dijo Zirkander, saliéndose del camino—. Si están disparando, es que creen que estamos solos —añadió en voz más baja—. Pero entonces, ¿a qué están disparando?

El chillido volvió a sonar, como en contestación a su pregunta. Sonó como si procediera del cielo y no del fondo del acantilado o, tal vez, de la parte superior de alguno de los barrancos. Una vez más, Sardelle intentó localizarlo, pero la única vida que notaba era la de los soldados y la de unos cuantos roedores y ardillas listadas, casi todos escondidos en madrigueras bajo la nieve. Contó cuatro soldados. ¿No eran cinco? Quizá se había equivocado.

—¿Cuántos hombres están con usted? —preguntó Sardelle.

—Cinco.

Oh, oh. Alguno se había separado del grupo o...

Las parkas de dos de los hombres aparecieron entre los árboles. Si no hubiera sido por el contraste con el blanco suelo, Sardelle no las habría visto. Cada vez estaba más oscuro, y volvía a nevar con más fuerza.

Uno de los soldados alzó una mano solemne al verlos.

—Es Nakkithor, señor.

—¿Qué ha pasado, sargento? —preguntó Zirkander.

—No estamos seguros.

—No lo hemos visto —dijo un segundo soldado—. Nak estaba detrás de nosotros, a unos diez metros, o eso me pareció. Entonces, oímos sus gritos. Fuimos corriendo y...

Sardelle intentó ver más allá de Zirkander, sin dejar el camino que él bloqueaba. Los montones de nieve que abrazaban los árboles de ambos lados llegaban por encima de su cintura. Tardó un momento antes de localizar al hombre del que estaban hablando. El soldado estaba en un pequeño claro, inmóvil en el suelo, con su cuerpo medio escondido bajo la espinosa y embrollada zarza de un lateral. Oscuras manchas de color carmesí salpicaban la nieve. No necesitaba acercarse más para saber que estaba muerto.

—Juro que he visto algo, una especie de sombra que corría o se alejaba volando —dijo el sargento. Sardelle entrecerró los ojos para atravesar la oscuridad y ver el nombre de su parka. Makt—. Fuera lo que fuera, era grande y se movía deprisa. He disparado dos veces, y luego he pensado que podía ser usted.

—No he podido moverme tan deprisa por aquí —dijo Zirkander, deteniéndose junto al cuerpo—. No era yo.

—Creo que he acertado a lo que fuera, pero no ha gritado. Se ha limitado a desaparecer entre los árboles.

—Rav y Oster han ido a echar un vistazo —intervino el segundo hombre, Eringroad—. A ver si encuentran huellas o alguna prueba de que le hemos dado. Como puede ver, aquí no hay nada más que las marcas de nuestras raquetas.

—¿Está seguro de que todas las huellas son suyas? —preguntó Zirkander—. Puede que los de la Cofah también tuvieran raquetas.

—Bastante seguro, señor. Vimos cómo despegaba la nave, y buscamos a su alrededor. No nos pareció que hubieran dejado a ninguna persona.

—A ninguna *persona*.

Mientras los hombres debatían, Sardelle se refugió en sí misma y se acercó al cadáver. No podía creer que no le hubiera removido algo tan profundo como para sacrificar a un hombre y, por lo visto, como para matarlo apresuradamente. Su cara estaba destrozada por lo que parecían ser zarpas o —Sardelle se acordó del halcón que había mencionado Zirkander— garras. Le faltaban los ojos, se los habían arrancado, y los agujeros eran tan profundos que se veía masa encefálica al fondo. La parte delantera de su parka estaba desgarrada, y su carne, abierta, con las entrañas esparcidas por la nieve.

Sardelle respiró hondo, contenta de que el aire fuera tan fresco y frío. Como sanadora, había visto la muerte antes, y también había visto todo tipo de heridas, pero aquello era un espectáculo particularmente macabro. Si hubiera llegado antes, quizá podría haberlo salvado; o quizá no. Por el tamaño de sus heridas, debía de haber muerto con rapidez.

—Parece que lo atacaron desde el aire —dijo Zirkander.

Sardelle notó que no era indiferente a la muerte del soldado, pero sus palabras sonaron tranquilas y distantes. Aquella iba a ser una discusión analítica, no emocional.

Makt miró a su jefe.

—Es lo que he pensado yo, señor; pero no estaba seguro, y no he querido parecer estúpido. Sé que hay águilas y otras rapaces grandes por aquí, pero un águila no podría hacer eso, ¿verdad? Y aunque pudiera, ¿por qué lo iba a hacer?

—Sí, ¿por qué?

Zirkander miró a Sardelle. ¿Pensaba que ella tenía la respuesta? No podría creer que fuera responsable de aquello, ¿verdad? Quizás había deducido que sus poderes eran algo más que académicos. O quizá le pareciera sospechoso que hubiera seguido al grupo.

—¿Está bien? —preguntó él, flexionando sus enguantados dedos hacia el cadáver.

Ah, se notaba preocupación, aunque todavía no cabían las sospechas.

Sardelle miró su mano, no el cadáver. Ya había visto bastante.

—Estoy…

¿Bien? Le pareció una cosa absurda que decir con un soldado destrozado a sus pies, y terminó su frase con un simple asentimiento.

La nieve crujió, anunciando la vuelta de los otros hombres, que aparecieron fusil en mano. Los dos sacudieron la cabeza antes de llegar a la altura del coronel.

—No hemos visto nada.

—Ni un mechón de pelo —dijo Oster, mirando a Makt—. No hay rastro ni de una pluma.

—Cada vez está más oscuro —intervino el primer hombre, observando el cielo de color gris metálico que se cernía sobre los pinos y abetos. Los anchos copos de nieve caían tranquilamente, ajenos a la muerte de abajo—. Si hay gotas de sangre por ahí, serían difíciles de ver.

—¿Volvemos a la fortaleza, señor? —preguntó Oster—. Se acercan nubes aún más oscuras, y el viento que llega desde lo alto del desfiladero es muy fuerte. La aeronave se las ha visto y deseado para poder dirigirse hacia el norte.

Zirkander estaba mirando el cadáver, con un puño apretado contra la boca.

—Sí, aquí ya no hay nada para nosotros.

Excepto un misterio. Sardelle no podía creer que algo hubiera escapado a su percepción, algo mortal. ¿Sería posible que el hechicero de la aeronave lo hubiera enmascarado de algún modo?

—Hagamos una angarilla para poder llevárnoslo —propuso Zirkander—. No voy a dejar su cuerpo a los animales.

—Sí, señor —dijo Oster—. Rav, ¿tienes un hacha? Podemos usar esas ramas para…

Un chillido desgarró el bosque.

Esta vez no sonó alejado, sino en las cercanías, por encima de sus cabezas. Sardelle escudriñó las nubes con un puño apretado, preparada para desatar un ataque. Aun estando en un pequeño claro, los árboles se combaban sobre ellos, y apenas se veía el oscuro cielo.

—A cubierto —bramó Zirkander.

Los soldados se desplegaron en dos parejas y se agacharon detrás de los árboles; luego, se arrodillaron y apuntaron sus fusiles al cielo. Zirkander buscó un árbol para él, pero vio que Sardelle no se movía y la agarró. Justo cuando se la llevaba, Sardelle alcanzó a ver unas alas enormes en lo alto, una forma oscura recortada contra la nieve y las nubes, más sombra que sustancia.

—Allí —gritó al mismo tiempo que los disparos de dos fusiles.

Zirkander la empujó cerca de unos árboles.

—Quédese entre ellos —le ordenó mientras daba dos pasos en dirección opuesta para apuntar su arma al cielo.

El pájaro (no, era demasiado grande para llamarlo *pájaro*) había desaparecido de la vista casi en el instante en que lo divisaron, pero regresó, volando más alto. A pesar de la escasa visibilidad, Sardelle pensó que las balas de los hombres le acertarían, pero la criatura no se estremeció en ningún momento, no alteró su rumbo. Cada vez se elevaba más, preparándose para una caída en picado.

Aún no la podía sentir, lo cual la dejó perpleja, pero eso no impidió que se preparara para lanzar su propio ataque. Todos los rifles estaban disparando. El gigantesco pájaro encogió las alas para lanzarse como un águila pescadora a un lago, en busca de un pez; con la salvedad de que su objetivo era Zirkander. Sardelle arrancó viento de la tormenta que se acercaba, lo canalizó y lo estampó contra la criatura en picado. La lanzó hacia un lado y se estrelló contra un grueso pino.

Sardelle soltó un rápido suspiro de alivio. Como no la había podido sentir, le había asustado la posibilidad de no poder acertarla, como si fuera una especie de ilusión. El enorme pájaro, que no tenía las marcas de un halcón, sino de un búho con rayas (aunque casi era tan grande como un hombre), se recuperó antes de llegar al suelo y, acto seguido, extendió las alas para batirlas y regresar al cielo nocturno.

Entre tanto, los soldados no dejaban de disparar, y los casquillos saltaban tan calientes de sus fusiles que hacían agujeros en la nieve de alrededor. La criatura ganó altura otra vez, no huyendo de las descargas, sino para hacer otro picado.

—¿Quién le ha dado? —gritó un soldado—. ¿Dónde le habéis dado para lanzarla hacia un lado?

—Le hemos dado todos —respondió otro—. Las balas rebotan. He visto salir disparadas las mías desde esa cosa, como si fuera de metal macizo.

—Pues alguien la ha herido, porque se ha llegado a estrellar. Si pudiéramos acertar todos en ese punto…

—No ha sido una bala, idiota. Ha sido el viento.

*Técnicamente cierto.*

*¡Jaxi! ¿Qué es esa cosa? ¿El familiar de alguien? ¿Un familiar extremadamente mejorado de alguien?*

*Creo que estás viendo al animal de compañía de un chamán de Drakovia.*

*¡Drakovia! ¿La de las selvas del hemisferio austral? Eso está a miles de kilómetros de la Cofah.*

Jaxi se encogió de hombros mentalmente.

*Puede que fueran a reclutarlas.*

—¡Mire, señor! ¡Se está lanzando otra vez!

—Ya lo veo.

Zirkander se incorporó y corrió hacia los árboles de Sardelle.

Lo único que quedaba en el pequeño claro era el soldado muerto, pero eso no evitó que el gigantesco búho hiciera otro picado. Sardelle sabía que, si usaba la magia, pondría en riesgo lo poco que quedaba de su confusa y falsa historia, pero lanzó otra ráfaga de viento contra la criatura. Las balas no le hacían nada. Alguien la tenía que ahuyentar.

Sin embargo, el pájaro notó su ataque de algún modo y lo esquivó. El golpe de viento apenas le alborotó las plumas. Cayó hasta llegar a medio metro del suelo y, a continuación, asombrosamente, convirtió el picado en un contrapicado y ascendió en el último momento. No, no ascendió, y tampoco se retiró. Ahora volaba horizontalmente, en paralelo al suelo, dirigiéndose hacia los árboles donde estaban dos de los soldados.

—¡Cuidado! —gritó alguien.

Sonaron más disparos, aunque los soldados ya se habían dado cuenta de que las balas no le hacían nada. Zirkander sacó un puñal de treinta centímetros y se dirigió hacia la criatura. Los soldados se echaron a un lado, evitando a tiempo el ataque del búho, pero solo porque los recios abetos ralentizaron el ataque del ave. Uno corrió alrededor de un árbol y le dio un golpe en el ala cuando el búho aterrizó, extendiendo las garras lo justo para no hundirse en la nieve. El ataque del soldado no le había hecho ningún daño. Extendió el ala con fuerza, le dio con la punta y lo lanzó a tres metros de distancia.

Zirkander se acercó corriendo por detrás, tan deprisa —a pesar de las raquetas— como para sorprender a la criatura. Saltó sobre su espalda e intentó hundirle el puñal en el cuello. Al igual que las balas, la hoja rebotó. El búho giró la cabeza ciento ochenta grados. Zirkander se debió de asustar, porque lo estaba mirando súbitamente a los ojos, pero atacó sin vacilación alguna, apuntando esta vez a uno de sus grandes y amarillos ojos.

Sardelle había levantado la mano, preguntándose qué ataque podía usar estando Zirkander encima de la criatura, pero se detuvo, esperando que su suposición fuera correcta y que sus ojos fueran un punto vulnerable.

La hoja se empezó a hundir. O al menos, ella pensó que se hundía, porque no lo veía bien. Al sentir el contacto, el búho sacudió la cabeza vigorosamente. Zirkander no soltó el arma. Intentó hundirla un poco más, pero salió despedido y cayó de espaldas. La criatura saltó tras él, irguiéndose hasta una altura imposible mientras extendía las alas.

Sardelle intentó encontrar su corazón para cerrar sobre él los dedos de su mente e impedir que siguiera latiendo, pero sus sentidos le volvieron a decir que allí no había nada. Un soldado corrió hacha en mano, como si esta arma pudiera hacer lo que las balas no habían podido. El pájaro hizo caso omiso y atacó a Zirkander, lanzando su pico hacia delante.

Sardelle soltó una maldición. Pensaba que ya era demasiado tarde, pero arrancó una pesada rama del árbol que estaba encima del búho con intención de descargar un golpe en su cabeza. Zirkander ya se había echado a un lado y se había incorporado, no estaba tan indefenso como había parecido.

La rama alcanzó su objetivo, lanzando nieve a diestro y siniestro y sorprendiéndole tanto a él como a la criatura. Zirkander se recuperó antes y lanzó el puñal. El arma acabó en el ojo del búho, pero, al lanzar el puñal, Zirkander quedó al descubierto demasiado tiempo. Una garra apareció de la nada, le alcanzó con la velocidad de un rayo y le desgarro la parka. Él saltó hacia atrás, pero la sangre roció la nieve a su alrededor.

Sardelle rugió, preparada para descargar un árbol entero en la cabeza del pájaro, dándole ya igual si la veían o no, pero la criatura estaba chillando y sacudiendo la cabeza. El puñal seguía clavado en su ojo.

Durante un momento, pensó que había sido un golpe mortal o, por lo menos, que la había dejado gravemente herida, pero alzó una garra y se lo quitó. El arma salió disparada y se clavó en la nieve. El búho alzó el vuelo y atacó también al soldado del hacha antes de batir las alas y volar lejos de su alcance.

—¡Señor! ¡Rav! ¿Estáis bien? —gritó Makt, quien salió corriendo de entre los árboles del otro lado del claro.

—Solo es un arañazo —dijo Zirkander.

Sí, un arañazo que había dejado rastros de sangre por toda la nieve. Sardelle avanzó hacia él, pero el búho chilló de nuevo. No había terminado con ellos. Estaba ascendiendo en espiral, preparándose para lanzarse otra vez en picado.

—Salgamos de aquí. ¿Hay cuevas o fisuras en aquel barranco? —preguntó Zirkander, señalando la rocosa pared del desfiladero.

—No lo sé, señor.

—Pues vaya a mirar. No tenemos nada que ganar si insistimos en luchar contra esa cosa.

Y lo podían perder todo.

—Sí, señor.

—Se va a lanzar en picado —anunció otro de los hombres.

—Vamos, vamos.

Zirkander les indicó que se adelantaran y se giró hacia Sardelle.

Ella había considerado la posibilidad de quedarse e intentar lanzar un árbol a esa cosa cuando los hombres ya no la pudieran ver, pero Zirkander era como un perro pastor, decidido a reunir a su rebaño. Nada en su expresión decía que fuera a permitir que se quedara.

Sardelle corrió hacia él. De todas formas, era poco probable que un árbol pudiera matar a la criatura. Salvo que le clavara el tronco entero en el ojo.

El búho volvió a aterrizar y se abrió paso por el bosque, intentando alcanzarlos. Zirkander y los soldados se metieron por las zonas más densas. Ni la poderosa criatura podía arrancar árboles con las garras. Volvió al cielo y les siguió la pista desde arriba. Junto a la pared del acantilado, había una zona sin vegetación. Tendrían que tener cuidado cuando la cruzaran.

—Allí hay un agujero grande —dijo alguien.

—Puede que sea una cueva.

—Y allí hay otro. Pero es imposible saberlo sin mirar antes.

—No lo sabríamos ni así, porque está demasiado oscuro. Creo que solo es una sombra grande.

Zirkander alzó la mirada. Sí, la criatura seguía arriba, dando vueltas, yendo de un lado a otro, esperando.

Sardelle investigó las escarpadas peñas con la mente. Aquel sitio era poco profundo; aquel otro, demasiado estrecho para meterse, y el de más allá, tan grande que el búho los podría perseguir. Pero, a su izquierda, a una docena de metros, había dos cuevas pequeñas que quizá sirvieran, con el tamaño justo para que se apretujaran dos o tres personas en cada una.

—Allí —Sardelle las señaló—. He estudiado geología. Son fisuras de Brackenforth; estrechas, pero profundas.

Uno de los soldados soltó un bufido.

—¿Está de broma?

—Va a atacar otra vez —dijo Oster, alzando su fusil hacia el negro cielo.

Sardelle corrió hacia las cuevas, sabiendo que eran suficientemente profundas. Zirkander maldijo y corrió tras ella, gritando: «¡Escóndanse!» a los soldados.

—Debería llevarla en brazos —gruñó él a su espalda. Y debería haberla llevado. Definitivamente, no era rápida con las raquetas.

—No es un buen momento —replicó ella.

Sardelle señaló el cielo sin detenerse y se encaramó a la pared del barranco. O más bien lo intentó. No podía escalar con ese enorme y burdo calzado. Se inclinó, se las desabrochó tan deprisa como pudo y, mientras tanto, lanzó otra ráfaga de viento contra la criatura. Ya se había lanzado en picado y, como ella había cometido la estupidez de ser la primera en salir corriendo, la había elegido a ella como objetivo.

Sonaron disparos. Esos soldados no se rendían nunca. Por suerte, el ataque de Sardelle tuvo éxito esta vez, y desvió al búho varios metros. El chillido retumbó en sus oídos, porque estuvo a punto de estrellarse contra las rocas de la base del desfiladero.

Sardelle ascendió sin mirar atrás y se dirigió a la primera de las cuevas, la más pequeña de las dos. Zirkander iba pegado a ella, como si fuera su sombra, protegiéndola. Sardelle resbaló dos veces, porque sus manoplas se deslizaban sobre las heladas piedras cuando intentaba agarrarse, pero Zirkander la cogió las dos veces y la sostuvo hasta que encontró otro asidero.

La criatura se recuperó del golpe que había estado a punto de sufrir y alzó nuevamente el vuelo para preparar otro ataque. Los soldados estaban muy por debajo de ellos; se habían dirigido a las cuevas que estaban enfrente de la zona del bosque por donde habían salido. Sardelle esperaba que encontraran resguardo suficiente en ellas.

—Por aquí —dijo, y se metió por una grieta.

Olía a moho y hacía frío, pero no había nada que fuera más amenazante. Ya la había comprobado, para asegurarse de que no era el cubil de ningún animal. Gateó hasta el fondo, que estaba a dos metros de la entrada, y se acurrucó para hacer sitio a Zirkander.

Su fusil resonó contra la piedra, que también arrancó sonidos a su ropa al rasparla y rasgarla. Zirkander gruñó, intentando acomodarse. Su cuerpo bloqueaba la entrada de la cueva, y la oscuridad del pequeño espacio era total.

—¿Cabe? —preguntó Sardelle. Le había parecido lo suficientemente grande, pero el coronel era más alto y más ancho de hombros que ella—. Si no cabe, hay otra oquedad a poca distancia de aquí —añadió a regañadientes, porque no se quería quedar sola en la cueva.

*Más bien, porque no quieres pasar la noche sin él.*

*Calla. Se trata de seguir vivos, solo de eso.*

*Ya, ya.*

*De todas formas, aquí no hay sitio para hacer otras cosas.*

Desde luego, Sardelle no creía que Zirkander se hubiera planteado «otras cosas», quizá porque no hubiera sido ni el lugar ni el momento adecuados para ellas. Ella era el pequeño rompecabezas que debía resolver, nada más. La estaba protegiendo, pero habría protegido a cualquier otra mujer.

—Sí, claro —respondió Zirkander, que se asomó al exterior—. ¡Escóndase, Rav! ¡Ya viene!

Sardelle comprobó la situación del resto. Habían encontrado una cueva suficiente para tres, pero no habían podido meter al cuarto.

—¡Lo intento, señor! —gritó el distante soldado.

Zirkander sacó el rifle por la boca de la cueva. Estaba como una pantera en la rama de un árbol, con los músculos tensos, preparado para saltar. Sardelle reprimió el impulso de decirle que no podía hacer nada que alejara al búho. No lo habría agradecido. Y ella tampoco podría haber hecho nada si hubiera podido ver, porque no podía desde el fondo de la cueva. De hecho, no había logrado gran cosa ni viendo bien. Cuando volviera a casa, desenterraría los libros sobre los chamanes de la selva.

*¿A casa?*

*Bueno, cuando vuelva. Estarán enterrados en alguna parte, ¿no?*

*Es posible, aunque espero que recuperarme sea tu prioridad.*

*Ya veremos.*

—¡Aquí queda sitio! —gritó Zirkander.

Sardelle se arrastró hacia la entrada, encontró una piedra a la que subirse y miró por encima del hombro del coronel. Si podía localizar al búho, lo atacaría otra vez con una ráfaga de viento. Si lograba…

—Ha encontrado una cueva —dijo Zirkander, que se giró y chocó contra ella.

Ella perdió el equilibrio y se agarró a lo primero que encontró, su hombro.

—Lo siento —dijo, apartándose—. Solo intentaba mirar.

—Y yo que pensaba que estaba abrumada por la euforia de haber sobrevivido y se disponía a tomarme entre sus brazos para besarme…

—Yo…

¿Lo deseaba de verdad? No, su tono era irónico. Era una broma, nada más.

—¡Cuidado! —gritó Sardelle al ver que una sombra bloqueaba la visión del bosque nocturno.

El terrible chillido llenó la minúscula cueva, aporreando los oídos de Sardelle. Cayó hacia atrás, arrastrando a Zirkander con ella. Él no necesitaba que le urgiera. Las garras arañaban y rasgaban las rocas de alrededor de la embocadura. Zirkander se apretó contra el fondo y refunfuñó al cambiar de posición para ponerse de cara a la entrada, situándose de tal forma que estuviera entre la criatura y ella.

Con las alas plegadas, el búho no era mucho más grande que un hombre. Si conseguía meterse…

Sardelle tragó saliva, aterrada ante la posibilidad de haberlos conducido no a un refugio, sino a una trampa. Hizo acopio de energía para volver a atacar, pero una de las garras resbaló y desapareció entre un frenesí de alas batientes. Volvió enseguida, aleteando contra la boca de la cueva. Sardelle examinó la parte superior del barranco. Estaba cubierto de nieve. Empujó un montón hacia el borde. No haría daño al búho, pero tal vez…

Cayó una precipitación de copos de nieve. La criatura chilló y desapareció de la vista.

—No me gusta ese ruido —dijo Sardelle.

Esperaba que las cuevas de los demás tuvieran embocaduras lo suficientemente estrechas para que el búho no pudiera llegar a ellos.

—Ahora sé lo que quería decir mi madre cada vez que usaba el término *perforaoídos* conmigo —dijo Zirkander.

—¿En relación con qué?

—Con el trombón que intenté aprender a tocar un verano. Yo creía que era fabuloso.

Sardelle sonrió a pesar de la situación. No sabía cómo iban a escapar del búho; pero, en ese momento, no se le ocurrió otra persona con la que hubiera preferido quedarse atrapada.

# Capítulo 7

—¿Señor? —gritó alguien en la distancia.

Ridge dejó a Sardelle (de todas formas, la estaba aplastando) y regresó a la parte delantera de la cueva, donde gruñó al golpearse un pie contra una roca. A su refugio le faltaba un suelo liso.

—Estamos bien, Rav —dijo el coronel—. ¿Se han puesto a salvo todos?

—Todos estamos a salvo, pero, ejem, el búho… está sentado fuera, esperando en la rama de un árbol.

—Con suerte se aburrirá de esperar y se irá.

El «sí, señor» del soldado sonó animoso, pero el siguiente «¿y si no se va?» fue un poco más lastimero.

—Ya lo pensaremos por la mañana —replicó.

Ridge bajó la voz al preguntar a Sardelle:

—Los búhos son nocturnos, ¿no?

—Los normales, sí —respondió ella—. Los mágicos, no estoy tan segura.

—Así que es mágico de verdad —dijo Ridge, asimilando su afirmación—. No creía que fuera normal, pero tampoco había oído de nada parecido.

Tras un instante de silencio, Sardelle preguntó:

—¿No está en el manual de operaciones?

—No.

—Supongo que pertenecía a alguien de la aeronave.

—Una aeronave que ahora puede volver y arrasar el fuerte en mi ausencia.

Ridge golpeó la pared de la cueva con la mano. Un maldito idiota errante, eso es lo que había sido. Había perdido un hombre, y el fuerte podía estar en peligro otra vez.

—Lo siento —dijo Sardelle con suavidad.

—No es culpa suya.

Ridge aún no había adivinado por qué se había empeñado en ir allí ni cómo rayos se las había arreglado para escabullirse delante de las narices de sus hombres, pero no había sido una carga. Se había esforzado por mantener su ritmo, y no se había quejado. Hasta había acertado con la cueva: fisuras de Brackenforth. Ridge bufó. Ya lo comprobaría cuando volvieran a la fortaleza, si es que había una fortaleza a la que volver. Se gruñó a sí mismo. Estaban así porque él había querido esa aeronave. ¿Qué pensaba que pasaría? ¿Que todos sus tripulantes estarían muertos y que solo tendría que llevársela? Al menos, esperaba que no opusieran demasiada resistencia. Pero la aeronave estaba bien tripulada, y la Cofah la había reparado de un modo asombrosamente rápido. Se preguntó si…

—Entonces, si alguna persona de esa aeronave tiene un búho mágico, ¿dicha persona tendría poderes mágicos propios?

Ridge no supo cuándo había empezado a pensar en Sardelle como si fuera su guía de asuntos esotéricos; pero, como mínimo, había leído un libro sobre la materia, y eso era uno más de los que había leído él.

—Sí, ese hombre o esa mujer los tendría —afirmó ella—. Y tendría que tener un inquietante poderío para manejar a semejante bestia.

Sus palabras estaban cargadas de preocupación. Hasta ese momento, lo había afrontado todo con actitud tranquila. Aquella era la primera vez que sonaba preocupada.

Y eso le inquietó. Lo que había supuesto una simple misión de exploración de la Cofah parecía ser mucho más. Una aeronave bien equipada con el aparente objetivo de enterrar la fortaleza y las minas bajo nieve y rocas.

Un viento gélido sopló por el desfiladero. Iba a ser una noche tormentosa. Esperaba que el búho tuviera frío. Y que una ráfaga lo tirara de la rama.

Hubo un sonido de ropa contra piedra cuando Sardelle cambió de posición. Palpó a su alrededor, gruñó un par de veces al golpearse con piedras y se sentó en el suelo, entre la entrada y la pared del fondo. Era el lugar más ancho de su pequeña guarida.

—No parece que hayamos elegido una cueva muy confortable.

—No estoy seguro de que pueda haber una cueva cómoda en una noche como esta —comentó Ridge, señalando la nieve. Ahora caía de costado, empujada por el viento—. La temperatura va a bajar. Lástima que el búho no tuviera el detalle de dejarnos recoger leña antes de entrar.

—Ya, tengo entendido que los búhos mágicos son muy maleducados.

—Eso también está en el libro que citó, ¿eh?

—A decir verdad, no. Estaba bromeando. Me temo que no sé casi nada de búhos mágicos.

—Hum.

Ridge se debatió entre sentarse a su lado o quedarse donde estaba, haciendo guardia. Qué vigilaba, no lo sabía: la nevada era cada vez más intensa, y ni podía ver el búho ni casi nada. Sencillamente, tenía la sensación de que debía estar atento. Ya había cometido bastantes errores por una noche. Pero el pecho le dolía, lo cual le recordó los arañazos; como si el aire helado que atravesaba su rasgada parka y su camisa no fuera suficiente recordatorio. Sería mejor que sacara vendas y antiséptico. Hasta donde él sabía, las garras de un búho mágico podían contagiar la rabia a un hombre.

—¿Cómo está su herida? —preguntó Sardelle—. ¿Quiere que se la vende?

Qué extraño. Cualquiera habría dicho que le había leído el pensamiento. Aunque quizá lo había visto tocándose el pecho, mas no recordaba haberse tocado.

—Me duele un poco. Me estaba preguntando si los bichos mágicos pueden causar infecciones.

—Si tenía las garras sucias… bueno, la suciedad es la suciedad. Mejor por fuera que dentro de las heridas —dijo Sardelle, que se movió con la probable intención de abrir su mochila—. Cogí uno de los botiquines de primeros auxilios que estaban en la sala de las raquetas de nieve. Siéntese, por favor.

—No solo se escabulle de mi fuerte, sino que coge todo lo que necesita para el camino antes de escaparse. Definitivamente, voy a tener que hablar con mis hombres cuando volvamos.

Aunque algo contrariado por su fracaso (a fin de cuentas, el fracaso de un soldado era un reflejo de su oficial al mando), gateó hacia ella y se sentó. No pudo negar que la sensación de apoyarse contra la pared y descansar era muy placentera.

—No es culpa de ellos —destacó Sardelle.

—¿No? ¿Es una experta tan consumada en el arte de la ocultación como para que no se les pueda culpar?

—Algo así. Vaya… lo que no he traído es una vela o una cerilla. Supongo que no llevará ninguna entre sus cosas. Esto sería más fácil con luz.

Ridge alcanzó su mochila. Se quitó las manoplas para desabrochar las correas y hurgó en un bolsillo exterior hasta encontrar un quinqué pequeño y la caja donde llevaba el pedernal y la yesca.

—Ya lo hago yo —dijo ella, quitándoselo de las manos. También se había desecho de sus manoplas, y el contacto de la mano de Sardelle le pareció… agradable—. Relájese, y tenga paciencia.

—Cuidado; si trata bien a sus pacientes, me encargaré de que el médico la ponga a trabajar en la enfermería.

—Pues sería un puesto adecuado para mí.

Ah, sí; Sardelle había comentado que había hecho prácticas de medicina, ¿verdad?

—¿No echará de menos lo de doblar toallas en la lavandería?

—No particularmente.

Rascó el pedernal, y las chispas cayeron sobre la suave yesca que había sacado de la caja. El débil destello naranja iluminó su rostro, que no estaba tan mal tras las actividades de la tarde. Sopló las chispas, provocando una llama, y encendió el quinqué.

—La cueva es tan pequeña que hasta es posible que la llama y nuestros cuerpos nos mantengan calientes durante la noche —prosiguió ella.

—Nuestros cuerpos, ¿eh?

Sardelle sonrió.

—Sí. Quítese la camisa, por favor.

—Hum —dijo Ridge, quien podía sentir la frialdad de la pared incluso a través de la parka—. ¿Qué tal si me limito a levantármela un poco? Cuando esté preparada, empezamos.

No sería ni un segundo antes. Quejarse del clima podía ser poco varonil; pero, como ya había dejado de correr, escalar y saltar sobre la espalda de pájaros gigantes, su sudor se estaba enfriando, congelándole la piel.

—No será tímido, ¿verdad?

Sardelle abrió el oscuro frasco del mejunje de bromo que estaba en el botiquín de primeros auxilios y lo olió con desconfianza.

—En climas tropicales, en absoluto. Podría ir descamisado hasta en climas templados, pero aquí… Todavía no me he acostumbrado a los carámbanos que cuelgan de mi nariz por las mañanas.

Ridge se abrió la parka, se desabrochó la chaqueta del uniforme y se sacó la camisa de debajo de los pantalones, pero no expuso ni un milímetro de piel hasta que ella se inclinó sobre él con una gasa de antiséptico en una mano y unas vendas en la otra. Ya sentía frío en la espalda por haberse sacado la camisa.

—Entonces supongo que no tengo que preocuparme por la posibilidad de que desee realizar… actividades sociales durante la noche. Actividades que quizás implicaran quitarse ropa.

Sardelle, que ya había empapado la gasa, se acercó un poco más y añadió:

—Súbase la camisa, por favor.

—No, no se preocupe por eso —expresó Ridge, pensando qué comentario descartaba lo que había pensado antes. No estaba allí para seducirle y sonsacarle información. Ni él debía sentirse decepcionado—. Pero, ya que lo dice, los hombres no necesitan exponer demasiada piel para ponerse *sociables*.

—Supongo que no —replicó ella—. La camisa.

Ridge llevó las manos al dobladillo, pero dudó y se mordisqueó la cara interior de la mejilla, pensativo.

—¿Algún problema? —preguntó Sardelle.

—Me estaba preguntando si no debería frotar antes mi dragón.

—Ejem, ¿cómo?

—Perdón, mi amuleto —dijo Ridge, que miró la gasa empapada—. Quizá debería ser usted quien lo frote.

—Quizá más tarde —planteó en voz baja.

Ridge supuso que estaría a salvo mientras no sacara agujas y sutura. Se levantó la camisa y puso cara de disgusto al ver la sangre seca y la lana pegada a su piel.

—No parece que necesite puntos —comentó Sardelle—. Sin embargo, le quedarán cicatrices.

Ridge estuvo a punto de decir que no sería la primera vez, pero tampoco había sufrido tantas heridas de guerra. Solo lo habían derribado una vez, sobre el océano, y había salido sin una gota de sangre.

—Sobreviviré. Si ese búho se ha marchado por la mañana.

—Espero que resulte ser nocturno, o que eche de menos a su dueño y se sienta en la necesidad de ir a buscarlo. Bueno, o a su dueña. A quien sea.

—Yo también.

Sardelle apoyó la mano izquierda en su pecho mientras le limpiaba suavemente las heridas con la gasa de la derecha. Ridge sintió el calor de sus dedos contra la piel, en contraste con la frialdad de la gasa húmeda. No había pensado en actividades *sociales* hasta que ella las sacó a colación; pero, ahora que las había sacado (y que estaba pegado a él, tocándole el pecho), le costaba sacárselas de la cabeza. El viento chillaba en el exterior, y ya se había acumulado un centímetro de nieve en la cornisa. Un momento perfecto para tumbarse cerca de una mujer. Bueno, acurrucarse no era exactamente lo que tenía en mente. Pero hacer algo más sería inapropiado; incluso pensarlo ya lo era. Aunque los hubiera ayudado, aunque lo hubiera ayudado a él, seguía sin saber si era amiga o enemiga. Sin embargo, se dio cuenta de que ya llevaba un rato tocándole el pecho, y de que había limpiado más de una vez las mismas heridas. ¿Sería posible que estuviera disfrutando de sus servicios? Había dejado de sentir dolor. De hecho, solo notaba que, si no se detenía pronto, la tomaría entre sus brazos, la apretaría contra su pecho, la besaría y…

—¿Cómo se hizo la cicatriz de la mandíbula?

Sardelle se echó hacia atrás, apartó la gasa y cerró el frasco.

Ridge se descubrió sin voz, y tuvo que carraspear antes de hablar.

—Es antigua… me la hice de niño. Me sorprende que aún se vea.

Ella arqueó las cejas.

—Fue un regalo de un matón callejero que me doblaba en tamaño. Siempre se estaba metiendo conmigo. Me daba mucho miedo, pero al final me cansé de que me zarandeara. Le ofrecí un pastel a cambio de que me enseñara a pelear.

—¿Un pastel?

Los labios de Sardelle se curvaron en una sonrisa. Hasta sus sonrisas eran serenas. Ridge se preguntó si perdía su aplomo alguna vez. Por ejemplo, en brazos de la pasión.

Él volvió a carraspear. Tranquilo, chico.

—Eran como las nueve. Yo no tenía dinero ni objetos valiosos, pero mi madre cocinaba para entretenerse cuando mi padre estaba fuera de la ciudad. Aquel día tenía tres pasteles enfriándose en la ventana.

—¿Y el abusón aceptó su oferta?

—Sí. La primera lección consistía en aprender a soportar el dolor —dijo Ridge, tocándose la cicatriz. Se acordaba perfectamente del tablero con clavos que le había dado en la cara—. Creo que aquel matón disfrutó más con sus clases de lo que había disfrutado cuando se metía conmigo. No obstante, aprendí a defenderme mejor, aunque no aprendí a derribar a nadie hasta que recibí formación militar. Aunque ya me habían aceptado en la academia de oficiales y de vuelo, hay que hacer un año de adiestramiento, el mismo por el que pasan todos los soldados de infantería. Supongo que te quieren capaz de abrirte camino a tiros si te derriban sobre territorio enemigo.

Ridge se dio cuenta de que se había alejado del tema de conversación. Para entonces, Sardelle sostenía el rollo de venda, tal vez esperando a que dejara de divagar para seguir con su trabajo. Sin embargo, se limitó a sonreír y a decir:

—Lucha bien, coronel.

—Gracias —dijo Ridge, encogiéndose de hombros. No esperaba que le hiciera un cumplido—. Pero puedes tutearme y llamarme Ridge. Para bien o para mal, he dejado de considerarte una prisionera.

Los ojos de Sardelle brillaron con desconfianza. Bajó la vista y la clavó en el rollo de venda. Luego, soltó la punta y tiró del extremo. Él pensó que iba a preguntar qué la consideraba ahora, pero su pregunta siguiente fue:

—Ridge… Trotacumbres, ¿no? Me preguntaba…

—¿Quién me puso un mote tan raro?

Ridge sonrió con suficiencia. Se lo preguntaban mucho.

—¿Raro? El apodo que me vino a la cabeza cuando lo oí por primera vez fue Petulante.

Ridge sonrió un poco más. Eso también se lo decían mucho.

—En cualquier caso, se lo tengo que agradecer a mi padre. Era y sigue siendo explorador, y pasó mucho tiempo en las montañas de Dresdark, cartografiando las selvas y buscando… bueno, no sé qué. Le dijo a mi madre que algún día volvería a casa con montones de oro. No fue así. Tampoco parecía importarle. Le encantaba presumir de sus mapas nuevos. Ganó algún dinero vendiéndolos a universidades y a buscadores de tesoros de verdad. Sea como sea, ya no lo hace mucho, pero siempre se lleva su equipo para escalar montañas. Ha subido a algunas de las más altas. Pensó que yo seguiría sus pasos.

Ridge supo que le estaba contando todo lo que se podía saber sobre él. Quizás estuviera haciendo mal, aunque no creía que pudiera surgir nada malo de compartir su pasado más distante. Si hubiera preguntado por secretos militares, habría sido mucho más cauteloso. Él también sentía curiosidad por ella, pero sospechaba que solo diría mentiras; otra vez. Era extraño que se hubiera encariñado tanto de una mujer en dos días; sobre todo, de una a la que seguramente debía considerar enemiga. O tal vez no fuera tan extraño. Sardelle había intentado ayudar en todo el momento.

Al recordar cómo había subido a la muralla para asegurarse de que no usara los cañones, por miedo a que enterrara el fuerte, sonrió. Y también había sido responsable de que los salvaran a sus hombres y a él de la avalancha real. Sorprendentemente, nadie había muerto en el suceso; pero algunos de los hombres sepultados habrían fallecido al quedarse sin aire si hubieran tenido que esperar a que los soldados que cavaban los encontraran por casualidad. No sabía cómo lo había conseguido, pero su intervención había salvado la vida a varios hombres que estaban a su cargo.

—Incorpórate un poco, para que pueda pasar esto a tu alrededor —dijo Sardelle, alzando la venda.

Ah, la venda. Casi lo había olvidado.

Ridge se incorporó un poco, disminuyendo la distancia que había entre ellos. Notó las pecas de su nariz y sus mejillas. Se fijó especialmente en sus labios, que apretó en gesto de concentración cuando se acercó más para pasar la venda alrededor de su espalda. Él mantuvo subida la camisa, y se preguntó si estaba disfrutando de la vista o si solo era uno más de los miles de pechos que habría visto como sanadora. Le gustaba pensar que el suyo estaba más agradablemente musculado y era más atractivo que la mayoría, pero era obvio que su opinión no era imparcial. Fuera cual fuera su experiencia con pechos, le pareció sumida en sus pensamientos mientras le vendaba el suyo. Ni siquiera fue consciente del momento en que su cabello negro le acarició la piel, provocándole la más deliciosa de las sensaciones. Ridge supo que deslizar las manos por él sería un placer. Lástima que estuviera ocupada, preguntándose… ¿Qué? Tal vez, si debía o no debía confesarle sus secretos aquella noche. Y él se preguntó si tenía alguna posibilidad de seducirla. Y de sonsacarle sus secretos. Sinceramente, habría preferido limitarse al sexo; pero le había prometido que no intentaría nada. Maldita sea, ¿en qué habría estado pensando? ¿Y por qué le daba vueltas y más vueltas en su cabeza, perdiéndose en sus detalles, buscando una excusa para ponerle una mano en la nuca y besarla?

Sardelle cerró la venta y alzó la vista, clavándola en sus ojos por primera vez. Ridge hizo un esfuerzo por cambiar la expresión de su cara y parecer atento o, por lo menos, no excitado. Aunque, por la forma en que ella inclinaba la suya, y por la mano que mantenía en su talle… ¿sería posible que estuviera pensando en algo más que unos primeros auxilios?

—¿Sobreviviré, doctora?

—A esta noche, sí. No puedo hacer promesas sobre el mañana.

Evidentemente, su comentario pretendía ser informal, pero le llegó al corazón y le recordó una vieja cita, que pronunció él en voz baja:

—Los dioses no prometen ningún mañana a nadie.

—Barisky —dijo ella.

Ridge rompió a reír. Pues claro que conocía al autor. ¿Acaso no había estado resumiéndole los clásicos ese mismo día?

No sabía cómo iba a reaccionar, pero alzó una mano y le acarició el pelo con los nudillos. A pesar de haber sufrido los embates de la nieve y de un búho asesino, era tan suave como había imaginado. Se inclinó hacia delante, escudriñando su cara en busca de signos de rechazo. Sus ojos se dilataron un poco más, pero no se apartó. Entreabrió los labios y Ridge no necesitó más invitación.

Sardelle estaba deseando ese beso, aunque no lo esperaba de verdad. Tan cerca, sin nada más que un capullo de roca y nieve a su alrededor, notaba sus emociones incluso cuando no lo intentaba, y había sentido su respuesta a su contacto. También había sentido el momento en que decidió actuar a partir de esa respuesta. Sus labios eran cálidos y su sabor, aún más. Se apoyó en él, feliz de pasar la noche besándose, aunque sabía que sus sentimientos cambiarían cuando supiera la verdad, lo cual la entristeció.

En todo caso, era un problema para el día siguiente. Aunque era posible que la nieve los sepultara y aquello fuera lo último que iban a vivir. Mejor que lo disfrutaran.

Pasó los brazos alrededor de su cintura y los metió bajo la camisa, disfrutando del calor de su piel y de las duras cimas de músculo de sus costillas. Habían descubierto su don cuando era joven, y había llegado a la madurez estando en el Círculo y vistiendo la toga de hechicera. Los únicos hombres que se habían atrevido a acercarse a ella eran otros usuarios de la magia, los que la encontraban absolutamente normal, no algo extraño que se debía adorar o temer, y esos hombres no solían tener la complexión musculosa de los soldados. Algunas de sus hermanas en las artes se habían puesto vestidos y se habían ido en busca de amantes, pero

Sardelle nunca había sentido esa necesidad, no por relaciones sin esperanza de futuro.

Entonces, ¿qué era distinto esta vez?

Con su carácter despreocupado y su sonrisa rápida, y con la seria pasión por su deber que subyacía bajo ello, Zirkander —Ridge— había conseguido que le importara, que quisiera protegerlo y que él la protegiera a ella. Ser un equipo. Además, besaba como un dios, y se derretía entre sus brazos, con el calor de sus labios fluyendo por sus nervios como un incendio fuera de control.

Ridge se echó hacia atrás, arrastrándola con él. Sus labios se alejaron un momento, y Sardelle susurró:

—Coronel… Ridge, ¿estás intentando ponerte sociable conmigo?

—¿He dicho yo que no tuviera esa intención? —Su aliento calentó la mejilla de Sardelle, y sus ojos brillaron con humor—. Por supuesto que no; solo quiero demostrarte mi agradecimiento por lo bien que me has vendado.

Sardelle estaba tumbada sobre esa venda en ese momento. No debía de ser cómodo para Ridge, pero era él quien la mantenía sobre su cuerpo.

—Comprendo. Qué considerado.

Ridge metió una cálida mano sobre su parka y le acarició la espalda.

—¿Ya podemos seguir besándonos?

—Sí.

Sardelle deseó no llevar el ancho vestido de lana, y que sus manos encontraran piel desnuda; pero el vaho de su aliento nublaba el ambiente, y el aire helado silbaba por la entrada. Quitarse ropa no parecía sensato.

Ridge debió de notar su problema, porque se puso de lado, la tumbó de espaldas y se colocó encima, protegiéndola de la corriente. La ancha parka de Sardelle amortiguó el filo de las piedras y, a medida que él profundizaba los besos y recorría su cuerpo con las manos, ella dejó de ser consciente del frío. Allá donde la tocaba, sentía calor, y, cuando por fin encontró piel desnuda, la respiración de Sardelle se había acelerado, dominada por las caricias, sin percibir otra cosa que no fueran sus labios, su lengua, sus dedos y su duro cuerpo apretado contra el suyo.

Sardelle había pensado que se limitarían a besarse durante toda la noche, matando el tiempo mientras la tormenta rugía; pero, en cuanto empezaron, supo que quería más. Sus deambulantes manos y su hábil lengua la hacían desear… todo. Para entonces, ya había poco espacio entre los dos, y estaba segura de que él también lo quería todo.

Apartó una mano de su espalda y la llevó a su estrecha cintura, donde acarició los ondulados músculos de su abdomen, disfrutando de las sensaciones, sintiendo el cosquilleo de su vello en los dedos. Después, bajó hasta el cinturón, pero Ridge rompió el contacto de sus labios y dijo en voz baja:

—No.

Ella se sintió profundamente decepcionada. ¿Le habría interpretado mal?

—Aún no —añadió Ridge, dedicándole una lenta sonrisa.

La volvió a besar, y ya la había dejado sin aliento antes de que sus labios se mudaran a su cuello y, a continuación, a su clavícula. Sardelle cerró los puños sobre su rizado y corto pelo cuando empezó a descender, mordisqueándola y tentándola por encima del vestido.

«Ridge», susurró ella, con la vaga intención de decirle que necesitaban llevar menos ropa, al infierno con el invierno, pero sus pensamientos se enredaron, y no pudo salir de ahí. Solo sabía que no quería que se detuviera.

Él le subió una mano por el muslo, recogiendo la tela del vestido hasta su cintura. El aire frío mordisqueó sus piernas, pero el contraste con el calor de su mano solo hizo que se estremeciera de placer. Su boca bajó más, y su idea de mostrarse agradecido provocó que los ojos se le quedaran en blanco. Enseguida, estaba jadeando, cerrando los puños sobre el forro de piel de la parka y pronunciando su nombre. Ridge no tenía ninguna prisa, aunque ella lo urgió a tenerla cuando encontró el aliento necesario para hablar. Solo consiguió que sonriera y que sus ojos brillaran, sin disminuir en ningún momento la intensidad de sus atenciones. La miraba mientras la barba incipiente de su mandíbula le acariciaba la cara interior del muslo, queriendo comprobar que disfrutaba de sus caricias. Ella no supo por qué le importaba, pero supo que le importaba; y ese hecho, combinado con su contacto, hizo que se arqueara hacia él, asediada por olas de feroz euforia.

Cuando sus labios volvieron a los labios de Sardelle, lo hicieron ardientes y hambrientos, avivados por su propia y postergada necesidad. Sardelle cerró brazos y piernas a su alrededor, deseando darle tanto placer como él a ella. Le pasó una mano por el estómago y volvió a su cinturón. Esta vez, él no la detuvo.

—¿Estás cómoda? —susurro Ridge entre besos.

Ella asintió. Si mil piedras se le hubieran estado clavando en la espalda, no habría reaccionado de forma distinta. Ridge la puso arriba de todas formas y se tumbó en el rocoso suelo. Una parte de ella quiso protestar (Ridge ya había sufrido bastantes heridas por un día), pero él cerró las manos sobre sus caderas y acarició su piel desnuda mientras la guiaba hacia sí, y absolutamente todos los pensamientos conscientes de Sardelle desaparecieron de su cabeza. Soltó un gemido cuando la llenó, manos encontrando los hombros de Ridge, dedos hundiéndose en ellos, agarrándose a ellos mientras se acometían el uno al otro. Quiso que el momento durara para siempre, pero la pasión aumentó y se propagó por ella, exigiendo liberación, como una avalancha a punto de precipitarse por una ladera. Por la urgencia de sus besos y el fuego de sus ojos, supo que él también lo sentía. Se estrellaron juntos en el instante postrero, y el éxtasis estalló en su interior, fluyendo por sus venas.

Estremecida, Sardelle se derrumbó sobre su pecho. Apoyó la cara en la tentadora calidez de su cuello e inhaló su masculino aroma: sudor, humo de fusil, bosque.

Él le acarició la mejilla y dijo en voz baja:

—Eres increíble.

¿Ella? ¿Qué había hecho ella? Lo había hecho todo él. Pero no estuvo segura de querer confesárselo, así que eligió la opción menos comprometida.

—¿Significa eso que las heridas ya no te duelen tanto?

—Ni las he notado —dijo con voz quebrada. Aún la acariciaba distraídamente, pero parecía a punto de quedarse dormido—. Debes de ser buena doctora.

A decir verdad, Sardelle había infundido un poco de magia en la espantosa tintura, para asegurarse de que las heridas cerraran bien, así que aceptó su halago con más facilidad.

—En eso estoy de acuerdo.

Ridge rio con suavidad. Ella apoyó la cabeza en su hombro. El quinqué se había apagado en algún momento, y ella se alegró, porque los ojos se le habían llenado de lágrimas. La noche le había dado más de lo que esperaba. Más que una forma de matar el tiempo. Para los dos.

Incluso en el caso de que no hubiera notado sus sentimientos, sus caricias le habrían demostrado que ella le importaba. Sus lágrimas se debían a que era consciente de que, en algún momento, tendría que elegir entre hacerle daño con la verdad o marcharse antes de que la descubriera. Y no se sentía capaz de ninguna de las dos cosas.

Sardelle se dijo que debía dormir, que estaba arruinando el momento con su preocupación. Era mejor que disfrutara de aquello mientras pudiera. Le dio un último beso y se acurrucó contra su adormecedor abrazo.

# Capítulo 8

El búho ya no estaba por la mañana. Probablemente, Ridge lo habría descubierto por su cuenta en algún momento, pero aún estaba abrazado a Sardelle bajo las parkas cuando oyó un grito procedente del exterior. Se sentó y se estremeció con el aire frío que lo golpeó. Sin duda, sus pobres soldados habían pasado una noche menos placentera, así que no se iba a quejar.

—¿Es de día? —susurró Sardelle, con sus enmarañados mechones sobre la cara.

—Sí.

Él le apartó el cabello y la besó.

Ella sonrió y le devolvió el beso, alzando una tierna mano para acariciarle la cara. A Ridge se le encogió el corazón con su sencillo gesto, confiando en que significara que no tenía prisa por levantarse y que no tenía prisa por olvidar su noche.

Se apartó de ella a regañadientes. Le habría gustado estar más tiempo con ella, porque sabía que ni podían ni debían tenerlo cuando regresaran a la fortaleza, pero su sentido del deber lo instó a volver tan pronto como fuera posible. La tormenta había pasado, y en el este brillaba un claro cielo azul. Sus hombres estarían preocupados tanto por él como él lo estaba por la posibilidad de que la aeronave hubiera tomado aquella dirección tras dejar atrás al maldito búho.

Ridge se abrochó sus prendas, temblando. No recordaba haber sentido frío la noche anterior, pero supuso que era comprensible; calor corporal, sí.

—Supongo que nadie nos traerá un café —dijo Sardelle entre el frufrú de su ropa, porque ella también se estaba preparando.

—No hasta que volvamos. Aunque no sé si te gustará el brebaje del teniente Kaosh. Es fangoso.

—Entonces, no sentiré envidia cuando no me invites a desayunar, cosa improbable.

Sardelle no pareció molesta, pero sus palabras la estremecieron de todas formas. Sí, en lo tocante al resto del fuerte, ella seguía siendo una prisionera, una persona con la que definitivamente no se debía acostar, y, aunque al final resultara no ser verdaderamente una presa, supuso que tampoco debía acostarse con ella. La noche anterior había estado tan ocupado organizando campañas desde sus pantalones que no se había acordado de eso. Si Sardelle le dijera al menos quién era y qué quería…

Pero no; si hubiera podido, se lo habría dicho. Más de una vez, mientras ella lo miraba, la había notado a punto de decir algo.

—Ya se nos ocurrirá alguna solución —acertó a decir, aunque no imaginaba cuál.

Las piedras que cayeron en el exterior de la cueva lo permitieron escapar de aquel momento sin hacer promesas.

—¿Señor?

—Sí, Rav. Estamos bien.

Ridge se alegró de que Sardelle y él estuvieran completamente vestidos (ella hasta se había puesto la mochila) cuando el soldado se asomó, aunque tuvo la sensación de que el hecho de que hubieran pasado la noche a solas y en una cueva sería la comidilla de todo el fuerte una hora después de que regresaran, momento en que habría especulaciones para todos los gustos. Oh, bueno, todo quedaría entre los chismes del fuerte. Tenía cosas más importantes de las que preocuparse. Además, no tendría que alarmarse de verdad hasta que la noticia llegara a oídos de su comandante en jefe.

—El búho se ha ido —dijo Rav.

—Sí, es hora de volver.

Ridge alcanzó su fusil y su mochila, pero dudó antes de salir. Rav, que ya estaba bajando, había desaparecido de la vista, así que se detuvo para abrazar a Sardelle con un solo brazo y murmurar:

—Encontraré la forma de conseguirte café. ¿Alguna otra petición para los desayunos?

Ella le dio un beso en la mejilla (no podía ser muy placentero, habida cuenta de que tenía barba de un día, pero no pareció importarle).

—Esos pastelitos de mango sonaban bien.

—Me temo que tendría que llevarte a la civilización para encontrar uno. Puede que una masa rústica sea factible.

—Estoy ansiosa de probarla.

Ridge la abrazó una vez más, sabiendo que sería la última en una temporada, y salió del agujero. Los soldados estaban esperando al pie del barranco, con las mochilas y las raquetas puestas. Ridge se preguntó con retraso si tenía marcas de carmín en la cara o chupetones en el cuello. No, Sardelle no llevaba maquillaje de ningún tipo (¿dónde lo iba a conseguir, en ese horror de fortaleza?), y había sido entusiasta, pero de estilo refinado, sin mencionar que le preocupaba presionarle las heridas. Como si él hubiera podido notarlo. Seguramente, no lo mordería hasta que pasaran una segunda noche en una cueva.

Aquel pensamiento le arrancó una sonrisa, pero ya había conseguido controlarla cuando llegó abajo. La primera pregunta que le hicieron fue si debían sacar el cadáver de Nakkithor de la nieve, lo cual le devolvió la seriedad al instante. Sardelle y él ayudaron a sacar al soldado muerto y a construir la angarilla. Después, salieron del desfiladero con Ridge en vanguardia. La nieve había desdibujado sus huellas, pero sin taparlas por completo, aunque él habría encontrado el camino de todas formas. Quizá no tuviera la capacidad combativa de aquellos hombres de infantería, pero no se desorientaba nunca, ni siquiera cuando estaba boca abajo, huyendo a toda velocidad entre dos aeronaves enemigas con cañones. Seguramente indicara que estaba loco, pero el recuerdo de aquella batalla le provocó nostalgia y añoranza de su hogar.

Se preguntó si a Sardelle le gustaría su pequeña cabaña del lago. No es que fuera a visitarla… Terminaría lo que hubiera ido a hacer y desaparecería, escabulléndose entre los guardias con tanta facilidad como la última vez. Y si cogía algo de las minas y él la dejaba marcharse sin intentar impedírselo, sería traición, o, por lo menos, ineptitud. Nunca habría imaginado que su historial corriera peligro de quedar marcado por una de esas dos etiquetas. Para todo había una primera vez. Salvo que la mantuviera encerrada hasta que hablara. Una recompensa magnífica a cambio de la noche anterior.

La fortaleza apareció en la distancia mucho antes de lo que esperaba, aunque también era posible que hubiera estado tan sumido en sus pensamientos que no había notado la caminata. Los hombres se habían afanado por limpiar la muralla del este, para que nadie pudiera bajar por la colina de nieve y llegar al patio por el simple procedimiento de caminar, pero pasaría algún tiempo antes de que desaparecieran los últimos restos de la avalancha.

El portalón se abrió antes de que llegaran, y Ridge descubrió que el capitán Heriton lo estaba esperando en el patio en compañía de un par de corpulentos soldados y de un desaliñado preso de mirada esquiva.

—Oh, oh —susurró Sardelle a su espalda.

Antes de que Ridge pudiera pedir explicaciones, el prisionero extendió un brazo hacia ella.

—Es esa.

El capitán Heriton asintió lentamente, como si ya lo supiera. Ridge miró a Sardelle a los ojos y descubrió preocupación. ¿Estaría su secreto a punto de salir a la luz?

—¿Qué ocurre, capitán? —preguntó Ridge, con las manos súbitamente húmedas en el interior de sus manoplas.

¿Qué pasaría si dejaba de ser un interrogante y se convertía en enemiga por culpa de su secreto? ¿Qué haría él?

—Este es el hombre al que nos ordenó que detuviéramos, el que supuestamente mató a la mujer del baño.

—¿Lo niega?

—No, lo admite porque dice que era una bruja y que le había echado una maldición, sobre sus entrañas, específicamente. Ha tenido un sarpullido desde entonces. Supone que se la echó porque intentó obligarla a mantener relaciones sexuales. Por lo visto, ella lo amenazó.

Heriton agitó los dedos, como si esos detalles le parecieran prescindibles, pero su mirada se volvió más intensa cuando retomó su explicación.

—Mientras lo entrevistaba, descubrí que su… amiga —el capitán señaló a Sardelle con una mano— también es sospechosa, aunque el prisionero afirma que no pudo interrogarla porque pasa mucho tiempo con usted. Sin embargo, parece que también estaba presente cuando empezó a sufrir el sarpullido. La encontró abajo, en uno de los túneles de las minas.

—No apareció en un túnel —dijo el preso de mirada esquiva—, sino en las rocas. Fue más raro que un loro de tres patas. Tuvimos que sacarla de allí. La rescatamos. Pero no mostró el agradecimiento que cabía esperar. Esa chiflada se fue corriendo mientras nosotros nos encogíamos.

—¿Por culpa de… un sarpullido? —preguntó Ridge.

El hombre asintió, cruzó las piernas y se puso las manos sobre la entrepierna, en gesto protector.

—El picor más doloroso que he tenido en mi vida.

Ridge miró a Sardelle con curiosidad, pero en su rostro no había expresión alguna. Ni siquiera le dedicó un arqueamiento de cejas en plan *esa gente está loca*.

—Ya es bastante extraño que una mujer consiguiera bajar a las minas —dijo Heriton— cuando las jaulas las manejan los soldados y son la única forma de entrar y salir.

Quizás, alguien podría haber bajado a las minas sin usar una de las jaulas. Los túneles oblicuos eran empinados, pero no tanto. Era obvio que Sardelle tenía talento para entrar y salir a hurtadillas de los sitios. Ridge recordó que debía interrogar a los guardias del portalón. De momento, guardó silencio y asintió al capitán, invitándolo a continuar.

—Es aún más extraño que estuviera al final de un túnel nuevo y, además, metida en la propia roca, si damos crédito a la declaración de este hombre.

—¿De un asesino confeso? —dijo Ridge, incapaz de refrenarse. ¿Qué fiabilidad podía tener su testimonio?

—No tengo motivos para mentir al respecto —intervino el de mirada aviesa—. Sé lo que vi.

—No es la única cosa extraordinaria en la que se ha visto envuelta esa mujer, ni mucho menos —observó Heriton—. Me estaba preguntando si es una coincidencia que la Cofah apareciera el mismo día que ella.

—También aparecieron el mismo día que yo —puntualizó Ridge.

—Usted es un héroe nacional. Ella… —Heriton agitó las manos, como si Sardelle lo desconcertara. Al menos, Ridge no era el único—. Me incomoda que vaya por aquí en su compañía, como si fuera su ayudante de confianza. Yo… me gustaría que discutiéramos esto en privado.

—Sí, ya me lo imaginaba —dijo Ridge, que suspiró. Invitar a Sardelle a tomar café iba a ser tan difícil como se había temido—. Tengo que organizar un entierro y hacer cinco mil cosas más, pero hablaré con usted por la tarde.

—Muy bien, señor.

—Y ahora, todos a trabajar.

Ridge ahuyentó al capitán y al resto de los soldados hasta quedarse a solas con Sardelle, que estaba contemplando las montañas con las manos cruzadas a la espalda. Ridge habría pagado lo que fuera por saber lo que estaba pensando.

—Será mejor que vuelvas al trabajo y que no te metas en líos durante unos cuantos días. Por lo menos, hasta que Heriton encuentre otra distracción.

Él sonrió, aunque se sintió culpable por mandarla a la lavandería y a las abarrotadas barracas en lugar de buscarle una habitación bonita. ¿Su dormitorio, quizá? El problema era que compartía todas las preocupaciones del capitán. No sabía lo que buscaba en las minas cuando la descubrieron, pero era muy poco probable que sus superiores quisieran que se lo diera.

—¿Al trabajo? —preguntó Sardelle—. Pensé que tenía el día libre. Ocho días libres, ¿no?

Ciertamente, tenía pendiente los resúmenes de los libros. Estuvo a un tris de decirle que sus días libres no empezaban inmediatamente, pero sintió curiosidad y dijo:

—¿Qué harías si tus días libres empezaran hoy?

—Investigar en la biblioteca de la cárcel. Se me ha ocurrido que quizá pueda encontrar tu dragón volador.

—¿Mi qué?

—El dragón volador del que hablaste ayer, el que se estrelló hace diez años —respondió Sardelle, que extendió una mano—. Podrías arrastrarlo hasta la fortaleza y arreglarlo. Así tendrías una forma de defender el fuerte contra posibles incursiones de la aeronave.

Él frunció el ceño. Había notado su duda, y sospechaba que quería investigar otra cosa y que se había inventado esa historia. Sí, era exactamente lo que tenía que decir para ganárselo. Si lo encontraba y lo arreglaba, no tendría que ir de un lado a otro de las murallas, inútilmente, si una aeronave enemiga sobrevolaba el fuerte.

—Tres días —masculló Ridge. No habían pasado ni tres jornadas desde que se habían conocido, y Sardelle ya estaba familiarizada con los controles de su tablero de mandos.

—¿Cómo? —preguntó ella.

—Nada, márchate e investiga. La biblioteca está allí, en el segundo piso —dijo, señalándola—. Aunque dudo que la encuentres particularmente útil o exhaustiva. Me extrañaría que contenga registros de naves estrelladas.

—No lo sabré hasta que mire —replicó Sardelle, que le dedicó una inclinación de cabeza—. Gracias.

Una despedida de lo más formal. Casi le pareció un crimen después de sus intimidades en la cueva. Pero era como tenía que ser.

Ridge se fue en dirección contraria, hacia su despacho, sintiéndose como si su corazón fuera un dragón estrellado.


El coronel Zirkander no había exagerado con la biblioteca. Ridge, recordó Sardelle con una sonrisa. La había invitado a llamarlo por su nombre de pila. No sería apropiado en público, con la mitad de sus hombres mirándola con dureza y desconfianza, pero eso no impedía que lo llamara Ridge en sus pensamientos. Afortunadamente, nadie tenía acceso a ellos.

Pasó un dedo por los polvorientos lomos de la única estantería de la biblioteca. Vio muchos de los títulos de la lista de Ridge. Por los huecos que había en los estantes, supo que algunos prisioneros habían aceptado su oferta e intentarían leer a los clásicos. Sardelle tuvo suerte, porque muchos libros eran tan viejos que ya pertenecían a esta categoría cuando ella fue al colegio. Sin embargo, el libro sobre vuelo no estaba entre los que había leído. Jaxi le había hecho el favor de resumírselo.

*De nada.*

Sardelle sonrió.

*¿Tienes idea de dónde puede estar ese artefacto volador?*

*¿No me vas a dar ni los buenos días? ¿Te vas a limitar a pedirme que te lo busque?*

*Lo siento. Buenos días, Jaxi. Quiero darte las gracias por lo discreta que fuiste anoche.*

*¿Discreta? ¿Te refieres a que mantuve mi boca mental cerrada para que tú pudieras sacudir hasta las rocas con tu coronel?*

Sardelle se ruborizó, aunque no tenía ningún secreto que no conociera su hoja de alma de casi veinte años.

*Trescientos veinte años. ¿Y no es cierto que siempre me mantengo fuera de tu cabeza cuando estás en situaciones íntimas?*

*Sí, pero ha pasado tanto tiempo que quizás has olvidado mis preferencias.*

*Si no recuerdo mal, tu preferencia habitual son los hechiceros delgaduchos con manchas de tinta en los dedos. Debo decir que el coronel es un agradable cambio.*

A Sardelle se le aceleró el corazón cuando pensó en la dimensión del cambio que suponía Ridge, en lo excitante que había sido pasar las manos por su esbelto y musculoso cuerpo.

*Por eso quiero encontrar su aparato volador.*

Sardelle se puso manos a la obra y sacó un diario de la estantería, uno que había escrito un general veinte años antes. Era demasiado antiguo para tener lo que estaba buscando, pero quizá contuviera información sobre las rutas de vuelo habituales o algo parecido.

*¿Para que esté tan agradecido que ordene cavar a sus secuaces en donde estoy?*

*Más o menos.*

*Vale, pero no te olvides de tu misión. No creo que te dejen andar libremente durante mucho tiempo.*

*Mientras Ridge sea comandante, dudo que termine encadenada.*

Si las espadas podían encogerse de hombros, Jaxi se encogió.

*Si yo estuviera en tu lugar, no daría demasiadas cosas por sentadas. Es leal a sus militares, y tú eres un problema para esos soldados. Que no se te suba a la cabeza lo de haberte acostado con él. Aquí no tiene muchas más opciones.*

*Gracias por tu franqueza. Cuando no te comportas como una adolescente, suenas como mi abuela.*

*Mientras sepas que yo sé qué es lo mejor...*

*Solo estás gruñona porque no crees que esté trabajando para liberarte, pero es lo que pretendía originalmente cuando se me ocurrió venir a la biblioteca.*

Sardelle se sentó en la única mesa de la sala y abrió el diario que había cogido.

*Si averiguo qué están buscando en las minas y encuentro la forma de ayudarlos a localizarlo, estoy segura de que conseguiré que caven un túnel en tu dirección.*

*¿Aún no lo has adivinado?*

Jaxi pareció sinceramente sorprendida.

*No.*

Una risotada sonó en la cabeza de Sardelle, después un montón de carcajadas. Se imaginó a Jaxi limpiándose las lágrimas antes de formular su siguiente pregunta.

*¿Por qué no me lo has preguntado?*

*Sardelle se rascó la cabeza.*

*Creía que te lo había preguntado.*

*Hum. No lo recuerdo. En cualquier caso, las misteriosas fuentes energéticas mágicas por las que esos soldados darían su vida son... lámparas.*

*¿Lámparas?*

*Sí, esos prismas lumínicos que estaban en los techos de las habitaciones y túneles de nuestro complejo.*

Sardelle se recostó en la silla, recordando los brillantes prismas de luz blanca.

*¿Y las llaman cristales?*

*La piedra adquiere una especie de textura cristalina cuando se derrite, se mezcla y se le insufla poder.*

*Bueno, tenía motivos para estar desconcertada cuando supe que excavaban en la parte trasera de la montaña. Debió de ser donde las encontraron por primera vez. Supongo que teníamos túneles y lámparas para iluminarlos en esa zona, aunque habrá muchos más en los lugares que estaban más habitados.*

*Sí, y estoy casi segura de que hay un par en la sala donde me dejaste.*

Sardelle asintió lentamente.

*Sí, los puedo llevar directamente hacia ti o, por lo menos, cerca. Tendré que escabullirme cuando lleguemos para sacarte yo misma. Si te encuentran primero y te cojo, dirán que es un robo y me perseguirán por todo el mundo.*

*No, me aseguraré de no despertar su interés. Un sarpullido es lo menos malo que puedo provocar al mugriento minero que se atreva a ponerme las manos encima.*

Sardelle se atragantó al ver la imagen que apareció en su mente, por cortesía de Jaxi.

*Parece que tus trescientos veinte años de prisión te han vuelto perversa.*

*Si por perversa entiendes estar sola, llena de amargura y a punto de no poder controlar mi veneno, tienes razón. Ardo en deseos de volver al trabajo. Y siento curiosidad por los cambios que ha experimentado el mundo. Viajar en una aeronave sería fabuloso.*

*Veré lo que puedo hacer cuando volvamos a ser dueñas de nuestro propio destino. Y ahora, si pudiera encontrar esos restos, tendría una excusa para volver al despacho de Ridge.*

*Busca un mapa. Te enseñaré su localización. No sé si será muy útil tras sufrir diez años de sol, viento y nevadas, pero si eso hace feliz a tu hombre...*

*¿Ya la has encontrado?*

*Sí. ¿Crees que nuestra conversación estaba consumiendo la totalidad de mis vastos recursos mentales? Soy una hoja de alma, ¿sabes?, poderosa y con talento.*

*Y eres arrogante.*

*Naturalmente.*

Sardelle estaba rebuscando en el estante de los mapas, intentando localizar un mapa topográfico de las montañas, cuando la puerta se abrió. Alzó la mirada con la esperanza de que fuera Ridge, aunque le extrañó que reapareciera tan pronto. Solo había pasado media hora. No había tenido tiempo de echarla de menos, pero cabía la posibilidad de que hubiera estado pensando en ella y en lo agradable que sería tomarse un café.

*¿Quién es la arrogante ahora?*

*Calla.*

El que entró no fue Ridge, sino un joven soldado, que llevaba un par de libros bajo el brazo y una humeante taza de café. Caminaba con sumo cuidado, sin apartar la vista del líquido negro. La taza estaba llena hasta el borde, y amenazaba con derramarse.

Sardelle pensó que tendría la mañana libre y que quería usar la biblioteca, igual que ella. Apartó su libro para dejarle sitio, por si quería sentarse a su lado, pero el soldado se detuvo en la cabecera de la mesa y dejó la taza y los libros delante de Sardelle. También sacó una magdalena ligeramente aplastada del bolsillo, que puso junto al café.

—Señora, el coronel Zirkander le envía esto con sus mejores deseos, esperando que tenga éxito en su búsqueda.

—Oh, gracias. Agradézcaselo de mi parte, por favor.

—Sí, señora.

*Se ha acordado*, pensó Sardelle cuando el soldado salió a toda prisa y cerró la puerta. *Creo que me he enamorado.*

*Me van a dar arcadas. ¿Ya has encontrado mi mapa?*

*Espera un momento. Quiero ver lo que me ha enviado.*

Sardelle abrió el primer libro. Era un diario como el otro, pero más reciente y escrito por el ayudante de un general… Sí, las fechas iban de doce a nueve años antes. La aeronave se debía de haber estrellado por esa época.

El segundo libro era un atlas.

*Aquí lo tienes. ¿A que tú también lo amas ahora?*

*Admito que su pecho es sexi.*

Sardelle bufó y pasó las páginas hasta encontrar la montaña correcta.

*Está ahí.*

Jaxi usó uno de los dedos de Sardelle para pasarlo por el contorno de las tierras. Sardelle siempre se sentía algo rara cuando su hoja de alma tomaba el control; pero, como había dicho uno de sus primeros instructores, era lo justo, teniendo en cuenta que los humanos manejaban las espadas cuándo y cómo querían. En cierta ocasión, Jaxi había llegado al extremo de dirigir su cuerpo inconsciente después de una batalla, para llevarla a un lugar seguro donde el enemigo no la pudiera capturar.

En su mente apareció una cornisa estrecha y cubierta de nieve que se alzaba sobre un barranco con un río y un montón de piedras afiladas en el fondo.

*Estás diciendo que será difícil de recuperar, ¿no?*

*Esa es la razón de que los soldados se limitaran a recuperar la fuente de energía después de que se estrellara.*

*Puede que Ridge la pueda desmontar. O que pueda llevar a un equipo para repararla en la cornisa. Si tuviera unos planos, seguro que la podría ayudar.*

*Es mejor que se lo dejes a él*, pensó Jaxi. *Es poco probable que crea que eres ingeniera y arqueóloga a la vez.*

*Puede que estés en lo cierto.*

*Sardelle echó la silla hacia atrás.*

*¿Adónde vas?*

*A decírselo, claro.*

*Solo llevas aquí treinta y siete minutos, y has recibido sus libros hace siete. ¿No te parece que tanta eficacia resultaría sospechosa?*

*Puede que tengas razón.*

Sardelle se recostó en la silla y alcanzó la taza de café, que probó. No estaba tan denso como Ridge decía. Quizás había puesto a otra persona a cargo de la cafetera.

*¿Una hora? Eso sería suficiente, ¿no?*

*Solo quieres volver a verlo, ¿verdad? Definitivamente, me das arcadas.*

*Cuidado. No te vayas a tragar una piedra.*

Ridge refrenó un bostezo mientras seguía al capital Bosmont, el ingeniero responsable de mantener en funcionamiento la maquinaria de la mina, hasta el fondo de otra vía. El oficial saltó de la jaula y señaló el sistema de poleas que estaba al final.

—Este es el último, señor. Deje que mire el número de las piezas.

El capitán se arremangó, sacó una llave inglesa y unos alicates del chaleco que llevaba encima del uniforme, y giró y tiró de tornillos grandes como manzanas. El fornido oficial tenía hombros y brazos que habrían impresionado a un herrero, además de tatuajes que cubrían casi toda la piel que Ridge podía ver, incluido uno de un dragón volador. Un simple soldado podría haber hecho el trabajo que estaba haciendo; pero, como cabía la remota posibilidad de que Sardelle localizara el aparato caído, no venía mal que se hiciera amigo del ingeniero.

—¿Le echo una mano? —preguntó Ridge.

—No, ya me encargo yo. Póngase cómodo, señor. Solo tardaré un minuto.

Ridge miró la cámara abierta, con sus seis galerías abiertas a intervalos irregulares, y se preguntó cómo se podía poner cómodo en aquel lugar. Tal vez, sentándose en una de las oxidadas vagonetas de minerales que estaban en la vía.

Volvió a bostezar, y esta vez no se molestó en reprimirlo. Aunque Sardelle y él habían estado doce horas en aquella cueva, no recordaba haber dormido tanto. Qué extraño era todo.

El capitán lo miró, y Ridge borró la expresión de engreimiento de su cara.

—Le agradezco que haya bajado conmigo, señor. Y que encargue las piezas. El general siempre decía que no había dinero en el presupuesto, y esperaba que me arreglara con lo que hay. Pero claro, apañarse con lo que hay no dura mucho. Las cosas se empiezan a estropear y, cuando aquí se rompe alguna cosa, la gente se hiere o se mata.

—No había dinero en el presupuesto porque no sabía cuánta gente trabaja aquí, así que sobrestimaba los pedidos de suministros. Eso ya está arreglado, de modo que solo pediremos lo que se necesite y nada más.

Bosmont asintió y extrajo una pieza tan ancha como un torso que debía de pesar cincuenta kilos. Su voz no sonó cansada cuando dijo:

—Si quiere apuntarlo, el número está en la parte de atrás, señor. Le quedaría agradecido.

Ridge corrió a apuntarlo para que el capitán devolviera la tosca pieza a su sitio antes de romperse la espalda. Tras poner otra vez los tornillos, se dirigieron a una jaula para volver arriba.

—¿Ha trabajado alguna vez con dragones voladores? —preguntó Ridge, señalando su tatuaje.

—En el primer puesto que tuve, señor. Los adoro. Incluso llegué a volar un par de veces, aunque no como vuela usted, por supuesto.

Bosmont tiró de la palanca para que empezaran a subir.

—Como volaba —puntualizó Ridge, suspirando.

—Sí, he estado dando vueltas a eso. Enviarlo a este lugar cuando podría estar derribando aeronaves enemigas me parece un desperdicio. Esto… ¿cómo lo ha conseguido, si no le importa que se lo pregunte?

—Amenazando con cortarle la polla al diplomático equivocado.

La jaula estaba tan oscura que Ridge no pudo saberlo con certeza, pero tuvo la impresión de que el capitán lo miraba con asombro. De hecho, guardó silencio durante unos momentos, en los que no se oyó nada salvo el traqueteo y los chirridos de la jaula subiendo por los raíles. Y luego, Bosmont rompió a reír.

—A mí me pasó algo parecido, señor.

—¿Con un diplomático?

—No, con un comandante.

—Bueno, espero que ahora que estamos hermanados en tales asuntos, no tenga que preocuparme por la posibilidad de que me amenace de esa manera.

—No, señor. Me alegra que esté aquí.

Al llegar arriba, salieron de la jaula. Bosmont le estrechó la mano y se alejó, silbando una canción. A Ridge le habría gustado que todos los hombres fueran tan fáciles de satisfacer.

Se dio la vuelta, con intención de ir a su despacho para comprobar que no le habían dejado nada importante, y estuvo a punto de tropezarse con alguien en la oscuridad.

—Lo siento, coronel —dijo Sardelle bajo la capucha de la parka.

¿Se la había puesto porque tenía frío? ¿Porque estaba deambulando por ahí y no quería que la reconocieran? ¿O porque pretendía llevarlo a alguna esquina oscura para repetir las actividades de la noche anterior? Habría sido escandaloso, completamente inadecuado y... tentador.

—Llevo todo el día intentando hablar contigo —prosiguió ella—, pero no he podido verte porque tu capitán no me deja entrar en el edificio de la administración.

—Ah, ¿no? —Ridge intentó refrenar su irritación con el capitán. Heriton se limitaba a hacer su trabajo, por muy molestos que fueran algunos de sus aspectos en ese momento—. Lo siento mucho. ¿Por qué querías verme?

—Creo que he encontrado la localización de tu aparato, y también creo que te puedo ayudar a encontrar otra cosa.

Sardelle miró a los dos mineros que salieron entonces de una jaula para dirigirse al comedor.

—Será mejor que hablemos en privado —siguió ella—. Además, necesito luz para enseñarte el mapa.

Sardelle levantó el atlas que él le había enviado.

—La estufa de mi despacho debería seguir caliente.

—Te sigo. Estoy casi segura de que el capitán no te negará la entrada a ti.

—Esperemos que no.

Heriton había terminado su turno y se había ido, de modo que nadie salió a negarles nada. Ridge se sintió aliviado. Era consciente de que el capitán le habría lanzado más miradas de preocupación si lo hubiera descubierto charlando con Sardelle en su despacho. Ridge había estado ocupado todo el día, trabajando y escudriñando los cielos en busca de aeronaves de la Cofah, así que no había tenido tiempo de pensar en rumores y habladurías; pero no dudaba de que todo el mundo se habría enterado de que había pasado la noche con Sardelle en una cueva y, por supuesto, Heriton también lo habría oído. El capitán había dejado claro que, aunque respetaba muchísimo a Ridge, sí, señor, sospechaba que Sardelle era una bruja que lo había hechizado para hacerlo más proclive a su causa. Fuera cual fuera su causa. Pero era posible que estuviera a punto de descubrirlo. No creía que hubiera estado todo el día buscando aparatos estrellados.

Ridge entró en el despacho y encendió un par de lámparas. Pensó en invitarla a sentarse en el sofá (por si hacían algo más que sentarse), pero Sardelle se puso manos a la obra de inmediato, dejando el atlas en la mesa y abriéndolo por la página que había dejado marcada. Había hecho un círculo con una X en la cara sur de la montaña.

—Está en lo alto de un barranco y lleva diez años expuesto a los elementos, luego no sé si hay esperanzas de que pueda volver a volar. Pero, por lo menos, tendrás ocasión de comprobarlo.

—Sí, enviaré una patrulla —dijo Ridge, esperando que no hubiera búhos en ese lado de la montaña—. Gracias. ¿Hay algo más?

—Sí.

Sardelle se quitó la capucha de la parka, y su negro cabello cayó sobre el plateado borde de piel de zorro, provocando un contraste digno de ser visto.

—¿Puedo volver a ver el mapa de las minas? —preguntó ella, echando un vistazo a su alrededor.

Ridge lo sacó de detrás de la estantería. Mientras él lo extendía, Sardelle sacó una pluma del cajón.

—¿También vas a marcar el mapa oficial? —dijo él.

—Con localizaciones probables de cristales, si te parece bien.

Él contuvo el aliento. Ella no podía saberlo, ¿verdad? La mina producía tan pocos cristales que rescatarlos de los aparatos estrellados era esencial en todo momento y, cada vez que uno se perdía, alguien acababa con una reprimenda en su historial, aunque el piloto se hubiera visto en una situación insostenible. Ridge había oído rumores de que ya no quedaba ninguno en las cámaras acorazadas del rey. Sin embargo, no podía dar esa información, ni a Sardelle ni a nadie que la pudiera repetir.

—Mientras no lo pintarrajees todo… —dijo él, dando un tono informal a su voz.

—Intentaré refrenar mis impulsos al garabateo.

Sardelle se inclinó, con una mano en el mapa y otra en la pluma. Ridge contuvo la respiración. Ella trazó una X, luego otra y después varias más.

—Son lugares aproximados, claro, basados en mis estudios sobre el Referatu. Los mapas que vi son anteriores al bombardeo de la montaña.

Ridge se dio cuenta de que se había quedado boquiabierto y cerró la boca.

—¿Dónde y cuándo estudiaste a ese grupo de forma tan exhaustiva?

¿Y cómo podía saber tanto sobre la historia de una zona controlada y dirigida por el Gobierno cuando él sabía tan poco? Pero, por otra parte, los militares solo llevaban unos cincuenta años al frente de las minas. Cabía la posibilidad de que antes hubiera investigado alguien más. En cualquier caso, no tenía ni idea. Quizá necesitaba pasar más tiempo en la biblioteca.

—No me puedo creer que fuera durante tus días de pirata —continuó.

—No.

—Solo lo menciono porque Heriton ha encontrado tu expediente —Ridge lo sacó de un cajón—. De hecho, confirma la historia que me estabas contando el otro día. Increíble, ¿no te parece?

Sardelle no pareció ni sorprendida ni insegura al respecto. Le dedicó una de sus sonrisas serenas y dijo:

—Debo de ser más sincera de lo que parezco.

—No lo creo.

Ridge sospechaba que el expediente lo había hecho ella. Si se podía escabullir para entrar y salir de un fuerte custodiado y unas minas vigiladas, la sala de los archivos no era ningún desafío para ella.

Sardelle extendió las manos.

—Hay muchos más cristales por aquí, fuera del mapa. Te los puedo señalar si tienes otro de la otra mitad de la montaña, pero puede que quieras verificar antes los que ya te he indicado.

Ridge guardó el expediente en el cajón y estudió las X que había hecho. Ocho. Si encontraba cristales en la mitad de esos sitios, había grandes posibilidades de que le dieran una medalla cuando volviera a casa.

—Si hubiera sabido lo que estabas buscando, te lo habría dicho antes —declaró Sardelle—. Pero no lo he sabido hasta que he empezado a investigar en la biblioteca.

—¿Y qué estás buscando tú? —preguntó él, mirándola a los ojos—. Agradezco tu ayuda; sobre todo, si sale algo de ella. Pero estoy bastante seguro de que no viniste al fuerte por mí.

—Lo que me trajo a la fortaleza fue en gran medida accidental.

—Pero estás buscando algo. Nadie se queda aquí sin un propósito.

—No —dijo ella en voz baja, mirando la oscura noche a través de la ventana.

Ridge quiso cogerla de la mano, pero, en lugar de eso, cruzó las suyas a su espalda. Aquella era una discusión profesional, solo eso. Aunque quizá la pudiera convencer de decir algo más si le confesaba la cantidad de veces que había sopesado formas creativas de sonsacarle información.

—Sabía que tenía que haber probado mi plan de seducción.

Sus palabras le volvieron a ganar la atención de Sardelle, que arqueó una elegante ceja y dijo:

—¿Cómo?

—En determinado momento, pensé que estabas aquí para intentar seducirme. Luego decidí que no, y pensé que quizá debía ser yo quien intentara seducirte a ti, para acceder a tus secretos más íntimos. Pero tuve miedo de carecer del carisma y el atractivo sexual necesarios para ello.

Sardelle sonrió.

—Más bien, de la capacidad de mentir necesaria para ello.

—Entonces, ¿mi atractivo es suficiente? —preguntó él, arqueando sus cejas.

—No está mal.

—Me alegra saberlo —dijo Ridge, dando un golpecito en el mapa recién marcado—. Pero seguiré intentando sacarle la información hasta que cedas. Espero que eso no dañe demasiado mi atractivo.

—Mientras me sigas trayendo café por las mañanas…

—¿Algún consejo sobre cuál de esas equis debemos investigar antes?

Sardelle señaló dos que estaban muy juntas. Lo interesante era que estaban en lo más profundo, y no particularmente cerca del túnel donde supuestamente la habían encontrado.

—Si me dices qué estás buscando… —empezó Ridge, aunque ni él supo hasta dónde quería llegar.

—¿Me ayudarás a encontrarlo? —preguntó ella con sorna.

Por lo visto, Sardelle se había dado cuenta de que los militares pensaban que todo aquello era suyo, al igual que cualquier cosa que se encontrara en la montaña.

Él se lamió los labios. Tendría que ser cuidadoso. Prometer algo que se acercaba a la traición… no podía hacer eso. Pero, si Sardelle lo ayudaba de verdad a encontrar cristales y lo que estaba buscando carecía de interés militar, ¿qué importaría que no lo mencionara en sus informes?

Ridge cerró los ojos. La idea de ocultar información a sus superiores lo incomodaba. Pero tal vez no tuviera que ocultarla. Los cristales eran de crucial importancia. Cambiarlos por algo valioso estaría justificado.

—Aunque soy plenamente consciente de que lo que hay en esta montaña no es mío, y de que no puedo comerciar con ello, creo que podría justificar en mis informes que reciba cristales a cambio de otra cosa. Siempre y cuando no sea algún tipo de gigantesca arma antigua con la que se pueda destruir el continente.

—Esta también es de mi padre. No haría nada que la pudiera dañar.

Él la creyó. Y se sintió profundamente aliviado.

—Excelente.

Sardelle se puso a estudiar el mapa. O quizás el suelo bajo sus pies. O quizá nada.

Ridge notó que estaba sumida en un debate interno y guardó silencio. Ya había presionado lo suficiente. Si no podía o quería confiar en él, lo comprendería. Desde el principio, sospechaba que estaban en bandos contrarios.

Por fin, ella alzó la cabeza y lo miró a los ojos.

—Es una espada.

—¿Una espada?

—Una hoja de alma de los referati, de seiscientos años de antigüedad.

SEGUNDA PARTE

CAPÍTULO 9

Sardelle sabía que haría más frío, pero no estaba preparada para tanto. Ahora entendía el motivo de que su pueblo hubiera puesto sus casas dentro de la montaña en lugar de encima. Si los hubieran temido menos, quizá no habrían tenido que marcharse a una zona del mundo tan remota, pero las relaciones con los mundanos siempre iban mejor si estaban separados. Hasta que no fueran a mejor no podía ser de otra manera.

Sardelle tomó un sorbo de una taza de café (en la mano, tenía otra con una tapa encima, en un vano intento de impedir que se enfriara), y se dedicó a mirar mientras Ridge y su amigo ingeniero trabajaban en el oxidado aparato volador, cuya ubicación estaba ahora en el centro del patio, posados sus *pies* de dragón junto a la congelada corriente. No había ningún edificio con el tamaño necesario para albergarlo, ni espacio suficiente para trabajar en él. Según tenía entendido, el simple hecho de llevarlo allí había sido una labor colosal. Había llegado desmontado y por etapas, arrastrado alrededor y a través de la montaña por unas extrañas máquinas que, según el ingeniero, se solían usar en la industria maderera. Fuera cual fuera la ruta que habían tomado, ahora estaba allí, y los mineros, soldados y hasta las mujeres que trabajaban en la lavandería hacían apuestas sobre si podría volver a volar. Teniendo en cuenta la cantidad de nieve que había caído la noche anterior (debía de tener al menos veinte centímetros más, blanqueando su fuselaje y sus alas metálicas), Sardelle ni siquiera estaba segura de que aguantara de pie el resto del día.

Como todos los que trabajaban arriba, miraba el cielo con frecuencia. Habían pasado casi tres semanas desde el encuentro con la aeronave y el búho. Quería creer que la Cofah se había olvidado del fuerte y había vuelto a casa, pero sospechaba que seguía por ahí.

165

Ridge también lo pensaba, y les corría prisa contar con el apoyo del dragón volador, como si un pequeño aparato de solo un tripulante pudiera mantener a raya a una aeronave que tenía un hechicero entre sus pasajeros. Había dicho que debían estar agradecidos al frío y la nieve por esos días de paz, citando la sensibilidad de las aeronaves a la resistencia del aire y las condiciones atmosféricas, pero Sardelle se temía que el otro hechicero la hubiera notado de algún modo, y se preguntaba si no estarían actuando con más cautela porque eran conscientes de su presencia. Habría preferido ser una sorpresa, alguien que permanece a la espera por si se la necesita; sobre todo, porque no podía revelar a sus aliados que tenía poderes. De todas formas, no sabía si sería rival para aquel chamán de la selva. Quizá, cuando tuviera a Jaxi...

Ridge había ordenado que se abrieran túneles nuevos en las direcciones que ella le había indicado, y ya habían encontrado tres cristales. Era la razón de que la permitieran estar por allí, tomando café y mirando a los hombres que trabajaban, aunque hacía tiempo que se había quedado sin días libres. Sardelle creía que también era la razón de que Ridge caminara con más ligereza, pero podía ser porque estaba reparando un dragón volador, por oxidado y dilapidado que estuviera. En cualquier caso, sabía que las proezas de dormitorio no tenían nada que ver, porque no la había invitado a su cama para llevarlas a cabo. Aunque, estando en el fuerte y bajo escrutinio del capitán Heriton y algunos más, tampoco esperaba que la invitara... no necesitaba echar mano de sus facultades mentales para captar los susurrados chismes sobre su persona. Hasta el propio Ridge debía de estar vigilado por haberse asociado con ella.

No, Sardelle no esperaba proezas amorosas, pero las echaba de menos. Como poco, se habría divertido probando actividades de dormitorio en una cama de verdad. La tosca y rocosa cueva había complicado un poco las cosas, aunque la experiencia hubiera resultado bastante placentera. El recuerdo aún la hacía sonreír contra el café.

—Buenos días —dijo Ridge, acercándose tranquilamente con su parka, sus manoplas y su gorro de piel embadurnados de grasa. Para ser piloto, se le daban bien las reparaciones.

Sardelle refrenó el impulso de limpiarle la mancha que tenía en la nariz. Aunque la nieve cayera otra vez (o no hubiera dejado de caer, porque no recordaba la última vez que había parado de nevar durante más de cinco minutos), había gente en el patio, mineros yendo a trabajar y soldados cambiando de turno.

—Buenos días, coronel —dijo ella, pasándole la segunda taza—. ¿Cómo va la cosa?

Aquello se había convertido en un ritual. Sardelle le daba un café y se interesaba por sus progresos, y él charlaba con ella durante unos momentos. Que no la invitara a encuentros amorosos nocturnos no significaba que no le importara, o que no le apeteciera invitarla. Pero, hasta entonces, sonreía y charlaba amigablemente con ella y, a pesar del helado paisaje del patio y las murallas llenas de cañones, Sardelle había terminado por encontrar una cómoda familiaridad en el café que compartían todas las mañanas. Siempre estaba deseando que llegara ese momento.

—Con el dragón volador, igual. Estamos haciendo un motor desde cero, saqueando piezas aquí y allá. Juro que esta mañana, estando en el comedor, el capitán Bosmont ha mirado las sartenes metálicas del cocinero con deseo —dijo Ridge, que quitó la tapa de su café y echó un buen trago—. Por cierto, los mineros han encontrado otro cristal esta noche. Ya van cuatro. La prueba del dragón volador ya no me preocupa tanto.

Ridge sonrió a Sardelle, quien se derritió un poco por dentro ante su evidente satisfacción.

—¿Por qué hay que coger un cristal para probarlo?

Sardelle aún estaba asombrada de que aquella gente usara lámparas de trescientos años de antigüedad como fuente de energía de sus artilugios voladores.

—No, porque ese montón de alas y herrumbre caiga del cielo y acabe en el fondo de un desfiladero cuando lo pruebe. Recuperar su cristal sería difícil.

Sardelle parpadeó. Era consciente de que la posibilidad de que despegara estaba en entredicho, pero había dado por sentado que sabrían si era factible antes de arriesgar sus vidas.

—¿Y a su piloto también?

—Bueno, no estoy seguro de que se molestaran en arrancar de las rocas sus pulverizados huesos. Pero los cristales son valiosos.

Sorprendentemente, Ridge sonrió mientras describía el escenario. Tenía que estar bromeando.

—Eres un individuo único, Ridge Zirkander.

Sardelle lo dijo en voz baja. No lo tuteaba si había gente que los pudiera oír, pero supuso que la nieve impediría que los que estaban cruzando hacia las vías los oyeran.

—Me lo han dicho muchas veces a lo largo de mi vida, aunque no suele ser con sonrisas de cariño, sino entre insultos. Tú también debes de ser única.

Sardelle volvió a sonreír detrás de su taza.

—Pensé que ya lo sabías.

Él gruñó.

—Sigo sin saber demasiado de ti. Aún no hemos encontrado indicios de ninguna espada. ¿Crees que estamos cerca?

Sardelle sacudió la cabeza. Aunque había transigido y le había dicho a Ridge lo que buscaba, no había trazado en el mapa ninguna galería que llevara directamente a su objetivo. Solo necesitaba que los mineros se siguieran acercando con sus potentes explosivos y su constante labor de apuntalamiento de los túneles que abrían. Ya perforaría ella el resto del camino.

—Si los hombres la encuentran, solo parecerá una espada, ¿verdad?

Ridge no había hecho demasiadas preguntas cuando Sardelle le reveló lo que quería. De hecho, su falta de curiosidad la había sorprendido, aunque supuso que encajaba con el personaje de arqueóloga en busca de vestigios que había fabricado para ella.

—¿No será…? No será peligroso para ellos, ¿verdad? —prosiguió—. No los quemará si la tocan, o algo así.

—Por supuesto que no —Sardelle perdió su sonrisa—. Los referati no eran malos.

—Hum. Eso no es lo que dicen los libros de historia.

Ridge también frunció el ceño, y le dedicó la mirada de inquietud que siempre le brindaba cuando ella hablaba de magia, como si estuviera preocupado por su alma.

¿Qué iba a hacer si descubría la verdad sobre ella? Y ya puestos, ¿qué iba a hacer cuando tuviera la espada? A partir de entonces, se podría ir en cualquier momento, salvo que le diera por cavar en busca de más artefactos. No estaba segura de que fuera capaz. Le incomodaba un poco que los descendientes de los que habían sepultado vivos a los suyos regresaran para manosear sus pertenencias.

—¿Qué harás cuando la encuentres? —preguntó Ridge.

Justo la pregunta que se estaba haciendo.

—Estudiarla —respondió, aunque ya conocía íntimamente cada contorno interior y exterior de Jaxi.

Sardelle tenía la vaga idea de viajar por el mundo e intentar encontrar a más supervivientes de su pueblo o, por lo menos, a algunos descendientes. No todos habían asistido a aquella fiesta de cumpleaños. Casi todos habían estado —lo cual era indudablemente el motivo de que sus enemigos hubieran elegido ese día para atacar—, pero tenían que haber sobrevivido más personas además de ella. ¿Se habrían ido del continente? ¿Se estarían escondiendo en alguna esquina distante del mundo? ¿Le darían la bienvenida en la comunidad que hubieran conseguido crear? ¿O podía encontrar alguna forma de vivir entre los mundanos y ser feliz?

—En alguna universidad, supongo —dijo Ridge, estudiando el líquido de su taza.

—Además de un atractivo y generoso comandante de fuerte, no he encontrado mucha gente que me dé la bienvenida aquí.

—¿Y él no es razón suficiente para quedarte?

Sardelle tragó saliva. Hasta entonces, nunca había insinuado que quisiera que se quedara.

—Yo…

—No sería para siempre, solo un año. Ahora mismo, hace once meses y cinco días. Y no es que tenga un calendario que vaya marcando en mi mesa ni nada por el estilo —Ridge le dedicó esa sonrisa tan peculiar que tenía, la que hacía que sus ojos brillaran como si estuviera planeando alguna travesura—. Tengo un sitio mucho más bonito, cerca de la costa; una pequeña cabaña en los bosques, junto a un lago con buena pesca. Es tranquila, y muy íntima. ¿He mencionado ya que es íntima? Y no hay nada en sus noches que llame la atención, salvo los mapaches y los búhos. Búhos de tamaño normal, no estrafalarios.

—Lo comprendo; pero, si me fuera a quedar un año —dijo Sardelle, que también sopesó la opción de marcharse a viajar por el mundo y volver un año después para estar con él—, ¿estaría trabajando en la lavandería y durmiendo en un catre minúsculo, rodeada de docenas de mujeres que roncan todo el tiempo?

—Estoy bastante seguro de que, hasta ahora, solo has trabajado un día en la lavandería —dijo Ridge con sorna.

—Cierto, pero he dormido todas las noches menos una en la cámara de los ronquidos —replicó Sardelle, arqueando las cejas.

—Lo sé, y lo siento mucho, pero me siento algo inhibido con el capitán Heriton en la habitación de al lado. Ese hombre ha tenido el descaro de llamar un par de veces a mi puerta, poco antes del alba, y de echar un vistazo para ver si yo estaba con alguien. Tendré que asegurarme de que no envíe informes sobre mí en la nave de suministros. No necesito un espía en mi propio campamento. Bueno, si la nave de suministros llega alguna vez —puntualizó, mirando el nuboso cielo—. Tendría que haber llegado hace cuatro días.

Sardelle no quería hablar de naves de suministros. Quería encontrar la forma de eludir a sus espías. Por supuesto, no le podía decir que tenía la capacidad de aislar sus paredes e impedir que el entrometido capitán oyera nada.

—¿Quizás en un lugar menos vigilado? —sugirió ella.

Ridge apartó la vista de las nubes.

—¿Cómo?

—¿Resultaría extraño que fueras de noche a la biblioteca para leer tranquilo?

—Para leer, ¿eh? ¿No se te ha ocurrido que la biblioteca podría estar abarrotada de mineros ansiosos de leer a los clásicos?

Sardelle sonrió.

—¿Ha aceptado alguno tu propuesta?

—A decir verdad, sí. Ayer por la tarde escuché cuatro resúmenes de libros, aunque tuvo que ser en el sexto nivel y entre golpes de piquetas, porque sus supervisores no les permitieron que subieran a verme.

—Magnífico. Pero, en cuanto al horario de la biblioteca… si vamos más tarde, habrá menos posibilidades de que nos topemos con amantes de la lectura. A fin de cuentas, solo hay una mesa. Que tal vez queramos usar.

Sardelle no estaba acostumbrada a ofrecerse a los hombres (eran ellos los que le hacían proposiciones cuando tenían el valor necesario), así que no supo si había sonado elegante o extraño.

Ridge sonrió y rozó un hombro contra el suyo.

—Cielos, mujer… o eres tan sensual como yo o estás dispuesta a hacer lo que sea con tal de no dormir en los barracones.

—Es que es un lugar poco apropiado para el descanso.

Ridge le guiñó un ojo y abrió la boca con la indudable intención de puntualizar que la mesa de la biblioteca tampoco sería apropiada para descansar, pero se giró al oír un repentino «¡coronel Zirkander!» desde la muralla, y sus ojos perdieron el humor.

Varios soldados señalaban el cielo occidental.

Al principio, Sardelle solo pudo ver nieve, pero luego divisó un oscuro globo que sobrevolaba las cumbres, abrazado a las pesadas nubes grises, mientras se dirigía hacia ellos. Sus emblemas eran distintos a los de la aeronave de la Cofah, todo grises y negros en lugar de dorados y marrones, y no tenía una estructura abierta con una cubierta donde se veía gente, sino una carlinga cerrada.

—Es la nave de suministros —dijo Ridge, buscando algo en un bolsillo.

—Eso es bueno.

Ahora, Ridge tendría la oportunidad de informar a su Cuartel General sobre la aeronave enemiga, y recibirían refuerzos en poco tiempo.

—Salvo que no debería venir por esa ruta. Y. además, creo que eso es…

Ridge desplegó el catalejo que se había sacado del bolsillo y escudriñó el cielo.

Alertada por la tensión de su voz, Sardelle extendió sus sentidos. La aeronave aún estaba lejos, pero las emociones de las personas que iban a bordo eran tan intensas que las notó al instante. No era una tripulación grande (dos hombres; no, tres) pero parecían asustados. Estaban aterrorizados.

—Humo —dijo Ridge—. Los han dado.

Ridge alzó la voz para que lo oyeran los soldados de las murallas.

—¡Preparen las armas! Creo que tenemos compañía.

A continuación, dedicó una rápida y sombría mirada a Sardelle, le dio su taza de café y corrió hacia la escalera. Los ruidos procedentes del dragón volador cesaron, y el fornido ingeniero asomó la cabeza.

—Señor, si quiere que vaya a…

—Siga trabajando en el aparato, capitán —respondió Ridge mientras subía a toda prisa—. Puede que lo necesitemos antes de lo que pensábamos.

Sardelle hizo un mohín, recordando el escenario que había planteado Ridge sobre un posible fracaso en el despegue. Volvió a concentrarse en la nave, y no encontró más aparatos en el cielo; por lo menos, hasta donde ella alcanzaba a ver y sentir, pero… no, un momento. Casi en el límite de su alcance, justo detrás de una cumbre, percibió una presencia familiar: la aeronave de la Cofah. No parecía que se estuviera acercando. De hecho, tuvo la sensación de que su capitán estaba luchando contra el viento y la nieve, pero ya no importaba. Había dañado su objetivo.

Para entonces, ya no se necesitaban catalejos para ver el humo que salía de los motores del gris artefacto. Sardelle se preguntó si podía hacer algo por arreglar el problema o por reducir la velocidad de descenso de la nave. Cruzaba los cielos mucho más deprisa de lo que supuso normal en una aeronave, y perdía altitud de forma alarmante. El globo temblaba, y sus costados hacían ondas; también había sufrido daños y estaba perdiendo gas. Debían de haber tenido la intención original de aterrizar en el patio, pero el timón no parecía funcionar, y se estaba desviando hacia la derecha. Si seguía ese rumbo, trazaría un círculo completo y se estrellaría en la montaña que acababa de sobrepasar.

Sardelle descubrió el problema. El destrozado timón se había quedado atascado, y no respondía a los frenéticos intentos del piloto por recuperar el control. Una bala de cañón se había quedado alojada en el mecanismo de la dirección. Sardelle la sacó y lanzó lejos el pesado objeto de hierro, que cayó fuera de la nave y se precipitó en la nieve. Después, giró el timón en la dirección opuesta y, aunque el aparato estaba a unos tres kilómetros de distancia, apenas pudo oír su lastimero chirrido. Pero no bastaba para corregir el problema. La nave aún podía fallar. Quizá fuera inevitable, aunque estamparse cerca de la fortaleza sería mejor que estrellarse en la ladera de la montaña.

Intentó maniobrar la nave contra el viento sin que pareciera contra natura. Docenas de soldados contemplaban la escena desde las murallas. Oponerse al viento fue tan duro para el aparato como para ella, y su piel ardía como si, en lugar de estar parada, estuviera corriendo alrededor del fuerte. Consiguió que cayera en la nieve y no se estrellara en un risco. No supo si habría sido suficiente.

—Vigile esa nave —gritó Ridge a alguien antes de bajar corriendo por la escalera—. Sargento Komfry, reúna a algunos hombres. Saldremos en busca de supervivientes.

Al principio, Sardelle pensó que Ridge se refería a la nave de suministros, y no entendió por qué quería que la vigilaran, dado que no podía ir a ninguna parte; pero la aeronave de la Cofah acababa de aparecer por detrás de la cumbre. Y se quedó por allí, observando. ¿Se preparaba un ataque? Las altas montañas habían acumulado más nieve. ¿Volverían a usar la táctica de la avalancha? En tal caso, estaba preparada. Esta vez, de un modo u otro, los detendría antes de que pudieran lanzar sus explosivos.

Justo después de ese pensamiento, sonó un susurro en su mente.

*¿Quién eres?*

El calor del cuerpo de Sardelle se desvaneció, sustituido por un escalofrío. Las palabras llegaban desde la aeronave de la Cofah. Eran del otro hechicero. No había duda.

*Acércate más y lo descubrirás, respondió.*

La carcajada que sonó en su mente fue tan oscura como inquietante.

*No puedes hacer nada contra mi mascota, y menos aún contra mí.*

Sardelle no mencionó que sus poderes se habían visto limitados porque no podía permitir que los soldados supieran lo que estaba haciendo; en primer lugar, porque aún tenía ese problema y, en segundo, porque era mejor que su enemigo la creyera más débil de lo que realmente era.

Notó que el hombre (ahora sabía que era un hombre, alguien mayor y con más experiencia que ella) intentaba profundizar más y leer su mente. Ella detuvo sus pensamientos. Podría haber impedido que volviera a establecer contacto; por lo menos, de momento; pero no lo hizo. Toda la información que le pudiera sacar podía ser útil. Y tal vez había una parte de ella que quería saber de otro telépata, de otro hechicero, aunque fuera un enemigo de un país y un linaje mágico que desconocía. Sin duda, tenía más cosas en común con él que con cualquiera de las personas de la fortaleza que estaba tan decidida a defender.

*¿Por qué proteges a esa gente?*

Sardelle se pasó la lengua por los labios, preguntándose si habría conseguido superar sus barreras y leer su mente a pesar de todo. No, solo era una coincidencia, nada más. Si hubiera hurgado en sus pensamientos, lo habría notado. Además, la lógica indicaba que, si había tenido que preguntarlo, era porque no lo sabía.

*Porque es mi gente.*

Sardelle se aseguró de no pensar en Ridge cuando mandó sus palabras contra el viento. Como comandante en jefe, ya era un objetivo. No necesitaba serlo por algo más.

*Eso es imposible. Los hechiceros de Iskandia fueron asesinados hace mucho tiempo.*

Sardelle se alegró de que nadie la estuviera mirando ni prestándole atención de ninguna clase (Ridge y su patrulla se habían puesto las raquetas y habían salido del fuerte, y los demás se dedicaban a mirar desde las murallas o estaban ocupados con los mineros, impidiendo que salieran de las galerías), porque habrían notado la expresión de dolor de su cara. Hasta entonces, había estado convencida de que algunos de los suyos habrían sobrevivido.

Sintió la tentación de dirigirse a Jaxi y pedir consejo a su hoja de alma sobre la situación, pero no podía mientras el otro hechicero la estuviera vigilando. Lo último que necesitaba era que un enemigo tuviera conocimiento de los artefactos sepultados bajo la montaña.

*Aunque sobreviviera alguno de tus antepasados* —prosiguió el hechicero—, *no entiendo por qué defiendes a esa gente. Son los responsables de la purga. Seguro que lo sabes.*

*Nadie tiene la culpa de los defectos de sus antepasados.*

*Oh, por favor, ¿crees que estos son distintos? Disparan, ahogan o queman a cualquiera que tenga un atisbo de sangre de dragón. No ha cambiado nada. Me asombra que no hayan... ah, que no lo saben, ¿verdad? No saben quién eres.*

Sardelle no respondió a la petulancia del hechicero. Qué orgulloso estaba de haberlo deducido. Era un imbécil.

*Descuida, que no traicionaré tu secreto.* El hechicero volvió a reír. *Aunque me sorprendería que lo puedas mantener. Debe de ser doloroso... ocultar siempre tu verdadera naturaleza.*

*¿Y eso te importa?*

*Ahora, nada. Pero... me podría importar. Puedes abandonar a esa gente. Ven conmigo.*

*¿Para qué?*

*Te llevaré adonde viven el resto de los de tu clase. Allí estarás más cómoda.*

Sardelle tragó saliva para deshacer el nudo que se le había hecho en la garganta. Por supuesto que deseaba saber dónde había más hechiceros; pero, si eran de los que se unían a ejércitos conquistadores, ¿quería tener algo que ver con ellos? Sin embargo, el hecho de que un hombre hubiera optado por eso no significa que todos hicieran lo mismo.

*O puedes venir conmigo*, prosiguió el hechicero con más dulzura, sonando casi ronco en su mente.

*¿Qué me ofreces?*

*Propongo una unión. Quedan pocos con sangre de dragón, y aún menos cuyos linajes no se hayan diluido hasta ser prácticamente inútiles con el paso de los siglos. Los que quedan no suelen tener descendencia cuando intentan reproducirse. Su sangre es demasiado parecida, están sobradamente entrelazados.*

Sardelle se quedó boquiabierta mientras miraba la distante aeronave, que seguía sobrevolando la nevada cumbre. ¿Le acababa de hacer una oferta para reproducirse? ¿Un absoluto desconocido? Qué romántico parecía todo.

Seguramente, estaba dispuesto a decir lo que fuera con tal de alejarla del fuerte. Tal vez, porque la consideraba un problema mayor de lo que daba a entender.

Durante un breve e inmaduro momento, estuvo a punto de enviarle una imagen de Ridge y ella abrazados; pero habría sido una estupidez, así que se limitó a decir:

*Me lo pensaré.*

*Piénsatelo. Sería una pena que murieras cuando ataquemos.*

*Vaya, vaya.*

*¿Y cuándo atacaréis?*

*Pronto. Decídete ya.*

La aeronave enemiga dio media vuelta y desapareció de la vista, regresando a la pista de aterrizaje que hubieran abierto en aquellas montañas inhóspitas.

Sardelle subió por la escalera para ver si podía divisar el sitio donde se había estrellado la nave de suministros y si Ridge había encontrado supervivientes. Lo que vio le hizo sospechar que aquella noche no se reuniría con ella en la biblioteca.


Ridge y dos hombres más tuvieron que tirar de la abollada puerta metálica de la barquilla para poder abrirla. Los gritos que oían mientras se acercaban habían cesado. Ridge cruzó los dedos para que el silencio no significara que los heridos habían perdido la conciencia… o algo peor. Por desgracia, su patrulla de seis hombres y él habían tenido que apartar un montón de nieve para poder llegar a la puerta. Los cristales de la parte delantera de la cerrada carlinga seguían sepultados, así que no veían a nadie. La estructura interna del dirigible también estaba destrozada. La gran bolsa de gas yacía rasgada y retorcida, y sus jirones ocultaban el resto de la aeronave. En resumen, aquello era un desastre.

Se sintió aliviado cuando abrieron la puerta y oyeron un gruñón «ya era hora» procedente de la oscuridad interior, aunque su alivio se disipó un poco con las palabras siguientes: «Sacadnos de aquí, bufones».

Ridge ya estaba a punto de pronunciar su nombre y rango, por si eso servía para establecer relaciones amistosas, cuando el hombre añadió en un tono más bajo: «No sé si el piloto va a sobrevivir».

—¡Oster, Rav!

Ridge les hizo un gesto para que lo siguieran y, a continuación, entró a gatas. No había más luz que la que entraba por la puerta, y sus ojos tardaron unos segundos en acostumbrarse a la oscuridad.

—Soy el coronel Zirkander. ¿Quién me está gritando? ¿Y dónde está el hombre herido?

—En la parte delantera —respondió una mujer, para sorpresa de Ridge.

¿A quién se le ocurría llevar a una mujer al fuerte? Salvo que fuera una prisionera, claro. ¿Era posible que la nave llevara presos además de suministros?

—Intentó impedir que nos estrelláramos. No se pudo hacer con los controles, ni siquiera cuando…

La voz de la mujer se quebró hasta convertirse en algo parecido a un sollozo. Parecía joven.

—Y, en cuanto a quién le estaba gritando, coronel, soy el general Melium Nax. Pero puede llamarme *señor*.

Genial, Ridge ya había oído antes ese nombre. Normalmente, pronunciado con miedo.

—Sí, señor.

Ya podía ver la silueta del general, quien parecía estar animando al otro pasajero, la mujer, pero Ridge se concentró en la tarea de llegar a la destrozada carlinga.

—¿Rav? ¿Es usted quien está detrás? ¿Puede ver al piloto? Habrá que hacer palanca para levantar la mampara que oprime sus piernas y sacarlo.

—Sí, señor —dijo el fornido soldado de infantería, pasando a su lado—. Voy enseguida.

Ridge palpó el cuerpo del piloto, intentando localizar su cuello para tomarle el pulso. Había un montón de sangre. Maldita sea. Una pieza de metal atravesaba su pecho. Y no tenía pulso.

—Olvídelo, Rav —dijo en voz baja—. No hay prisa.

El general suspiró a su espalda. La mujer inspiró y se limpió las lágrimas.

—Salgan de aquí —dijo Ridge—. Estoy seguro de que también estarán heridos. Los llevaré hasta el médico.

—Y me lo enseñará todo, joven. He venido a supervisarlo a usted.

—Sí, ya me lo había imaginado. Sinceramente, la Cofah me preocupa más ahora mismo. Rav, encárguese de que los hombres descarguen la aeronave. Necesitamos los suministros, lo que se haya podido salvar. Y saquen al pobre piloto de aquí, por favor.

—Sí, señor.

Ridge salió antes que los demás, y ofreció una mano al general. El canoso hombre, de expresión severa, parecía ser de los que no se andaban con tonterías (también conocidos como los que no tenían ningún sentido del humor), y Ridge no creyó que se pudieran llevar bien. En fin, pero tuvo que admitir que no le molestaba delegar algunas de las operaciones del fuerte en otra persona; por lo menos, mientras persistiera la amenaza de la Cofah, porque así se podría concentrar en la defensa y en conseguir que el aparato rescatado volara. El general tenía varias cicatrices en la cara y en las manos. Debía de haber visto algunas batallas, y podría dar consejos útiles. A no ser que las cicatrices se las hubiera causado un matón callejero al que no había podido sobornar con pasteles.

Aquello le hizo pensar en Sardelle. Por los siete dioses, ¿cómo iba a explicar su presencia al nuevo comandante en jefe? El capitán Heriton ya no tendría que enviar informes en secreto para informar a sus superiores.

—Ten cuidado, Vespa —dijo el general a la mujer, que ya estaba saliendo.

Sin pensarlo, Ridge ofreció una mano a la joven. El general frunció el ceño (si era su marido, le sacaba al menos treinta años, si no, cuarenta), pero ella sonrió y aceptó el ofrecimiento. Era atractiva, de nariz delicada, mentón afilado y un hermoso cabello rubio apenas domesticado por una trenza, aunque se le habían soltado varios mechones cuando la nave se estrelló. No parecía herida; pero, cuando puso un pie en la capa de nieve, trastabilló y terminó apoyada en Ridge, aferrándose a su parka para mantener el equilibrio.

—Oh, qué profunda.

La capa no era tan profunda, pero Ridge dijo:

—Sí, señora.

—Vespa Nax es mi hija, coronel —intervino el general, que frunció el ceño a Ridge como si fuera él quien se había aferrado a ella.

—Sí, señor —replicó Ridge, liberándose del abrazo de la joven—. Yo, esto… No habría imaginado que usted o cualquier otra persona trajeran una mujer al fuerte.

Ridge no solía ser tan cauteloso con sus oficiales superiores, pero era la primera vez que veía a Nax y, como no pertenecía a su cadena de mando, no se sentía tan cómodo como para mostrarse irreverente. Tal vez, porque ahora tenía algo que perder. Cuando estaba en casa, sabía que nunca le tendrían mucho sin volar. ¿Pero allí? Si no quería que Sardelle acabara encerrara, tendría que hilar muy fino.

El general frunció el ceño (parecía ser su estado normativo).

—Tendría que haberle dicho que Vespa, la profesora Vespa Nax, es geóloga. El rey sugirió que la trajera para que estudie las formaciones rocosas de la montaña y averigüe dónde se pueden encontrar más cristales. Perdimos dos aparatos sobre el océano hace apenas un par de semanas. Hemos perdido dos cristales y hay que aumentar la producción.

Ridge estaba a punto de abrir la marcha para volver al fuerte, pero se quedó helado.

—¿De qué escuadrilla se trata?

No de la suya… No quería saber de ningún piloto que se hubiera ahogado; pero, sobre todo, no quería saberlo de los que volaban con él.

—De qué escuadrilla, *señor*.

¿Estaba de broma ese canalla? Ridge se dio cuenta de que, hasta siendo cauteloso, iba a tener problemas con el general.

Nax apuntó un dedo hacia su nariz.

—Conozco su reputación, Zirkander. Le he visto pavoneándose por el Cuartel General como si todos tuvieran que inclinarse ante su talento, pero no es más que un don nadie insubordinado. Su familia está llena de borrachos y delincuentes. Ni siquiera sé cómo se las arregló para entrar en la academia. Debió de ser por una mujer, por alguna oficiala de reclutamiento que se quedó prendada de su bonita cara.

La declaración del general hizo que Ridge fuera particularmente consciente de la presencia de su hija, quien lo estaba mirando con una expresión a medio camino entre la sorpresa y la exasperación. A Ridge no le importaba que le frotaran el culo con un cepillo de puercoespín, pero siempre había odiado a los oficiales que lo hacían delante de terceros. Vespa no importaba demasiado, pero los hombres que estaban descargando el dirigible, individuos que estaban haciendo esfuerzos por fingir que no los oían, eran soldados a los que quizá tendría que dirigir en una batalla. Tenían que respetarlo. No podían pensar que en el Cuartel General lo consideraban una especie de payaso.

—No sé cómo ha ascendido tanto —continuó Nax—. Solo sé que, si me viene con alguna mierda, lo degradaré a teniente.

—Maravilloso —dijo Ridge—. Y ahora, si ya ha terminado con su discurso, que sospecho ha practicado durante el viaje, le agradecería que me dijera qué escuadrilla… qué hombres cayeron, señor.

Su intención de ser cauteloso solo había durado tres minutos. Como decían en la academia, ningún plan de combate sobrevivía al primer contacto.

—Me importa un carajo —gruñó el general—. Todos sus besadragones son iguales. Y ahora, lléveme a mi despacho. Quiero saber qué ha estado haciendo desde que asumió la jefatura de la fortaleza.

El general soltó una risotada despectiva y se alejó. Los negros bloques de la muralla eran visibles a través de la nieve, así que no se podía perder. Ridge no tuvo prisa por seguirlo.

—No sabía que mi padre y usted se hubieran visto antes —dijo la profesora Vespa.

—No nos habíamos visto. Por lo menos, hasta donde yo recuerdo.

—Oh, qué extraño; normalmente, reserva ese nivel de veneno para los cabilderos, los progresistas y sus más enconados enemigos.

—Se habrá enterado de que no apoyé a los conservadores en el torneo de ropa vacacional.

Vespa rio. En fin, Ridge no intentaba ser gracioso.

—Por aquí, señora; le enseñaré los, las… habitaciones de invitados —dijo, refiriéndose a unas polvorientas y vacías habitaciones de los barracones de oficiales.

—Gracias, coronel. Pero ¿puedo llamarlo Ridge?

—Sí —contestó él, sin ganas.

No quería establecer ningún tipo de familiaridad con la hija del general. El viejo cascarrabias ya le iba a dar bastantes problemas como para buscarse uno más. ¿En qué estaría pensando el rey cuando decidió enviarla a una fortaleza abarrotada de hordas de hombres rijosos? Ridge se recordó en la cueva con Sardelle y se ruborizó. Sí que estaban salidos.

—Pues Ridge será —dijo ella—. Fue la escuadrilla Lobo. Salió en los periódicos.

—Lobo —repitió él.

Toda la indignación que sentía por el trato que le había dispensado el general desapareció al instante. Era su equipo. Pero a esos hipócritas oficiales superiores no les importaba que los suyos murieran.

—¿Recuerda sus nombres?

—Eran un hombre y una mujer. Dash y… ¿Ann? ¿Orhn?

Ridge cerró los ojos y se detuvo en seco en mitad del camino, como si sus botas fueran súbitamente de plomo.

—Ah.

—¿Volaban con usted?

—Sí.

—Lo siento —dijo la profesora, que le puso una mano en el hombro—. Si necesita hablar de ello o tomarse una copa esta noche, estaré encantada.

La familiaridad de la mujer lo sorprendió. Por delante, el general se había parado y los miraba con el ceño fruncido. Ridge tuvo que resistirse al impulso de apartarle la mano de mala manera. Se obligó a decir «gracias» y se puso en marcha, a sabiendas de que la mano caería por sí misma.

Ahora nevaba menos, y un montón de hombres miraban desde la muralla. Ridge esperó que estuvieran prestando tanta atención al cielo como a los recién llegados y a él. La aeronave de la Cofah había desaparecido, pero eso no significaba que no fuera a volver. Sardelle también estaba allí, con su largo cabello negro flotando en la brisa. Ridge cruzó los dedos para que no hubiera visto a la excesivamente cariñosa profesora poniéndole las manos encima; pero Sardelle se giró en cuanto se dio cuenta de que la estaba mirando y, por su forma de girarse, dedujo que la había visto.

# Capítulo 10

Los ronquidos llegaban al techo, las paredes y los suelos del barracón de las mujeres. Sardelle no sabía quién había diseñado el edificio, pero pensó que tendría que haber puesto alfombras, cortinas, tapices o algún tipo recubrimiento para el aislamiento acústico. Probablemente, el decorador no tenía ni idea de que hubiera tantas mujeres con problemas nasales. Ella no lo había sabido hasta que llegó allí.

Esa era la razón de que estuviera despierta en la oscuridad, escuchando el sonoro duermevela de las agotadas mujeres. Ella también estaba cansada, porque había estado todo el día en la lavandería. Las otras mujeres la habían tratado como a una leprosa por ausentarse tanto tiempo y ser una besahuevos y una gorrona, que era lo que le habían llamado, pero le pareció que era un buen sitio para esconderse del general Nax, quien había llevado a Ridge por todo el fuerte, gritando y gesticulando con enfado.

El hombre le había caído mal al instante, aunque aún no había estado con él en la misma habitación. El capitán Heriton apareció en determinado momento e inició lo que parecía ser una inspección. Sardelle se mantuvo lejos de su vista, porque no quería que se acordara de ella. Le parecía altamente improbable que aquel general fuera alguien capaz de hacer un trato con ella cuando encontraran su espada.

Aún no había averiguado quién era la mujer. Solo sabía que era joven y guapa, y que parecía tan fuera de lugar como ella. Sin embargo, debía de ser alguien importante, porque los soldados inclinaban la cabeza y sonreían cada vez que pasaba ante ellos. No daba la impresión de que solo lo hicieran porque fuera atractiva.

Después de tirarse una hora despierta, Sardelle se levantó de la cama y empezó a ponerse las botas y ropa suficientemente cálida para dar un paseo por el patio. No esperaba que Ridge estuviera en la biblioteca, no esperaba ni que estuviera pensando en ella; pero, en cualquier caso, no podía dormir, así que, si existía alguna posibilidad de que estuviera allí…

*Lo está.*

Sardelle, que estaba metiendo los pies en las botas, estuvo a punto de caerse. Jaxi había estado en silencio todo el día; seguramente porque también le preocupaba que el hechicero la descubriera.

*Sí, me mantendré oculta cuando esa aeronave ande por aquí. No me ha gustado nada ese zalamero sabelotodo, dijo Jaxi.*

*Por «mantenerte oculta», ¿te refieres a escuchar a hurtadillas nuestra conversación telepática?*

Sardelle aceleró el proceso de vestirse, mucho más interesada por lo primero que Jaxi había dicho que por lo demás.

*Tengo que saber lo que está pasando. Te aseguro que no me ha oído.*

*Eso es bueno, replicó Sardelle mientras se ponía la parka. Cuando has dicho «lo está», ¿querías decir que…?*

*Odiaría acabar en manos de un mago zalamero que apesta a selva y se ha unido a unos conquistadores.*

*Me alegra que tampoco te guste, pero lo que quiero saber es…*

*Sí, sí, tu novio te está esperando. Aunque no estoy segura de que sea sexo lo que tiene en mente.*

Sardelle salió dando zancadas, mientras se abrochaba la parka. Ya no nevaba, y el cielo se había despejado, aunque el aire era tan frío como para congelarle el vello de la nariz.

*Es una imagen de lo más atractiva. Te recomiendo que no la compartas con tu amante.*

*Gracias por el consejo, Jaxi.*

Había hogueras en las torres de vigilancia, y braseros encendidos en las murallas. A pesar de ser tarde, los soldados iban de un lado a otro, sin apartar la vista del cielo. Sí, como el tiempo había mejorado, la Cofah podía estar pensando en atacar otra vez. Sardelle escudriñó los cielos con sus sentidos, sin bajar su acelerado paso hacia la biblioteca. Por suerte, no sintió nada.

La biblioteca solo tenía una sala que estaba en la planta de arriba de un edificio que se usaba para almacenar equipos y soldar. Durante un momento, Sardelle temió que la puerta delantera estuviera cerrada, pero no lo estaba. En la amplia extensión de abajo no había ninguna luz encendida, y tuvo que usar sus sentidos para abrirse paso entre todo lo que contenía, desde las vagonetas que estaban reparando hasta las gigantescas ruedas de la maquinaria que movía las jaulas. Normalmente, el camino para subir a la planta de arriba estaba más despejado, pero era posible que hubieran movido cosas antes de la inspección del general.

Cuando llegó al vestíbulo de la primera planta y vio que tampoco había luces encendidas, empezó a dudar de la promesa de Jaxi. Pero notó una presencia en la sala de la biblioteca. Al parecer, Ridge había llevado su propia iluminación y no se había molestado en encender ninguna lámpara. Quizá fuera una buena idea, porque no querían que los descubrieran; aunque, estando el general en el fuerte, Sardelle no pretendía hacer nada que le pudiera causar problemas. Por lo que los demás sabían, ella era una simple prisionera. Ridge era la única persona que la consideraba otra cosa.

Puso la mano en el pomo y se detuvo. No sabía si debía arriesgarse a hablar con él. Pero tampoco soportaba la idea de dejarlo solo. Ridge estaba…

Borracho, como supo en cuanto abrió la puerta y olió el alcohol. Y sentado en la oscuridad, con la vista clavada en la solitaria ventana de la biblioteca, que ofrecía una vista preciosa de los oscuros bloques de piedra de la muralla.

—¿Ridge? —dijo en voz baja—. ¿Estás…? ¿Quieres que te deje a solas?

Ridge tomó aire ruidosamente y lo soltó antes de responder. Teniendo en cuenta su respuesta, quizá. Sardelle dudó que estuviera en aquel lugar por ella o por la necesidad de acostarse con ella.

—No —decidió al fin.

—¿Puedo encender una vela?

—Sí.

Su voz no sonó entre dientes, pero sonó quejumbrosa. No, sonó triste. Parecía derrotado.

—Bueno, si te ha empujado a la bebida, ya puedo decir que el nuevo general me cae mal —dijo Sardelle con humor.

Ridge gruñó.

—¿Ahora está a cargo del fuerte?

—Sí. El Cuartel General le dio autoridad para ponerse a cargo si yo no estaba haciendo un buen trabajo —dijo Ridge, que sacudió una mano como si no le importara.

Tras rebuscar en un par de cajones, Sardelle hizo trampa y usó sus sentidos para localizar velas y una caja de cerillas, que llevó a la mesa a la que Ridge estaba sentado. Él apartó la vista cuando encendió el fósforo. A su lado, había una botella marrón sin etiqueta, de brebaje quizá preparado en algún balde del fondo de los barracones. Fuera lo que fuera, su olor era intenso. Un pequeño dragón de madera descansaba junto a la botella. La pintura de su protuberante estómago estaba desgastada. Sardelle había visto un par de veces el amuleto, pero lo reconoció al instante. Tenía una pequeña arandela de metal en la parte superior, enganchada a un dorado cordón trenzado. Quizá lo colgara en la carlinga cuando volaba.

Sardelle se sentó en la silla que estaba a su lado.

—Deberías ponerme en situación. No sé si debo animarte o compadecerte. O limitarme a guardar silencio.

Ridge usó el dorso de la mano para empujar la botella hacia ella.

—O tomarme una copa contigo —añadió Sardelle.

—Dos de mis pilotos han muerto.

—Oh —dijo ella. No estaba deprimido por el general; o, al menos, no solo por él—. ¿Hombres con los que volabas? ¿A los que conocías bien?

—Un hombre y una mujer. Una niña, en realidad. Ahn solo tenía veintitrés años… acababa de salir de la academia, pero tenía verdadero talento para el vuelo, y una puntería digna del arquero de un dios. Ella…

Ridge tragó saliva, carraspeó y alcanzó la botella. Echó un buen trago.

Sardelle se preguntó si Ahn había sido algo más que una compañera de vuelo para él, pero se abstuvo de preguntarlo. No era el momento adecuado y, además, se negaba a sentirse patéticamente celosa de una mujer muerta.

Ridge dejó la botella en la mesa.

—Era una buena chica. Habría tenido una gran carrera. Habría marcado una diferencia, ¿sabes?

Sardelle no tenía palabras, ninguna palabra que no sonara vana e inútil, así que se limitó a ponerle una mano en el brazo.

—Y Dash, también —dijo Ridge—. Aunque fuera temerario. Los dos lo eran. Quizá se les pegó de mí. Pero yo no estaba con ellos cuando…

La voz se le volvió a quebrar, y se quedó mirando el oscuro vacío.

«Lo siento», dijo Sardelle en voz baja. Le pareció terriblemente inadecuado. Para él, y para ella. Sus pensamientos regresaron a las personas que ella había perdido, amigos y familiares que también habrían tenido grandes carreras si las Parcas lo hubieran permitido. Algunos eran más jóvenes que el teniente de Ridge cuando la montaña se vino abajo.

Se quedaron en silencio, dejando que las velas se fueran consumiendo mientras su luz bailaba con las sombras sobre la estantería. Al cabo de un rato, Ridge volvió a empujar la botella hacia ella.

—Deberías beber. Me siento más interesante cuando bebes. Soy mejor compañía.

Como él lo quería así, Sardelle probó el brebaje de olor fuerte. Tal como imaginaba, le quemó en la garganta como si fuera fuego. Refrenó el impulso de toser y escupirlo, aunque a duras penas.

—Como te dije esta mañana, no tienes que hacer demasiado para ser mejor compañía que una brigada de mujeres roncantes.

—¿En serio? Supongo que tengo suerte de que el nivel de aquí sea tan bajo.

Sardelle también lo suponía. Se acordó de la bonita chica rubia y de cómo se había abalanzado sobre Ridge en cuanto salió del dirigible. Al parecer, la adoración al héroe que había visto en muchos soldados se debía de extender a las féminas cuando Ridge estaba en casa. Seguro que tenía donde elegir en materia de mujeres. Si alguna vez llamaba a la puerta de su cabaña del lago, ¿le encontraría solo? ¿O se habría olvidado de ella con tantas partes interesadas como tenía?

*Nunca habías sido tan insegura.*

*Porque no solía salir con nadie.*

*Eres una mujer atractiva, Sardelle. Está en la biblioteca contigo, no bebiendo con esa chica rubia. Se le ha ofrecido ella.*

*Disculpa, ¿intentas hacer que me sienta mejor?*

*No, solo es una observación.*

Había llegado el momento de cambiar de tema.

—Me ha dado la sensación de que el general te está complicando las cosas. ¿Te causará problemas con los cambios que has puesto en marcha? —preguntó ella. «O conmigo», añadió para sus adentros.

—Ya me los ha causado. Cree que dirijo este sitio como si fuera el club de oficiales de casa, y piensa que lo próximo que voy a hacer es traer masajistas para que den friegas a los presos.

—¿Ni siquiera le ha gustado que hayas encontrado cristales?

—Le ha gustado tanto que casi ha estado un segundo sin fruncir el ceño. Pero no me ha concedido el crédito a mí, y con esto no digo que sea yo quien los ha encontrado —dijo Ridge, asintiendo hacia ella—. Está convencido de que es un éxito del general Bockenhaimer, aunque Heriton ha intentado convencerlo de lo contrario.

—Bueno, tus hombres están a punto de encontrar otro. Lo comprobará por sí mismo cuando lo saquen.

—Sí.

—Si yo estuviera ahí abajo, es posible que pudiera encontrar más. Dentro de poco, llegarás a alguna de las antiguas estancias, y habrá una mayor densidad de…

Sardelle dejó de hablar porque Ridge se había girado hacia ella para mirarla.

Él agarró la mano que le había puesto en el brazo y dijo:

—Escucha, Sardelle. Tienes que pasar desapercibida. No dejes que el general te vea, y tampoco aparezcas cuando Heriton esté presente. Como empiece a farfullar sobre lo que dijo ese prisionero o sobre las cosas ciertamente extrañas que han pasado desde que tú apareciste, tendrás problemas. No te podré defender. Por mucho que me apetezca, no puedo tirar a un oficial superior por un barranco.

—Nunca te pediría eso.

—Lo sé —Ridge levantó la mano y le acarició la mejilla—. Eres más madura que yo.

Los ojos de Ridge se movieron, siguiendo la cara de Sardelle mientras sus dedos pasaban de la mejilla a la mandíbula. Ella sintió un escalofrío de placer.

—También eres más sexi —añadió él.

—No estoy de acuerdo con eso. Tú eres bastante sexi. Sobre todo, cuando sonríes.

Ridge consiguió dedicarle una pequeña sonrisa.

—Pero no me has discutido lo de la madurez, ¿eh?

—No.

Ridge rio con suavidad y se acercó a ella. La besó dulcemente en los labios y luego bajó la cara hasta el lateral de su cuello. Sardelle no supo si lo que tenía en mente era un sentimiento de compasión o algo más, pero no pudo negar que su cuerpo reaccionaba a su contacto. Volver a los barracones en ese momento habría sido una pena. Ridge le pasó una mano por el pelo y le acarició la nuca.

—Supongo que ser maltratada por un borracho no sería una gran recompensa para ti, teniendo en cuenta que te has molestado en venir hasta aquí para hacerme compañía —susurró contra su cuello, rozándole la piel con los labios.

Ella se preguntó si habría notado los acelerados latidos de su corazón.

—Eso depende del borracho —replicó en voz baja, pasándole una mano por detrás del cuello y preguntándose por qué estaban tan lejos sus sillas.

—¿Eh?

—Yo diría que aún… —Sardelle olvidó momentáneamente el resto de la frase, porque sus caricias eran tan agradables que su cerebro dejó de funcionar. Agradables y excitantes, sin mencionar lo que sus labios le estaban haciendo en el cuello—. Que aún conservas tus facultades.

—Esperaba que vinieras.

La otra mano de Ridge encontró un muslo de Sardelle y, aunque estaba por encima de su ropa, la colmó de calor.

Ella se levantó de la silla, se sentó en su regazo y pasó los brazos a su alrededor, con más fuerza.

—Yo también —replicó. Su afirmación no tenía sentido, pero no le importó.

—Eres lo único que me mantiene cuerdo esta noche —susurró Ridge, y aquello fue lo último que dijeron en un buen rato.

Tras pasar la noche con Sardelle, algo que Ridge decidió hacer más a menudo, por mucho que le costara hacerlo, se sorprendió haciendo esfuerzos por prestar atención a la conferencia de la hija del general. Bueno, era obvio que la profesora Vespa no pretendía darle una conferencia; pero, cuando terminó de explicarle la importancia del décimo tipo de piedra que llevaba en su caja de muestras, Ridge estaba deseando que el general Nax apareciera y la echara de allí. Extraño, porque, cuando Sardelle le resumió todos aquellos libros, no le había parecido ni aburrido ni pretencioso; pero Vespa tenía tal aire de prepotencia que él quiso ponerse a trabajar en otra cosa mientras ella hablaba. Además, tuvo la impresión de que no lo consideraba demasiado inteligente.

—Es importante que los mineros empiecen a distinguir los restos sin valor que encuentran en cada nivel —afirmó Vespa—. He venido a determinar en qué clase de rocas es más probable que encontremos cristales.

—Alguien ya lo ha determinado —dijo Ridge—. Por eso hemos encontrado cuatro en las dos últimas semanas.

—Alguien —Vespa arrugó su minúscula nariz—. ¿Un geólogo? ¿Un experto?

—No estoy seguro de lo que estudió. Es una presa.

—¿Está siguiendo los consejos de una presa? Oh, Ridge…

—Tiene formación académica.

Ridge sabía que no debía hablar de Sardelle en absoluto, pero se negaba a implantar un estúpido sistema de catalogación de rocas. No veía dónde estaba la ventaja de decirles a los mineros que tenían que separar y etiquetar cada montón de escombros que sacaran cuando había una forma mejor.

—¿Dónde estudió?

Ridge pensó que quizás hubiera encontrado un recurso inesperado para desenterrar un poco más el misterioso pasado de Sardelle. ¿Trabajaban juntos los geólogos y los arqueólogos, aunque solo fuera de vez en cuando? ¿Leían los estudios de los otros?

—No lo ha dicho. Pero puede que haya oído hablar de ella. Creo que se dedicaba a la arqueología o a una disciplina similar antes de acabar aquí.

—¿Cómo se llama?

—Sardelle Sordenta.

Vespa sacudió la cabeza.

—No me suena.

—Hum. Tiene ideas interesantes sobre la procedencia de los cristales. ¿Ha oído alguna vez que aquí hubo una base del Referatu, en algún momento del pasado? Aquí mismo, en el interior de la montaña.

Ella dio un paso atrás.

—¿Los hechiceros? Por supuesto que no.

Vespa estaba sinceramente sorprendida. Vaya. Ridge había pensado que él no conocía esa información porque no había estado el tiempo suficiente en el mundo académico. Pero bueno, una geóloga no era una arqueóloga.

—Puede que le interese bajar a los túneles. Ver los pozos de la mina —dijo él—. En algunas zonas, parece que alguien ya había horadado la montaña, y que las galerías se hundieron.

—¿En serio? Eso es fascinante —Vespa sonrió, obsequiándolo con un par de hoyuelos—. ¿Debo entender que se ofrece a acompañarme en la visita?

—Eh… Tenía un compromiso previo con el capitán Bosmont, con quien estoy arreglando el dragón volador, y me temo que ya llego tarde.

Vespa alzó una mano.

—Si yo fuera usted, no me acercaría a esa cosa. Mi padre se puso furioso cuando vio ese montón de porquerías oxidadas en mitad del patio. Y conste que la descripción es suya, no mía.

—Sí, ayer tuve ocasión de oír sus opiniones sobre el proyecto —dijo Ridge. De hecho, no paró de opinar.

—Le oí decir que quiere tirarlo.

—Pensará de forma distinta si lo podemos usar para defendernos de la Cofah, que volverá en cualquier momento.

Ese era otro de los motivos por los que Ridge no quería perder el tiempo con paseos por las minas. Los cielos se habían despejado. La nieve y el viento que habían alejado a la aeronave ya no eran un problema.

—Estoy segura de ella. Me encantaría verla volar.

A Ridge le habría encantado que fuera Sardelle quien lo viera, no ella. Su pasado podía ser un misterio para él, pero tenía la impresión de que nunca había visto un dragón volador, a pesar de estar académicamente familiarizada con el libro de Denhoft.

Una puerta se abrió de golpe en el pasillo.

—¡Coronel! ¡General! —exclamó con entusiasmo el capitán Heriton—. ¡Noticias de las minas!

Ridge se levantó al instante.

—¿Vamos a ver lo que pasa?

Ridge abrió la puerta del despacho a Vespa, quien dijo: «Gracias, Ridge». Ella salió en primer lugar, y él la siguió en el preciso momento en que el general Nax salía dando zancadas del despacho de al lado. Como era previsible, frunció el ceño hacia la nuca de su hija y, a continuación, hacia Ridge, porque los había pillado saliendo juntos de la misma sala.

—¡Rápido! —gritó el capitán, que estaba al pie de la escalera—. Vayan al pozo tercero. Esto es increíble.

—¿Un cristal? —preguntó Vespa.

—Será eso —intervino el general.

Ridge no estaba tan seguro. Heriton se había entusiasmado tanto como el que más cuando encontraron el primer cristal, el primero en más de un año; pero ahora era más habitual, y no gritaba a la gente que fuera a verlo cuando un minero encontraba uno.

Ridge cruzó el patio al trote. Un grupo de soldados y mineros se había congregado en la salida del pozo, junto a una vagoneta llena de algo que no eran minerales. Los polvorientos objetos que contenía parecían…

—¿Libros? —preguntó Vespa, que también llegó corriendo—. ¿Sacados de la montaña? —añadió con incredulidad.

Ridge no estaba tan sorprendido, porque Sardelle ya le había hablado de los referati. Cristales al margen, aquella era la primera prueba real de que allí había habido otra civilización. Una sobre la que, aparentemente, se había derrumbado la montaña.

Los hombres se apartaron para dejar pasar a Ridge y al general.

—Los hemos encontrado esta misma mañana —dijo un minero—, y también había unas cuantas alfombras viejas.

Uno de los mineros que estaba junto a él le pegó un codazo y señaló a Ridge.

—Cuéntale lo de los huesos.

—Lo sé, lo sé, estoy en ello.

—Guarden silencio —bramó el general Nax—. Todos. Menos usted —dijo, señalando al primer minero—. Explíquese. Y que nadie lo interrumpa.

Se oyeron varios «sí, señor» en voz baja. Un par de hombres lanzaron una mirada rápida a Ridge, como si se sintieran traicionados por el hecho de que un personaje más autoritario (o despótico, dependiendo de cómo lo viera cada uno) tomara las riendas. Ridge no quería que los hombres supieran lo que pensaba de Nax, así que se abstuvo de fruncir el ceño o de hacer algún gesto que lo indicara; quizás, abrazando parte de la madurez de Sardelle. Respiró hondo y escuchó.

—Parecía una especie de sala antigua, parte de algún tipo de fortaleza subterránea, de castillo o algo así. Había dos cristales. ¡Dos! Y separados por tres metros de distancia. El ingeniero se los llevó al instante, y nosotros subimos esos libros. Pero, como dice dos-cinco-tres, también había huesos. Todos aplastados por las rocas, pero indudablemente humanos. Ya hemos sacado dos. Podría haber más. Un montón de los nuestros siguen cavando ahí abajo.

El general se había quedado mirando los libros, y no parecía que estuviera prestando atención.

—Un gran descubrimiento —dijo Ridge—. Gracias por su duro trabajo.

Los mineros se golpearon la frente en algo vagamente aproximado a un saludo militar.

—Está claro, jefe, sin duda.

«¿Qué es esto?», preguntó el general Nax, tocando el lomo de uno de los libros con un solitario dedo. El título estaba escrito en iskandiano, pero con grafía de aspecto arcaico, con más toques floridos de los que solía haber en un libro.

—¿A qué te refieres, papá? —intervino Vespa, que se abrió paso entre dos hombres para verlo mejor.

—Rituales de la luna de la cosecha —leyó Nax, que apartó rápidamente el dedo—. Rituales. Esto es basura de magos —añadió, mirando unos cuantos títulos más—. Absolutamente todo.

—Si esto era una fortaleza de los referati, esos títulos tienen sentido —afirmó Vespa.

Ridge se estremeció. Al contárselo, no había pensado que hablaría abiertamente de ello. Un error. No tendría que haberle dicho nada, como bien supo cuando el general giró la cabeza y dijo:

—¿Quién te ha contado eso?

Vespa miró a Ridge con expresión interrogativa.

Ridge suspiró para sus adentros. Si lo hubiera apuntado con un dedo, no habría sido más obvia.

—Se lo oí decir a un prisionero —dijo Ridge ante el nuevo ceño fruncido del general—. Pensé que quizá fuera un hecho aceptado en el mundo académico, así se lo he contado a la profesora.

Los mineros se miraban entre ellos, claramente confusos. Ridge no se lo habría podido reprochar. Estaban orgullosos de haber hecho un descubrimiento extraordinario, pero el general no les daba en modo alguno esa impresión.

—Quemadlos —ordenó Nax—. Achicharrad todo lo que salga de ahí.

En ese momento, se oyó una voz familiar, procedente de la parte de atrás del grupo:

—¿Qué?

Ridge se volvió a estremecer. No le extrañó que Sardelle protestara; especialmente, si había ido al fuerte en busca de esas cosas precisamente; pero habría preferido que se le escapara ese grito. A decir verdad, estaba tan cerca de ser una protesta como de ser una expresión de sorpresa y, cuando él divisó su figura, embutida en la indumentaria habitual de las presas y con una cesta de ropa en los brazos, también notó dolor en sus ojos y horror en su cara. Ella también sabía que había cometido un error.

CAPÍTULO 11

SARDELLE SE MANTUVO con las manos cruzadas a la espalda y la vista clavada en la nieve. Ridge se lo había advertido, y ella se lo había dicho a sí misma; pero, cuando se topó con el grupo por simple casualidad, vio los libros y oyó la vil orden del general...

Destruir lo poco que quedaba de su pueblo era inadmisible. Y la culpa era suya. Si no hubiera estado tan ansiosa por ayudar a Ridge a encontrar cristales, los mineros nunca habrían escarbado en esa mitad de la montaña. Ahora podrían destruir hasta los últimos restos de su cultura.

*Eso no es justo. Los enviaste por ese camino para sacarme de aquí. Si alguien tiene la culpa, soy yo.*

*Eso no mejora la situación en absoluto, Jaxi. Yo... nosotras... hemos calculado mal.*

*No podíamos saber que Aliento de Babosa tomaría las riendas.*

—Su expediente dice que se llama Sardelle Sordenta —informó Heriton al general.

Ridge se mantuvo a un par de metros de distancia, con los brazos cruzados sobre el pecho y expresión pétrea. Sardelle supo que su expresión no se debía a ella, sino a la situación. Pero, por supuesto, Heriton sonreía alegremente.

—Un expediente que no apareció hasta dos o tres días después de que llegara al fuerte —continuó el capitán—. Y, cuando apareció, estaba en un sitio que yo ya había comprobado. No estaba allí el día anterior. Además, también está el hecho de que la encontraron vagando por las minas en...

Sardelle había oído sus acusaciones antes, y guardó silencio mientras los hombres descargaban los libros de la vagoneta y los llevaban a una zona vacía del centro del patio. Alguien dejó un bidón de queroseno al lado.

*Si no haces algo, lo haré yo*. Jaxi parecía tan indignada con la situación como Sardelle.

*Ya estoy a punto de que me acusen de ser una bruja. ¿Qué puedo hacer? Si ya te hubiera encontrado, no importaría* (Sardelle miró a Ridge y supo que importaría de todas formas); *pero, hasta entonces, no puedo permitir que…*

*¿Te maten?*

*Sí.*

*Sería inconveniente. Te tengo cariño, y te eché de menos durante los trescientos años que estuviste durmiendo.*

*Me alegra que te importe. Pero, si haces algo, no hagas daño a nadie, por favor.*

Los gruñidos que sonaron en la cabeza de Sardelle no fueron tranquilizadores, pero sabía que Jaxi no haría daño físico a nadie salvo que fuera la única forma de defenderla. Las dos habían hecho un juramento de proteger, no de herir.

—¿Tienes algo que decir, mujer? —preguntó el general Nax.

Sardelle sacudió la cabeza.

—¿Sabía algo de esta espía, coronel Zirkander? —dijo Nax, cuya voz se volvió suave, peligrosa.

Durante unos instantes, Ridge dio la impresión de que también iba a guardar silencio, pero apretó los labios y optó por decir:

—No sé lo que es; pero, si es una espía, es bastante considerada. Es la mujer que nos mostró las localizaciones de los cristales nuevos.

Sardelle no quería que se buscara un problema por defenderla; pero, con tantos ojos clavados en ella, no supo cómo indicárselo.

*¿No crees que esté preparado para la telepatía?*

Teniendo en cuenta cómo había perdido la compostura cuando bromeó sobre la posibilidad de que él fuera un telépata, no, no lo creía. Además, había dado a entender que no le gustaban los hechiceros. En cuanto ella le permitiera descubrir que era uno de ellos, perdería lo único que tenía en ese lugar, en el mundo.

El último libro llegó a lo alto del montón, y un soldado abrió el bidón de queroseno.

—¿Cómo sabía dónde encontrar los cristales? —preguntó el general Nax, mirando a Sardelle con ojos entrecerrados.

—¿Es la que sabía que esto era una fortaleza de los referati? —se interesó la hija del general, dando un paso adelante y hablando por primera vez.

Sardelle refrenó el impulso de fruncir el ceño a Ridge, pero le dolió un poco que hubiera hablado de ella a esa mujer. Sintió que lo había hecho por defenderla; pero, de todas formas, deseó que no hubiera dicho nada. Ya se metía sola en bastantes líos como para que alguien más la ayudara.

El soldado encendió una cerilla. Sardelle se aseguró de no estar mirándolo cuando se la apagó. El único que se dio cuenta fue el soldado. Eso estaba bien. Pero tenía una caja llena de cerillas. Eso estaba mal. ¡Vaya!, parecía que la nieve las había humedecido en algún momento. El soldado intentó encender unas cuantas más y, acto seguido, masculló algo entre dientes y se alejó hacia uno de los edificios.

—Mis preguntas tendrán respuesta —dijo el general Nax—. Si no aquí y por las buenas, en una sala de interrogatorios.

Ridge bajó los brazos.

—No es necesario, señor. Nos ha estado ayudando.

—Sin duda, para poder robar los cristales cuando los sacáramos. Y para llevárselos al sitio de donde proceda. ¿Eres una infiltrada de la Cofah, chica?

—Soy iskandiana de los pies a la cabeza —dijo Sardelle—. Me crie en estas montañas. Nunca las traicionaría.

El soldado volvió con otra caja de cerillas en la mano. Sardelle las humedeció antes de que llegara a la pila de libros.

—Ya veremos si respondes lo mismo cuando te presionemos un poco —dijo el general.

Ridge dio un paso adelante.

—Señor, ¿de verdad quiere que empecemos a torturar a mujeres?

—No pondría ninguna objeción si fuera un hombre. Los espías pueden ser de cualquier sexo, coronel. No sea ingenuo.

—Aún no he oído nada que justifique martirizar a nadie. Esa mujer nos está ayudando. ¿No quiere saber cuántos cristales nos puede proporcionar? Si luego no somos capaces de mantenerlos a salvo, será nuestro problema, ¿no?

Nax frunció el ceño.

—No, *señor*.

En la mejilla de Ridge se tensó un músculo. Sardelle se dio cuenta de que aún no lo había visto enfadado, no de verdad. ¿Sería capaz de arruinar su carrera por defenderla a ella? No lo podía permitir.

—Señor —se corrigió Ridge.

—Yo también creo que deberíamos esperar, señor —dijo el capitán Heriton—. Si es cierto que es ella quien ha estado ayudándonos a localizar los cristales, deberíamos utilizarla mientras esté dispuesta a cooperar.

Al principio, Sardelle pensó que Heriton había cambiado de bando porque había decidido que Ridge le gustaba más que el general o, por lo menos, que su deseo de cristales era superior a su antipatía hacia ella, pero no había nada amistoso en sus ojos cuando la miró. No tuvo ni que rozar su mente para darse cuenta de que sospechaba. Además, tuvo la sensación de que el capitán era seguramente el único que se hacía una idea aproximada de lo que era. Oh, no creía que fuera una hechicera de trescientos años, pero ¿alguien con algunas habilidades mentales? Sí, eso era exactamente lo que pensaba. Quizá guardaba silencio porque aún no tenía pruebas que lo demostraran.

El soldado que estaba junto a los libros maldijo en voz tan alta que llamó la atención del general.

—¿Qué problema tiene, soldado?

—Lo siento, señor. No consigo que las cerillas se enciendan. Todas están húmedas.

—Qué extraño —dijo Heriton, clavando la vista en Sardelle.

*Creo que tendré que bajar a buscarte esta noche, Jaxi. Tanto si han cavado lo suficiente como si no.*

*Estaré más que encantada de ayudarte en mi desentierro.*

—Húmedas —dijo el general—. Soldado, no quiero excusas. Quiero que esos libros se quemen. Échelos a un horno si es necesario.

—Sí, señor.

—¡Aeronave a la vista! —gritó alguien desde lo alto de la muralla.

Sardelle nunca se había alegrado tanto de ver enemigos en el horizonte.

El general soltó un exabrupto y corrió hacia la muralla. Su hija, el capitán y casi todos los hombres que se habían congregado para ver arder los libros hicieron lo mismo.

Ridge también debía de estar deseoso de llegar arriba, pero se detuvo junto a Sardelle. Su mirada estaba en el cielo, en la aeronave dorada y marrón que había vuelto a aparecer sobre la cumbre occidental.

—No permitiré que te torturen; aunque me cueste la carrera, si no la vida. Comprendo que esa espada significa mucho para ti... —Ridge pareció preguntarse si la espada valía más que su vida, pero suspiró y la miró de reojo—. En tal caso, deberías desaparecer hasta que encuentres la oportunidad de recuperarla.

Sardelle se giró hacia el pozo tercero, el que llevaba a la sala donde habían encontrado los libros, el que estaba más cerca de Jaxi. Ridge la miró y siguió su mirada. No dijo nada más. Se limitó a alejarse hacia la escalera, dándole la espalda a propósito.

*Vigila los libros, Jaxi. Voy a bajar.*

*Ya era hora.*


Al norte, sonó una pequeña explosión. Una bala de cañón trazó un arco desde la aeronave de la Cofah y cayó en un nevero, a cien metros de la muralla del fuerte, provocando una lluvia de nieve que se pudo ver hasta desde el patio.

—¿Estamos preparados para probarlo ya, Bosmont? —preguntó Ridge.

—Déjeme ver si puedo arrancar antes el motor, jefe.

No podía haber más de diez grados, pero el fornido capitán se había arremangado la camisa. Quizá le diera calor el montón de herramientas que llevaba en los bolsillos.

—Si el motor arranca, estoy tentado de subirme y despegar. ¿Quién sabe si arrancará más de una vez? ¿O si seguirá encendido?

—Tenga un poco de fe, coronel. Después de todo lo que hemos hecho, esta chica ronroneará como una gatita.

Bosmont dio una palmadita cariñosa al motor.

Ridge pegó un puñetazo al lateral del compartimento y se maldijo a sí mismo cuando intentó apretar una tuerca con la llave inglesa y se le resbaló. Eso es lo que pasaba por apretar tuercas mirando al mismo tiempo a los canallas que estaban disparando para calcular distancias.

El cristal que brillaba en el hueco de la parte superior del motor se apagó. Bosmont frunció el ceño y dio un golpe al revestimiento. El cristal volvió a brillar.

—Buen augurio —dijo Ridge.

—Solo es un conector defectuoso. Abriré el motor y veré si puedo quitar más herrumbre.

Se oyó una explosión más fuerte, procedente de uno de los cañones de la fortaleza. Ridge miró las cumbres cubiertas de nieve. Aunque le hubiera dicho a Sardelle que causar avalanchas a esa distancia era bastante improbable, él se habría molestado en tomar todo tipo de precauciones; especialmente, estando a vista del enemigo, quien indudablemente pretendía provocarles para que se dañaran ellos mismos. Pero, aparentemente, al general no le preocupaban las avalanchas.

—Se nota que su peludo y canoso culo no sufrió la última —dijo Ridge en voz baja.

—¿Cómo? —preguntó Bosmont.

—He dicho que voy a subir a comprobar el sistema de armamento. No asustaremos a la Cofah por el simple hecho de despegar.

—Ah, ¿eso es lo que ha dicho? Juraría haber oído algo sobre un culo. Me ha parecido que se refería al general.

—Yo nunca sería tan irreverente.

Ridge se metió bajo el panel de control de la carlinga para comprobar los conectores de las ametralladoras que estaban en el morro del aparato. Volar era importante, pero hacer daño lo era aún más.

—¿Se refería a su hija? Porque ese es un culo que no importaría respetar.

—Lleva demasiado tiempo aquí, Bosmont.

—Ya está —algo metálico se cerró—. Este dragón va a despegar.

—Excelente. Yo…

—Coronel —dijo alguien en el exterior.

—¿Sí?

Ridge salió de detrás de la consola. El capitán Heriton estaba allí, con un libro abierto en las manos. El siempre enfadado general Nax estaba a su lado, al igual que su hija. Ridge esperó que ninguno de ellos hubiera oído los comentarios del ingeniero.

—Ha sido una suerte que no hayamos quemado esos libros —dijo el capitán.

¿Una suerte? ¿Es que no lo habían intentado?

—¿Y eso? —preguntó Ridge.

—¿Dónde está la bruja? —rugió Nax.

—¿Quién?

—Su servicial brujita.

—¿Sardelle?

Ridge se rascó la cabeza. ¿Por qué creían que…? Sus ojos se fijaron en el libro, y su estómago se hundió hasta el fondo de la carlinga. Desde donde estaba, veía un montón de palabras que no alcanzaba a leer, y una imagen que vio bien. La cara que lo estaba mirando, con una sonrisa astuta en las comisuras de los labios, le resultó muy familiar. Pero ¿cómo?

—Es uno de los libros que han sacado de la mina, ¿no? —continuó Ridge.

—Sí —dijo Heriton, señalando la página—. Según lo que dice aquí, Sardelle Terushan nació hace trescientos treinta y cuatro años.

—¿Cómo es posible?

—Es posible porque es una bruja —gruñó el general Nax—. Y usted la ha estado ayudando desde que apareció. O más que ayudando, si los rumores son ciertos —dijo, entrecerrando los ojos—. Su carrera está acabada, chico. ¿Dónde está esa mujer?

Ridge les dio la espalda para poder bajar del aparato, y recobrar la compostura. O, al menos, para encontrar la forma de ocultar su expresión y controlar la agitada inquietud de su estómago.

—Aunque sea una bruja, nunca he oído que los impuros fueran inmortales —razonó, mirándolos de nuevo y extendiendo una mano hacia el libro—. Debe de ser un error. Puede que le pusieran el nombre de esa persona porque se parecen.

Heriton no soltó el libro, pero se lo acercó a Ridge para que pudiera ver las páginas mejor y leer el texto. Ridge leyó lo que ponía. Por lo visto, era una más en una especie de lista. Y, en cuanto a la imagen… maldita sea, era indudablemente ella. Las palabras estaban impresas, pero el retrato estaba pintado a mano y, aunque los colores se habían desgastado un poco con el paso del tiempo, el libro se había preservado bastante bien en su tumba de piedra.

—Cargo… ¿sherastu? —se preguntó en voz alta, repitiendo lo que ponía—. Y sanadora.

La segunda ocupación hizo que el estómago se le revolviera otra vez. Se llevó una mano al pecho, a las heridas que el búho gigante le había causado. Se habían curado extremadamente bien, dejando solo unas cicatrices apenas visibles.

—Por los siete dioses —añadió en voz baja.

—Lo repetiré una vez más —dijo Nax—. ¿Dónde está?

Ridge clavó la vista en sus duros ojos.

—¿Qué piensa hacer con ella?

—¡Responda a la pregunta, coronel!

Nax se lanzó hacia él como para agarrarlo del cuello.

Instintivamente, Ridge dio un paso atrás. Chocó contra la parte delantera del dragón volador, pero bloqueó el ataque. El general, que no pareció darse cuenta, volvió a levantar un dedo; y esta vez, apuntó a su nariz.

—Chico, la ha estado ayudando desde el principio. Me han contado toda la historia.

Ridge miró fijamente al capitán. Heriton tragó saliva y desvió la mirada.

—Está acabado. Si no quiere terminar delante de un pelotón de fusilamiento, me dirá dónde está ahora. Y por los dioses que nos ayudará a encontrar la forma de encerrarla.

—Aquí no encontrarás a nadie que esté dispuesto a fusilarlo, padre —dijo Vespa.

La hija del general había contemplado la escena con los ojos muy abiertos, y había levantado la mano varias veces, como si quisiera intervenir; pero, al final, había bajado los brazos.

—Le pegaré un tiro yo mismo —rugió Nax.

—Supuestamente, y según he leído, las cajas de hierro anulan sus artefactos —dijo el capitán Heriton—. Podríamos forrar de hierro una de las celdas de confinamiento, y así no podrá escapar hasta que la hayamos interrogado a fondo.

—Hasta que consigan la localización del resto de los cristales, querrá decir —declaró Ridge.

—No me gusta su tono, coronel —dijo Nax.

—Ah, ¿es que no le parece suficientemente sarcástico? Porque lo puedo mejorar.

—*Señor* —susurró Heriton. Nax se puso tan furioso que no pudo replicar.

—Mire, general, no sé dónde ha ido. Yo…

Se oyó otra explosión en la montaña. A juzgar por la nube de nieve, la bala de cañón había caído mucho más cerca que la anterior. Gracias a su posición elevada, el alcance de la aeronave era más grande que el de la artillería de la muralla.

—Ahora no tengo tiempo para hablar de eso —prosiguió Ridge—. En este momento, somos como fardos de paja en un polígono de tiro. Si queremos tener alguna posibilidad de rechazar un ataque aéreo, tenemos que lograr que el dragón despegue.

Heriton miró el maltrecho y abollado aparato.

—Como esa sea nuestra única posibilidad…

El capitán debió de pensar que la moral no mejoraría si terminaba la frase, porque se limitó a cerrar el libro y a alejarse de allí, sacudiendo la cabeza.

A Nax le seguía saliendo humo de las orejas, pero su cara estaba algo menos roja.

—Arréglelo, Zirkander. Pero sepa que, cuando nos hayamos encargado de la Cofah, la bruja y usted acabarán en una celda. A estas alturas estoy tan harto de usted que lo ahorcaría esta misma noche.

El general se marchó, con hombros tensos como nudos.

—Con esa habilidad para inspirar valor y devoción, me sorprende que no lidere legiones.

Ridge se dirigía a su ingeniero, que no había dejado de trastear con el motor (bendita tenacidad la suya), pero la profesora Vespa seguía allí, mirando alternativamente al coronel y al general, que se alejaba. Ridge consideró la posibilidad de pedirle disculpas por haber ofendido a su padre, pero no fue capaz. Simplemente, tocó el borde de su gorra de piel, le dedicó un educado «señora» y regresó al dragón volador.

—¿Sabe dónde está la chica? —preguntó Bosmont cuando terminaron de afinar el motor tan bien como pudieron.

—No, la verdad. ¿Le importa?

—Sinceramente, no —replicó con una sonrisa—. Pero, si tiene alguna forma de decirle que no vuelva, quizá se lo debería decir. Imagino que Nax pondrá un pelotón de hombres armados que la estarán esperando por si aparece otra vez.

—No sé cómo ponerme en contacto con ella. Ni siquiera sé si debería en el caso de que pudiera.

Ridge se quitó la gorra y se pasó las manos por el pelo. No, la habría advertido si hubiera podido, pero no podía… no debía tener ninguna relación con ella después de aquello. Una hechicera. Se había acostado con… Por todos los dioses, vivos y muertos, ¿cómo se las había arreglado para acabar con una bruja en el fuerte? ¿Le había importado él alguna vez, aunque solo fuera un poco? ¿O solo lo había estado utilizando para lograr lo que quería? Fingiendo que lo ayudaba a encontrar cristales mientras deseaba secretamente que abrieran galerías en una dirección determinada para conseguir la espada. Su espada, comprendió tarde. O una que quería usar por algún motivo; sin duda, un artilugio mágico que aumentaría su poder. ¿No era eso acaso lo que decían las historias? ¿Qué haría cuando la tuviera?

—¿Me pude hacer un favor, Bosmont?

—¿Cuál?

—Cuando me hayan sometido a consejo de guerra y esté preso aquí, lléveme una cerveza alguna que otra vez.

—Eso está hecho, jefe.

# Capítulo 12

Sardelle se arrodilló en la cámara, cerca de la maquinaria que movía las vagonetas, detrás de una jaula. A pocos de metros de distancia, dos soldados montaban guardia junto al túnel, uno a cada lado y con sus espaldas contra la pared. Los golpes, chirridos y maldiciones que salían de un par de pasajes anunciaban la presencia de más personas. Tendría que escabullirse entre muchos hombres para llegar a las galerías recientemente excavadas.

Dentro de uno de esos pasajes, sobre unos raíles, había unas cuantas vagonetas cargadas de tierra que habían dejado allí para vaciarlas. Sardelle agitó una mano, y las vagonetas empezaron a rodar hacia la cámara.

—¿Qué diablos...?

—¿Quién las ha empujado? —preguntó un soldado, avanzando rápidamente hacia el pasaje por el que habían salido.

En cuanto el soldado llegó a la altura de las vagonetas, Sardelle sacudió una. Cayó un montón de tierra sobre las botas del hombre, que retrocedió como pudo y soltó una palabrota. Su camarada corrió hacia él.

Sardelle se fue hacia la derecha, disimulando su forma de tal manera que solo vieran una roca si miraban hacia allí, aunque fuera una piedra andante; pero estaban más concentrados en el túnel y las vagonetas. Tomó un pasaje distinto, el que debía llevar a la zona que acababan de abrir, donde los mineros habían encontrado los cristales y los libros.

Jaxi hizo el equivalente telepático a carraspear.

*Hablando de esos libros...*

*¿Sí?*

*¿Sabías que había listados anuales en ese montón? Los que indicaban dónde estaban destinadas las personas que hacían trabajo de campo.*

*No.*

*Deberías haber dejado que el soldado los quemara.*

Sardelle se obligó a seguir bajando por el túnel, pasando entre las sombras que había entre los faroles colgados de los soportes de madera, aunque deseaba detenerse y dedicarse a maldecir y a golpear cosas durante unos minutos.

*¿Han encontrado algo sobre mí?*

*Sí.*

*¿Ridge lo ha visto?*

*Sí.*

*Entonces, ahora sabe quién soy... lo que soy.*

*Sí. Todos lo saben.*

*Oh.*

Sardelle siguió andando, aunque las piernas se le habían entumecido. ¿Qué más podía hacer? Ya no tenía más objetivo que rescatar a Jaxi y marcharse a… ¿dónde? No tenía ni idea.

*A algún lugar donde no te ahorquen, ahoguen o disparen.*

*¿Ah, sí…? ¿Y dónde está eso?*

Sardelle se acordó de la oferta del chamán, pero la idea de irse con él le revolvió el estómago.

*Aún no estoy segura. Ya lo veremos.*

Maldita sea. Sardelle no se quería ir; por lo menos, no sola. Quería que Ridge la acompañara. O quedarse allí, con él, si el abominable general se iba… y si Ridge seguía queriendo que se quedara. Lo podía ayudar a defender la montaña contra sus enemigos. No era un trabajo tan distinto al que había hecho en su época.

*¿Seguro que quieres defender a esa gente? ¿A personas que te matarían si tuvieran la oportunidad?*

*Ridge no me mataría.*

Jaxi no dijo nada, y su silencio la inquietó. ¿Sabía algo que ella no supiera? Sardelle sintió la tentación de abrirse camino mentalmente entre capas de roca y buscar a Ridge por el patio. Sin duda, habría vuelto a su aparato. O habría subido a la muralla si la Cofah estaba atacando.

Se estremeció al recordar que la aeronave enemiga estaba allí. No era el momento adecuado para llorar amores perdidos. Dejó de caminar y se puso a correr entre los raíles de hierro del centro de la galería. Solo bajó el ritmo cuando captó un sonido de voces. Los golpes y ruidos metálicos también se oían más. Por lo que pudo sentir, había no menos de diez hombres trabajando al final del túnel. Aparentemente, habían enviado más tras el descubrimiento de los libros.

*¿Alguna idea sobre cómo conseguir que se vayan a comer, Jaxi?*

*El búho ha vuelto.*

*¿La mascota del chamán?*

*Parece que lo ha soltado para que se adelante. Está acosando a los hombres de las murallas.*

*¿Para que la aeronave se acerque sin que lo noten?*

Jaxi tardó un momento en contestar. Sardelle avanzó un poco más por el túnel, hasta que alcanzó a ver una vagoneta medio llena y la espalda del hombre que la estaba llenando.

*Aún está fuera de alcance, pero eso puede cambiar. Puede que el chamán se haya dado cuenta de que tú ya no estás en el patio.*

*¿Yo?*

*Probablemente, tú eres la única razón por la que no intentaron volver antes y atacar con más denuedo. Las defensas de la fortaleza son irrisorias. Se nota que los ataques aéreos no eran todavía normales cuando construyeron este lugar.*

*Sí, necesitan que alguien salga de aquí e informe del problema al resto de los militares.*

Sardelle pensó que la vagoneta parcialmente llena tenía espacio suficiente para esconderse en ella; pero antes tenía que convencer a los hombres de que se ausentaran un rato.

*Metano,* sugirió Jaxi.

*Eso es venenoso.*

*Y por eso los ahuyentará. Por lo menos, hasta que extiendan su sistema de ventilación hasta los túneles nuevos.*

*Sí, podría funcionar. ¿Hay alguna bolsa por aquí que podamos encauzar hacia el túnel? Aunque, por supuesto, tendré que encontrar un modo de protegerme. El gas también sería venenoso para mí.*

*¿Por qué no nos limitamos a hacerles creer que huele a metano?*

Sardelle arrugó la nariz ante la idea de trastear en la mente de aquellos hombres.

*Eso es éticamente ambiguo.*

*Menos doloroso que un sarpullido.*

Sardelle suspiró y apoyó la cabeza en la pared de tierra.

*Ya me encargo yo. Así no mancillarás tu pureza ética.*

Sardelle tendría que haber protestado, pero no protestó. No sabía ni cuánto tiempo tenía ni cuánto tardaría en desenterrar a Jaxi.

Esperó a que el minero de la vagoneta desapareciera en la curva de delante y, a continuación, corrió y se metió dentro. Junto a un costado, había una caja de dinamita. Si no podía sacar a Jaxi por métodos mágicos, los explosivos podían ser una alternativa; aunque con el peligro de que las dos acabaran enterradas.

Se acurrucó y se camufló para fundirse con los escombros que tenía debajo.

*Estoy preparada.*

*Y yo estoy en ello.*

—¿Hueles eso? —preguntó alguien.

Los golpes de los picos se detuvieron.

—¿Cómo? —se oyeron varios olfateos—. ¿Es gas?

—Se está filtrando por algún sitio. Atrás, salgamos.

El ruido de botas se fue acercando a la vagoneta, y las sombras de los mineros se proyectaron sobre Sardelle cuando pasaron corriendo a su lado. Ella contuvo la respiración. Sabía que estaba camuflada, pero superar la sensación de que la podían ver resultaba difícil. Uno frunció el ceño hacia ella y abrió la boca como si quisiera decir algo, pero el hombre que llegaba por detrás le pegó un empujón, y siguió su camino. Debía de tener algunas gotas de sangre de dragón en las venas si había captado parte de su ilusión óptica. Esperaba que no volviera más tarde a causarle problemas.

*Limítate a sacarme, y ya* nos preocuparemos de eso después.*

*Estás nerviosa, ¿eh?*

*Llevo trescientos años aquí.*

Los demás se fueron sin causar más complicaciones, y Sardelle salió de la vagoneta. Antes de correr hacia el final del túnel, alcanzó un par de cartuchos de dinamita. Esperaba no tener que usar explosivos peligrosos para llegar a Jaxi, pero había límites en lo que podía hacer contra una montaña.

*Estoy a unos doscientos metros del final de la galería.*

Sardelle alcanzó el último farol que había antes de que el pasaje se volviera oscuro y estrecho. Junto a las paredes, había montones de tierra fresca, esperando a que la echaran en las vagonetas.

*Casi has llegado.*

*Necesito que me prestes parte de tu poder, Jaxi.*

*Eso funciona mejor cuando me empuñas, pero sabes que lo intentaré. No quiero arder con el resto de los artefactos que esos han sacado de aquí.*

*Estoy segura de que podrías soportar el calor de su horno.*

*Puede ser, pero no me gustan las quemaduras de sol.*

Sardelle se detuvo al ver un pasaje bajo que se abría a su derecha, uno que terminaba en una sala. Ah, era el sitio donde habían encontrado los libros. Se metió por él y dio unos cuantos pasos con el farol en alto. Le dio un poco más de energía, y la llama creció de tal manera que alcanzó a ver los destrozados restos de lo que alguna vez habían sido estanterías y alfombras. El aire estaba viciado, y el techo se había derrumbado por completo en algunas zonas, pero parte de la estancia había sobrevivido a los temblores, gracias a dos robustas columnas de mármol que seguían en pie. Sardelle tocó una, de piedra fría y suave. Los mineros habían sacado casi todos los artefactos (le pareció extraño que unos libros y adornos ante los que había pasado pocas semanas antes —al menos, por lo que sabía su cerebro— fueran ahora artefactos), pero había más en la montaña. Le habría gustado que hubiera una forma de recuperarlos y preservarlos, en lugar de permitir que los sacaran al exterior para destruirlos o, quizá, para llevárselos en calidad de tesoro estrafalario.

Regresó al túnel principal antes de que Jaxi pudiera recordarle que había un *artefacto* en particular que debía ser prioritario para ella.

El techo descendió un poco más. Las paredes mostraban hendiduras recientes de picos, y Sardelle ya estaba agachada cuando llegó al final del túnel. Dejó el farol en el suelo y tocó la pared. Captó el aura de Jaxi a través de la roca, llamando a su mano como un fanal. Estaba quince grados a la izquierda y unos veinte hacia abajo. Los mineros podrían haberse acercado más, pero no se habrían cruzado con la espada. Sardelle recordó que eso era exactamente lo que había deseado.

*Allá va*, advirtió a Jaxi.

Fundió la roca con su mente y obtuvo un agujero pequeño, como si ella fuera una termita mordiendo madera. Lo ensancharía después; pero, de momento, imitó al agua y localizó la ruta de menor resistencia. Al principio, fue fácil. A fin de cuentas, no estaba en el macizo corazón de la montaña, sino en una zona donde ya se había excavado antes, con más escombros compactados que rocas. Pero llegó a un punto en que todo lo que había por delante eran varios metros de granito.

*¿La dinamita?*

*No quisiera provocar un derrumbe; especialmente, estando yo aquí. Dame un poco de tiempo... puedo abrirme paso.*

Los muslos le empezaron a doler, de modo que se arrodilló. ¿Cuánto llevaba en aquel sitio?

*Puede que no tengas tiempo.*

*¿Los mineros están volviendo?*

*Todavía no, pero algo pasa ahí arriba. La gente está agrupándose.*

*De acuerdo.*

Sardelle metió uno de los cartuchos cilíndricos en el agujero que había hecho, y lo empujó con la mente. Tuvo que agrandar el agujero en algunos sitios para que pasara por las curvas, pero habría tenido que ensancharlo de todas formas para poder sacar a Jaxi. Pronto, el cartucho chocó con el granito.

Encendió la mecha con su pensamiento y retrocedió hasta las vigas de madera de la galería. La llama se fue acercando al cartucho, y Sardelle tuvo un acceso de pánico. Imaginó que la montaña se derrumbaba sobre ella, como se había hundido aquel horrible día, semanas (siglos) antes. Casi estuvo a punto de salir corriendo, pero ya no tenía tiempo.

Había tanta roca de por medio que amortiguó el sonido de la explosión. Sardelle notó un débil temblor bajo los pies, pero no se produjo el colapso masivo que temía.

*¿Ha hecho algo?*

*Un agujero grande*, dijo Jaxi. *Vuelve. Sigue adelante.*

Sardelle se apoderó del agujero de termitas. *Agujero* no era la palabra correcta, porque estaba lleno de piedras, pero parte del granito se había desmenuzado, lo cual permitió que siguiera cavando. Se secó el sudor que le caía sobre los ojos. Empezaba a tener un sordo dolor de cabeza. Estaba parada, pero el esfuerzo mental resultaba agotador. Ya se disponía a decirle a Jaxi que necesitaba descansar cuando sintió una oleada de energía fresca. Aunque estuvieran separadas, las hojas de alma podían compartir su poder si lo deseaban.

*Estás cerca.*

Sardelle se topó con un objeto metálico antes de lo que esperaba, pero no era Jaxi. Claro, estaba en una sala de entrenamiento cuando la montaña se derrumbó, y había un montón de espadas para practicar. Sardelle supo que los soldados de arriba no tendrían tanta prisa por destruir ese tipo de reliquias. Pasó junto a lo que debía de haber sido un anaquel de espadas y escudos, y siguió adelante, acercándose cada vez más, hasta que…

*¡Sí!*

Sardelle sonrió.

*¿Ves la luz?*

*No, pero he notado una ráfaga de aire fresco. Bueno, de aire viciado.*

*No sabía que las espadas fueran expertas en tipos de aire.*

*No lo somos. A mí me vale todo.*

Sardelle cerró una mano mental sobre la empuñadura de Jaxi y se concentró en la tarea de arrastrarla por el pequeño agujero. A mitad de camino, se distrajo con el agua que goteaba por el agujero que había hecho en el pasaje principal.

*Uf. ¿Estás mojada, Jaxi?*

*Sí, el aire estancado me está asfixiando, pero sobreviviré.*

El goteo del agua se convirtió en un chorro. Sardelle se apartó de él y siguió tirando de su hoja de alma por el estrecho pasaje, pero permitiendo que su conciencia se filtrara entre las rocas en busca de la fuente de agua. Aparentemente, procedía de la enorme peña de granito que había quebrado. Lo primero que se le ocurrió fue bastante estúpido: que había roto una de las tuberías que había instalado su pueblo; pero seguro que se habían roto siglos atrás. Seguramente, se había topado con un arroyo subterráneo. Un torrente que…

*Deprisa*, la urgió Jaxi. *Algo gime por aquí. Parece un dique a punto de reventar.*

*Genial.*

Por lo menos, estaban cerca. Sardelle extendió un brazo, convencida de que la esbelta silueta de acero de Jaxi saldría por el agujero en cualquier momento.

Sin embargo, un alarmante crujido se le adelantó. La montaña gimió, y no solo desde la peña de granito, sino por todas partes. Sintió un temblor bajo los pies, mucho más fuerte que el causado por la dinamita. Tras el primer temblor, llegó un segundo y un tercero, hasta que Sardelle se vio obligada a apoyarse en la pared para no desplomarse de rodillas. A su espalda, la tierra del techo se movió y empezó a caer.

Más decidida que nunca, Sardelle siguió concentrada en Jaxi, en sacar la espada, en…

Por fin, la hoja de alma salió con la punta por delante, en compañía de un chorro de agua que le dio en el pecho. La espada también la habría dado, pero emitió un destello plateado y giró en el aire. La empuñadura terminó en su mano, aunque Sardelle estaba más preocupada por alejarse del chorro de agua que por cogerla.

*Vamos*, la instó Jaxi, y, como ya estaban en contacto, la palabra sonó en la cabeza de Sardelle con el doble de potencia.

Sardelle habría esprintado de todas formas. Ahora ya no caía solo tierra. Con los temblores, las rocas salían disparadas y caían del techo con la intensidad de un meteoro estrellándose. Como Jaxi aumentaba su energía mental, no tuvo problemas para formar un escudo a su alrededor, pero ninguna de ellas tenía el poder necesario para desenterrarse si la montaña se les venía encima.

Sardelle brincó sobre vagonetas y herramientas abandonadas mientras la tierra y las rocas golpeaban el escudo, a escasos centímetros de sus hombros y su cabeza. Un peñasco tan grande como ella cayó por delante, a casi un metro distancia. Estuvo a punto de chocar contra él, pero Jaxi se las arregló para arrancarle un pedazo antes de que ella se detuviera. No había espacio a los lados, así que se encaramó a él. El hueco de arriba no tenía ni treinta centímetros, y tuvo que meter el estómago y todo lo demás para poder pasar entre el peñasco y el techo. Las rocas arañaban el escudo.

La luz se volvió más tenue. Los faroles de atrás se habían caído o se habían cubierto de polvo. Se giró un momento, y el corazón estuvo a punto de salírsele del pecho. No era polvo, sino un torrente de agua que corría hacia ella, derribando los faroles y extinguiendo su llama a medida que avanzaba.

Sardelle batalló el resto del camino, rompiéndose las uñas en un esfuerzo por avanzar más deprisa. Cayó al llegar al otro lado, pero logró caer de pie y esprintó de nuevo. Ya divisaba la cámara donde estaba la jaula.

Casi había llegado. Diez pasos más. Cinco.

Cuando faltaban tres, el río la alcanzó por la espalda. El escudo impidió que le hiciera daño y amortiguó un poco la frialdad del agua, pero no evitó que la corriente la arrastrara. Era tan fuerte que la lanzó contra una pared y le dio la vuelta, poniéndola con los pies por encima de la cabeza, como burlándose del poder que ella creía tener.

De no haber sido por la enorme cámara, se habría ahogado en la inundación, pero la corriente se ensanchó y su altura disminuyó. Sardelle se puso de pie en mitad del torrente. Pensando que tendría que enfrentarse a los guardias, alzó la espada, dispuesta a desviar balas si se daba el caso. Pero allí no había nadie. Y menos mal, porque Jaxi brillaba como un cometa.

*Tranquilízate un poco, ¿quieres?*

*Lo siento. Es que estoy ansiosa por salir.*

*Pues va a ser difícil que te saque del fuerte si brillas más que el sol.*

*¿Ese es nuestro siguiente objetivo? ¿Salir del fuerte?*

Sardelle pensó en Ridge. Le dolió decirlo, pero susurró: «Creo que tendrá que serlo».

El agua seguía saliendo por el túnel del que habían escapado. Una parte se desviaba hacia las otras galerías, pero el nivel de la cámara empezaba a subir. Sardelle chapoteó hacia la jaula que estaba junto a la maquinaria del sistema de vagonetas. Se podría escabullir con más facilidad si subía andando por el largo pasaje, pero el ascenso sería más duro de lo que había sido la bajada, que ya había supuesto un esfuerzo tedioso.

*Hablando de esfuerzos tediosos…*

Cada vez entraba más agua, y la jaula empezó a temblar en su estructura.

*Me doy toda la prisa que puedo.*

Sardelle abrió la puerta de la jaula y alcanzó la palanca que estaba fuera. Logró subirla, pero la máquina que tiraba de la jaula gimió. Sus grandes ruedas estaban medio sumergidas.

*Oh, oh.*

*Puede que tengamos que subir a pie, pensó Jaxi.*

*¿Que tengamos? ¿Es que tienes piernas escondidas bajo tu empuñadura, con las que me puedas ayudar?*

*Calla. A ver si puedo arrancar la maquinaria.*

Sardelle sabía tanto de ingeniería como un buey, así que estuvo encantada de dejar el asunto en manos de Jaxi; sin embargo, se puso nerviosa por el nivel del agua, cada vez más alto.

—Bueno, si no queda otra, subiremos por nuestros propios medios —se dijo en voz baja.

Sardelle se imaginó subiendo por el túnel mientras el agua amenazaba con ahogarla si no se daba suficiente prisa.

No, había un montón de niveles por encima de ellas, con kilómetros y kilómetros de galerías. Se necesitaría un océano para inundarlas todas y, aunque se hubieran topado con un río enorme, tardaría un buen rato en inundarlas.

Se oyó una explosión tremenda, tan fuerte que Sardelle tuvo que taparse los oídos con las dos manos, y la espada chocó contra el techo de la jaula. Se oyeron más explosiones. Parecían de dinamita.

*Jaxi, como no consigas que este artefacto se mueva…*

La jaula pegó una sacudida. Las rocas que caían y el gemido de la tierra le impidieron oír el ruido que hizo, pero lo sintió. Tras unos cuantos temblores extraños que casi la arrojaron contra las paredes, la jaula empezó a ascender. Saltaba y se sacudía como si hubiera piedras en los raíles; y quizá fuera así, pero siguió subiendo.

*¿Dudabas de mí?*

*¿Quién, yo?*

Todas las luces de abajo desaparecieron, tragadas por el agua y el colapso de los túneles. Jaxi no sabía si todo el nivel había quedado sumergido, pero rezó para que los mineros hubieran huido tras el ardid del gas.

*Supongo que no encontrarán ni quemarán más artefactos durante una buena temporada.* El tono de Jaxi sonó petulante.

Sardelle no pudo hacer acopio de una emoción similar. Nunca había tenido la intención de provocar semejante caos. Tenía suerte de seguir viva.

Alzó la mirada hacia la parte superior de la galería. La oscuridad debía de haber caído mientras estaba cavando, porque no pudo ver nada. ¿Habrían oído todo ese ruido los soldados y mineros? ¿Sabrían que ella estaba allí? Extendió sus sentidos… y se estremeció.

No menos de cincuenta personas se habían reunido junto a la salida del pozo. Dudó que tuviera nada que ver con una partida de cartas. También dudó que su presencia estuviera relacionada con un ataque enemigo, porque habrían estado en las murallas.

*Quizá deberíamos parar la jaula y subir por nuestra cuenta,* sugirió Sardelle. Pero ¿de qué habría servido? Habría tenido que subir por la resbaladiza y empinada galería, y tenía la sensación de que esa gente seguiría esperando cuando llegaran.

*Sí.*

*¿Sí a que la paremos? ¿O sí a que seguirán esperando?*

*Llevan ahí un buen rato.*

Sardelle se acordó de la advertencia de Jaxi.

*Es por mí.* No fue una pregunta, sino una afirmación.

*Sí.*

Sardelle se aseguró de que Jaxi no estuviera brillando cuando la jaula recorrió sus últimos metros. Si era necesario, estaba dispuesta a abrirse camino luchando, defendiéndose de balas y filos igual que se había defendido de las rocas que caían, pero no quería advertir a nadie de sus poderes por el procedimiento de salir con una espada resplandeciente; aunque, por culpa de ese libro, cabía la posibilidad de que ya estuvieran sobre aviso. Y, aunque lograra abrirse camino, ¿qué haría después? Con talento mágico o sin él, no podría cruzar el paso en invierno, no sin una aeronave. Y no iba a pedir ayuda a ese chamán.

*Es una posibilidad.*

Ella se estremeció de nuevo. O tal vez sintió un escalofrío, porque estaba mojada y sentía las heladas ráfagas que llegaban de arriba.

*No, no lo es.*

Quizá pudiera encontrar la forma de pilotar el artilugio de Ridge. Ponerlo en marcha no sería un problema, ¿pero lo demás? Hasta la sencilla maquinaria de las vagonetas le había intimidado.

*Veamos lo que nos espera,* murmuró.

Sardelle podía haber percibido cincuenta personas; pero, cuando llegaron arriba, tuvo la sensación de que había mil antorchas alrededor de la jaula. Tras su trayecto por la oscuridad, la luz la obligó a entrecerrar los ojos, aunque eso no impidió que viera los fusiles que la apuntaban. Hasta los mineros estaban armados con sus picos. El ambiente estaba cargado de temor. ¿Tenían miedo de ella? ¡Por los dioses, si los había estado ayudando todo el mes! ¿Cómo podían haberlo olvidado? ¿Cómo era posible que ahora la tomaran por enemiga?

Divisó al general Nax a través de los barrotes de la jaula: estaba al fondo de la multitud, y también la apuntaba con un fusil. Ridge se encontraba a su lado. Tenía un fusil, pero con la culata apoyada en el suelo. Lo único con lo que encañonaba era su ceño fruncido. En cierto modo, le pareció peor que todas las armas.

Sardelle parpadeó para no llorar. Una hechicera dispuesta al combate no podía estar sollozando.

*Si quieres, puedo hacer que la jaula baje.*

*Todo estará inundado.*

*No todos los niveles.*

Sardelle sacudió la cabeza. Con tantos hombres, Nax tendría que vigilar la salida indefinidamente, y ella no se podía quedar abajo para siempre.

Estaba agotada por el calvario sufrido, pero sacó fuerzas de flaqueza para formar un escudo alrededor de su cuerpo. Después, abrió la puerta de la jaula. Los hombres se pusieron tensos, sus dedos en los gatillos. Pero no disparó nadie.

Por supuesto que no. El general quiere saber dónde está el resto de los cristales.

Irremediablemente atrapados bajo el nuevo lago, espero.

Sardelle alzó los brazos, con su hoja de alma colgando de una mano, en gesto no amenazador.

Miró a Ridge a los ojos. Él no apartó la mirada, pero embozó su expresión. Sardelle lo podría haber sondeado un poco para saber lo que estaba pensando, pero sospechó que no lo querría saber.

—Quítenle la espada —dijo el general.

Su mano se tensó sobre la empuñadura. ¿Luchaba ahora? ¿O lo dejaba para más tarde? Si combatía ahora, se arriesgaba a herir a un montón de gente. Además, se creía capaz de escapar de cualquier celda donde la encerraran y de encontrar después a Jaxi. De noche, cuando casi todos estuvieran durmiendo.

Suspiró y giró la espada, ofreciendo su empuñadura a uno de los nerviosos soldados que arrastraron los pies hacia ella. Cuando ya estaba desarmada, se acercaron dos soldados más, la agarraron de la parte de atrás de los brazos y la llevaron hacia un edificio donde ella sabía que había celdas. Miró el cielo, de estrellas tan grandes y brillantes que parecían alcanzables, con la esperanza de haber tomado la decisión correcta.

Casi se tropezó junto a las escaleras, al ver un detalle del paisaje: durante su periplo por los túneles, la Cofah había destruido una de las torres de vigilancia. Ahora estaba fuera de la multitud, y también vio los restos del patio, rocas oscuras contra severos montones de nieve. Al parecer, se había perdido la primera batalla de verdad. ¿Qué habría pasado? ¿Habrían rechazado Ridge y los otros a la Cofah? ¿Habrían derribado su aeronave?

*Has encontrado una hoja de alma*, sonó una hambrienta y nada bienvenida voz en su cabeza.

Los hombros de Sardelle se desplomaron. Por lo menos, el chamán seguía vivo.

*Ahora entiendo por qué estás aquí, lo que querías. Eres brillante.*

*Gracias*, respondió Sardelle, aun sabiendo que no le parecía tan brillante lo que había hecho como la existencia de Jaxi.

Una suave risa sonó en sus pensamientos cuando los soldados la metieron en el corredor de un sótano lleno de celdas.

*Duerme con ella bajo la almohada. Son tan difíciles de encontrar que iré tras ella cuando volvamos.*

*Uf.* No habían pasado ni tres minutos y ya estaba segura de haber tomado la decisión equivocada. Jaxi había acabado en una especie de armario de oficina o suministros, donde un poderoso chamán la encontraría sin problema, y a ella la estaban metiendo en una celda.

Una pesada puerta de hierro se cerró a su espalda, y alguien echó la llave. La minúscula estancia quedó sumida en la más absoluta de las oscuridades.

*Creo que tendremos que huir esta noche, Jaxi.*

Sardelle esperaba una respuesta parecida a «menuda obviedad», pero no obtuvo ninguna.

*¿Jaxi?*

Silencio.

Alarmada, Sardelle cayó en la cuenta de que ya no podía sentir su hoja de alma. Ni en el fuerte ni en ninguna parte. Y la había sentido hasta cuando estaba enterrada en la montaña. ¿Qué habían hecho? ¿Tirar a Jaxi por un acantilado?

Sardelle apoyó las manos en las rodillas, diciéndose a sí misma que hiperventilar no le haría ningún bien. Fue un consejo inútil.

# Capítulo 13

Sardelle necesitaba huir y encontrar a Jaxi, estuviera donde estuviera; pero tenía que esperar hasta que algunos de los soldados y mineros que deambulaban por allí se fueran a dormir. Con suerte, el hombre que vigilaba la celda bajaría la guardia poco a poco.

Empezó a caminar en círculos por el minúsculo habitáculo. El desastre que había causado en las minas tenía a un montón de personas yendo y viniendo por el patio y subiendo y bajando por la jaula. También notó que Ridge y el ingeniero estaban trabajando de nuevo en el dragón volador. Ah, espera. No, Ridge ya no estaba allí.

Sardelle barrió la fortaleza con sus sentidos. Si se hubiera tratado de otra persona, no le habría sido tan fácil de localizar, pero ahora conocía bien su aura. Se detuvo en mitad de un círculo y miró la puerta.

Se dirigía a las celdas.

¿Para verla?

Su corazón se hinchó de alivio, pero la emoción duró poco. No sabía lo que sentía ni lo que quería. Cabía la posibilidad de que el general se hubiera enterado de que mantenían una relación y hubiera enviado a Ridge a interrogarla. Y, si en lugar de intimidarla le dedicaba una de sus extravagantes sonrisas, ella le diría todo lo quisiera saber. No, se lo diría, en cualquier caso. ¿Qué le importaban los cristales a ella? Lo que le importaba era encontrar a Jaxi. Le daría cualquier tipo de información a cambio de la localización de su hoja de alma.

Ridge tardó más de lo esperado en bajar las escaleras y llegar al pasillo de las celdas. Estaba inusitadamente nervioso. Esas pausas… ¿se detenía a escuchar? ¿A mirar por encima de su hombro? Sardelle comprendió que el general no lo había enviado. Había entrado a hurtadillas. ¿Sería consciente de que había un guardia? ¿Qué le iba a decir?

Se oyó un susurro de voces al otro lado de la puerta. Sardelle apretó la oreja contra el frío metal, pero ni así entendió lo que decían.

Un clic sonó bajo su oreja: una llave abriendo la cerradura. Ella se apartó.

—¿Sardelle? —dijo Ridge, abriendo la puerta unos centímetros.

—Sí.

Por ridículo que le pareciera a Sardelle, su corazón latía con tanta fuerza que seguramente lo podría oír. Sabía que no le debía importar lo que pensara de ella, pero le importaba. Podía luchar contra cualquier persona del fuerte, pero no quería luchar contra él.

—Pensé que ya te habrías fugado —dijo Ridge, que entró en la celda con un farol en la mano.

El pasillo exterior estaba oscuro, y Sardelle no pudo ver al guardia. En lugar de acercarse, Ridge apoyó la espalda en la pared.

Sardelle intentó que su distanciamiento no le doliera. Al menos estaba allí.

—No sin Ja… sin mi espada.

—Ah.

¿Le había dolido su respuesta? ¿Aún importaba lo que sentía por él?

—Además —añadió Sardelle—, no puedo dejarte sin…

¿Sin saber si ella le seguía importando? ¿Si había alguna posibilidad de que hiciera caso omiso de su pasado, el que tanto temía?

Ridge suspiró.

—¿Sin despedirte antes?

—No, no quiero despedirme de ti.

En el silencio posterior, Sardelle dejó de apoyar el peso en un pie y lo apoyó en el otro. No se arrepentía de haber pronunciado esas palabras, pero quizá debería haber esperado a que hablara él antes.

—No dices nada —observó ella—; oh, como siempre tan amable.

—¿No puedes leer mis pensamientos?

—No soy adivino. Nosotros no somos así. Muy pocos lo eran… solo los que se volvieron depravados y destrozaron literalmente el mundo de los demás. Hay, o en algún momento las hubo, normas que juramos respetar y mantener a toda costa.

Tras otra larga pausa, Ridge preguntó:

—¿Cuántos años tienes?

—Treinta y cuatro.

—¿Cómo…?

—Te va a resultar difícil de aceptar. Créeme, a mí también me costó cuando me desperté; pero, básicamente, me he perdido trescientos años.

El solitario farol no daba demasiada luz, y la expresión de Ridge —que había mantenido cuidadosamente neutral durante casi toda la conversación— no cambió demasiado, pero su labio inferior descendió unos milímetros.

—Yo estaba aquí cuando se produjo el ataque que derrumbó esta montaña —prosiguió Sardelle—. Supongo que fueron tus ancestros. Encontraron la forma de abrir un túnel por debajo de nosotros cuando casi todo el mundo había vuelto a casa para asistir a una gran fiesta. No sé exactamente lo que pasó, ni de dónde sacaron unos explosivos tan potentes… por lo que sé, vuestra dinamita no se había inventado todavía… pero fue devastador.

—Mis ancestros —dijo Ridge. Sonó como si no la creyera.

Sardelle se encogió de hombros.

—Bueno, puede que no fueran los tuyos, específicamente. Quizá ellos estuvieran por ahí, inventando máquinas voladoras en alguna parte.

Sardelle lo miró, deseando que le dedicara una sonrisa; pero, o estaba demasiado asombrado, o no creía nada de lo que había dicho.

—Ridge —dijo, y se detuvo un momento, casi esperando a que le dijera que no lo llamara por su nombre nunca más. No lo hizo—. La espada es mía. No lo digo en el sentido de que la he encontrado yo y, por tanto, tengo derecho sobre ella, sino en el sentido de que… Estamos unidas desde que cumplí los dieciséis y aprobé los exámenes. Tiene un espíritu dentro, el de alguien que fue una hechicera, murió joven y puso su alma en la hoja para poder seguir viva, por así decirlo. Lo hizo hace más de trescientos… no, seiscientos años. Jaxi ha estado vinculada a varias personas desde entonces y, en última instancia, a mí.

En algún momento de su discurso, Ridge se había vuelto a recostar en la pared y había colocado una mano en la cadera. Si no hubiera sostenido el farol con la otra, seguramente la habría apoyado también. Su pose decía… no me creo nada.

—No necesito que admitas todo eso —continuó Sardelle—. Comprendo perfectamente que no lo creas, pero quiero que sepas lo que Jaxi… lo que la espada significa para mí. Ella es todo lo que queda de mi familia, mis amigos, mi vida.

La voz se le quebró. Respiró hondo varias veces, intentando recobrar el aplomo. Había estado tan ocupada durante las últimas semanas que no había pensado en todo lo que había perdido, salvedad hecha de unas cuantas noches en el espantoso barracón, cuando se permitía llorar en silencio; pero eso no significaba que las emociones no estuvieran allí, merodeando bajo la superficie.

Ridge cambió de posición y alzó una mano hacia ella, pero la volvió a bajar. Indeciso.

—Noto que ha pasado algo —dijo Sardelle cuando pudo volver a hablar con un tono normal—. No me debes nada, pero, si me pudieras decir dónde está ella, es decir, la espada, te lo agradecería.

—A decir verdad, te debo… mucho. Más de lo que había pensado. Me estoy empezando a dar cuenta.

¿Por eso estaba allí? ¿Porque le debía algo?

Sardelle tragó saliva. Era preferible a que no quisiera hablar con ella, pero deseó que hubiera ido a verla por la simple razón de que ella le importaba.

—¿Qué es *sherastu*? —preguntó.

—Es un título, consejero de mago. Trabajamos con los militares y los líderes del clan en la defensa de Iskandia contra la Cofah y otros invasores.

Ridge asintió.

—Esta tarde, cuando el búho apareció de nuevo y nos distrajo lo necesario para que la aeronave llegara a hurtadillas y nos atacara, no hubo extrañas ráfagas de viento que la golpearan.

Por lo visto, no había sido tan sigilosa como creía con sus ataques.

—Lo siento. Estaba ocupada en las minas. No sabía que estuvieran atacando el fuerte.

—Sí, cuando el general ha recibido el informe sobre los destrozos sufridos, la cara se le ha puesto tan roja que he pensado que se iba a desmayar.

—No ha sido deliberado —dijo Sardelle—. Solo intentaba recuperar la espada. Si hubiera tenido más tiempo, habría sido más cuidadosa. No esperaba toparme con un torrente de agua.

—Nax está convencido de que has saboteado los túneles a propósito para que no saquemos más cristales.

—He estado a punto de morir aplastada y ahogada. Te aseguro que no ha sido intencionado. Además, esos cristales que tanto os importan no significan nada para mí. Eran nuestros dispositivos de iluminación.

—Te creo, y… ¿has dicho *dispositivos de iluminación*?

Por primera vez, Ridge dejó escapar un atisbo de humor. El concepto le había hecho gracia, ¿eh? Parecía magnífico.

—Estaban colgados de los techos. Sinceramente, si me hubieras dado más días para estudiarlo, es posible que os hubiera encontrado más.

La respuesta de Ridge sonó a medio camino entre el bufido y la tos. Parecía más bien una carcajada.

—Bueno, puede que me acabes de dar otro argumento para intentar que sigas viva —Ridge se puso serio otra vez y dio un paso adelante, con expresión sombría—. La Cofah está otra vez en el horizonte. De lo contrario, el general habría bajado con el interrogador que ha elegido. Cree que eres demasiado peligrosa, y que no puedes seguir con vida. Tienes que… —Ridge se giró hacia el corredor, para asegurarse quizá de que el guardia no había regresado—. No puedes estar aquí cuando aparezca.

—¿Vas a dejar la puerta abierta?

—¿Tengo que…? ¿Es necesario? El joven que estaba aquí… —Ridge señaló el pasillo—. Volverá pronto, y me respeta. Preferiría que no me tomara por un traidor. Solo quería asegurarme de que lo sepas y de que encuentres la forma de escapar —añadió, mirándola a los ojos—. ¿Puedes?

—Sí. Estaba esperando a que las cosas se tranquilizaran, aunque he hiperventilado un poco porque no me puedo comunicar con… no puedo sentir a mi espada.

Sardelle escudriñó su rostro. Ardía en deseos de preguntarle si darle la localización de Jaxi también lo convertiría en un traidor a ojos de los suyos… o de sí mismo, lo que probablemente le importaba más, dijera lo que dijera sobre el joven guardia; pero, al mismo tiempo, no lo quería obligar a elegir entre ella y su sentido ético. Ya la encontraría por sus propios medios. Alguien más tendría esa información. Y, a pesar de lo que había dicho a Ridge, se la sacaría.

—Está en una caja de hierro que solía estar en mi despacho, y que ahora está en el de Nax —dijo Ridge.

De hierro, estaba claro. Ni varios kilómetros de piedra bloqueaban mejor la magia que el hierro. Sardelle se apoyó en la pared, aliviada. Jaxi estaba a cincuenta metros de distancia, en un despacho, no en el fondo de un distante abismo.

—Veo que tu gente no ha olvidado toda la sabiduría de los referati en los tres últimos siglos.

—Heriton investigó un poco cuando encontró ese libro.

Ridge quiso decir algo más. Sus pensamientos ardieron con tanta intensidad en la parte frontal de su mente que ella captó su esencia sin pretenderlo. Quiso hacerle prometer que no haría daño a nadie cuando fuera a recuperar la espada, pero no quería tener que preguntárselo. Quería confiar en ella. Pero ya no estaba seguro de poder confiar.

Aunque su inseguridad le dolió, Sardelle optó por interpretarla como una buena señal. Con el tiempo, quizá se acostumbraría a la idea de que fuera una hechicera. Quizá…

Ella sacudió la cabeza. Ya se preocuparía por eso después. De momento, debía huir y liberar a Jaxi antes de que una horda la arrastrara al exterior para fusilarla.

—Gracias por la información —dijo Sardelle—, tendré cuidado. Nadie me verá.

Ridge suspiró lenta y subrepticiamente.

—Bien.

Sardelle sintió que alguien estaba bajando por la escalera.

—Mi guardia está volviendo.

Ridge miró el pasillo.

—Intentaré no sentirme incómodo por el hecho de que lo hayas sentido antes que yo.

Él volvió a suspirar, clavó la vista en sus ojos y sostuvo la mirada durante unos instantes. A esas alturas, esperar un beso era esperar demasiado, pero…

—¿Quieres frotar mi dragón? —preguntó él.

Sardelle parpadeó.

—¿Cómo?

Él se llevó una mano al bolsillo y sacó el amuleto de madera.

—Ah.

Ella se encogió de hombros, avergonzada (no había pensado precisamente en el amuleto), pero extendió una mano. Bueno, ¿por qué no?

Sintiéndose un poco tonta, frotó el estómago del dragón de madera y se lo dio a Ridge.

—¿Señor? —dijo el guardia desde el pasillo.

—Sí, ya he terminado —replicó Ridge, guardándose su amuleto de la suerte—. Gracias, soltado.

El joven escudriñó la celda, evaluando a Sardelle, pero sin mirarla del todo a los ojos.

—Es usted muy valiente, señor.

—Hum.

Ridge salió al pasillo.

—¿No correré peligro si me quedo aquí, señor? —susurró el soldado—. El general Nax afirma que la puerta de hierro impedirá que ella se escape, pero yo… también he oído sin querer que… ha dicho que yo soy sacrificable.

Ridge bufó.

—Nax es sacrificable. Estará bien, soldado. Y ahora, cierre la puerta, ¿eh? No queremos que se escape.

—Sí, señor; por supuesto.

La puerta se cerró de golpe y, si los hombres siguieron hablando, Sardelle no los oyó. ¿Una puerta de hierro? ¿Creían que eso la mantendría encerrada? Si hubieran forrado de hierro toda la celda, habrían impedido que sintiera el mundo exterior o se comunicara con alguien, pero no habrían anulado en modo alguno su poder. A pesar de ello, Sardelle se volvió a sentir más sola cuando echaron la llave. Ridge la había ayudado, pero tenía la sensación de que aquello también había sido una despedida.

Ridge salió del edificio, y no había dado más de tres pasos cuando alguien gritó desde la muralla:

—¡Ya vuelven!

—¡A las armas!

Ridge no pudo divisar la aeronave en el cielo nocturno, pero confiaba en los vigías. En lugar de correr hacia la muralla, se dirigió hacia el dragón volador, que estaba junto al congelado río, apoyado en sus soportes de aterrizaje, con el fuselaje tan limpio y libre de herrumbre como debía estar. No se llevó ninguna sorpresa cuando vio que el capitán Bosmont lo esperaba junto a una de las alas, con el motor ya zumbando en la parte trasera de la nave.

—¿Preparado para probarla, señor?

Ridge miró el horizonte.

—Sí.

—Me lo imaginaba. La he estado poniendo a punto mientras todo el mundo se preocupaba por nuestra bruja.

Ridge apretó los dientes al oír el término *bruja*, pero no corrigió a Bosmont. Carecía de importancia en ese momento. Lo importante era volar y ayudar en la defensa del fuerte.

—Gracias, capitán.

—Si hay alguien que pueda derribar esa aeronave, es usted.

Ridge se metió en la carlinga.

—Agradezco su confianza.

—Me alegro. Pero debe saber que, si estrella esta preciosidad a la que he dedicado tantas horas, lo perseguiré hasta el infierno al que lo hayan enviado y le daré caza esté donde esté.

—Lo tendré en mente, capitán.

—Ah, y una cosa más, señor —dijo Bosmont con una sonrisa que iluminó su ancha cara—. He preparado un extra para usted, para que esté calentito.

—¿Sopa de pollo?

—No exactamente —el ingeniero le guiñó un ojo—, lo tiene a sus pies.

Ridge se acababa de sentar en el sillón de cuero del piloto y de cruzarse el arnés sobre el pecho cuando oyó una voz cargada de irritación.

—Por todos los reinos malditos, ¿adónde cree que va, coronel?

—A detener a esa aeronave, general.

—¿Pensaba pedir permiso primero? ¿O iba a hacer lo que le venga en gana, como de costumbre?

Ridge dedicó una sonrisa de superioridad al hombre de abajo.

—Lo segundo, por supuesto.

Encendió los propulsores de despegue, ahogando la réplica de Nax. Cuando aquello terminara, iba a tener tantos problemas que no importaba lo que hiciera a esas alturas. Quizás olvidara su falta de respeto y sus devaneos con Sardelle —o fuera indulgente al respecto— si derribaba la aeronave de la Cofah. Y, si fracasaba miserablemente, la única amenaza que debía preocuparle era la de Bosmont.

Ridge soltó un suspiro de alivio cuando los propulsores espantaron al ingeniero y al general, y la nave despegó. Si no hubiera conseguido despegar, se habría sentido idiota por insubordinarse. Pero el aparato respondió a su contacto, aunque más lentamente de lo que le habría gustado. El cristal brillaba por detrás, iluminando el panel de control. Al menos, había una luz en el techo a plena potencia. Era tan ridículo que casi estuvo a punto de echar la cabeza hacia atrás y reír.

Más tarde, ya se podía divisar la aeronave de la Cofah, y no sobrevolaba cumbres distantes: se dirigía directamente hacia el fuerte.

Ridge pulsó el interruptor que activaba la cubierta que tapaba el cristal, y la luz desapareció. No era conveniente que el enemigo lo viera llegar. Sus manos conocían bien los controles; no necesitaba ver para pilotar ese aparato.

El viento sacudió su corto cabello, y el gélido aire quemó sus oídos cuando se alzó por encima de las murallas de la fortaleza. Normalmente, habría llevado anteojos y un gorro de cuero, pero no esperaba volar allí. Todo su equipo de piloto estaba en su taquilla de la base. Aquella noche, tendría que arreglárselas sin él. Fuera como fuera, dudaba que estuviera mucho tiempo en el aire.

Cuando alcanzó la altitud suficiente, empujó los controles y llevó el aparato hacia una cima rocosa que la aeronave estaba sobrepasando en paralelo. Quizá pudiera ponerse detrás sin ser visto (el oscuro fuselaje de metal se confundiría con la desnuda cumbre) y atacar por la retaguardia aprovechando que la Cofah estaba concentrada en los cañones y lanzacohetes del fuerte. Entre el viento y el ruido de la maquinaria de la aeronave, el leve traqueteo de su motor debería pasar desapercibido. O eso esperaba.

Ridge se situó por encima de la aeronave, aunque con cuidado de tener rocas detrás, y no nieve: si se ponía contra un fondo blanco, sería tan visible como un faro. Además, estar más arriba resultaba más ventajoso; sobre todo frente a capitanes de aeronaves que no estaban acostumbrados a entrar en batalla con sus lentos aparatos. Cuando lo hacían, tendían a estar más preocupados por mirar hacia abajo para lanzar bombas que por mirar hacia arriba para rechazar ataques.

Cuando pasó junto a ellos, Ridge pudo ver con toda claridad a los hombres que estaban en cubierta, tan pesadamente abrigados para protegerse del helado viento que andaban como patos. Había tantas personas en los cañones que se alarmó. No solo por eso, sino por la ingente cantidad de artillería pesada. Pero tendría que haberlo imaginado, teniendo en cuenta el daño que habían causado al fuerte durante el ataque anterior. Era evidente que esa aeronave estaba pensada para la guerra, o incluso específicamente diseñada para su misión: destruir el único sitio de Iskandia que proporcionaba fuentes de energía a los dragones voladores.

Ridge sintió la tentación de virar hacia la aeronave e inclinar las alas al pasar para ametrallar la cubierta con sus balas. Estaban preparando algo en un lado, un globo más pequeño con una barquilla grande. ¿Una nave de escape? ¿Un artefacto para lanzar bombas?

O quizá, fuera para transportar tropas. Estuvo a punto de atacarla, pero quería un objetivo más importante para su primera pasada. Solo los podría sorprender una vez.

El dragón sobrepasó a la aeronave y, cuando ya estaba por encima de ella, con las estrellas a su espalda, Ridge viró. La reacción de los controles hizo que frunciera el ceño, porque la nave respondía de forma errática. Al parecer, esa noche era todo lo que podía dar de sí. Esperaba que fuera suficiente.

Niveló el aparato y se dirigió hacia la parte trasera de la aeronave. Si era fiel al resto de los diseños de la Cofah, los motores estarían detrás, escondidos entre las cubiertas y protegidos con planchas de madera que quizás habrían reforzado con metal. Las aeronaves se parecían bastante a los navíos de la Cofah que asolaban los mares, pero eran más avanzadas y solían tener mejores defensas. Sin embargo, las ametralladoras del dragón volador también hacían daño. Y siempre podía disparar al globo, aunque no lo podría abatir si no perdía suficiente gas, y tendría que hacerle un montón de agujeros.

Con las luces del fuerte visibles entre la cubierta y el globo, Ridge atacó. Apretó un gatillo y las ametralladoras soltaron fogonazos, abriendo agujeros en la parte trasera de la aeronave. Se oyeron gritos en cubierta que el viento casi apagaba. Varios hombres corrieron hacia los cañones de popa.

Ridge volvió a extrañar sus anteojos cuando los ojos le ardieron con lágrimas que el viento arrastró hacia su pelo, pero no titubeó en su misión. Siguió disparando hasta que aquellos hombres estuvieron a punto de tenerlo a tiro, y entonces alzó el morro y disparó varias ráfagas más al globo antes de elevarse por encima de él. Redujo la velocidad tanto como le fue posible, de tal forma que el globo quedara entre él y la cubierta, para que los de abajo tuvieran la impresión de que había desaparecido. Su aparato habría perdido sustentación si hubiera intentado emular la velocidad de la aeronave, así que trazó círculos cerrados. No veía a los de la Cofah mejor de lo que ellos lo veían a él, pero esperaba haberlos preocupado y distraído.

Una explosión sonó en el fuerte, el primer cañón de las murallas que disparaba. La bala pasó a pocos metros del costado de la aeronave, pero enseguida sonó otro cañonazo. Los hombres de cubierta empezaban a estar muy ocupados. Un momento perfecto para que Ridge hiciera más daño.

Se alejó del globo, se volvió a elevar para que no lo vieran bien y, una vez más, viró para atacar a la aeronave por detrás. Esa era su intención. Hasta que algo surgió de la oscuridad y se lanzó hacia él.

Una bala de cañón. Eso fue lo primero que pensó. Pero las balas eran tan rápidas que no la habría visto y, de todas formas, aquello era más grande; mucho más grande.

Ridge viró bruscamente, su ala izquierda apuntando hacia el cielo. El objeto (no, la criatura) le pasó rozando, fallando por milímetros. Era mucho más ágil que el dragón volador, y viró hacia él antes de que Ridge comprendiera a qué se estaba enfrentando. Si no lo hubiera visto antes, lo podría haber confundido, pero aquella no era la primera aparición del búho.

Ridge picó a izquierda y derecha para que la criatura no tuviera un blanco fácil, aunque así se alejara de la aeronave. No quería ser visible para sus cañones mientras el búho los distraía. La criatura chilló, poniéndole todos los pelos de punta. No fue solo el espeluznante y sobrenatural grito… sino también su cercanía. Ridge miró hacia atrás, buscando su silueta contra las estrellas y las cumbres nevadas, pero estaba jugando al mismo juego que había practicado él contra la aeronave; salvo que mejor. ¿Cómo iba a rivalizar un artefacto mecánico con el ingenio de la naturaleza? Cierto, un hechicero había pervertido a la criatura, pero seguía teniendo toda la agilidad de un ave de presa.

Algo golpeó la parte superior del aparato. Ridge oyó un chirrido de metal y, tras hundirse un poco más en el asiento, sin apartar las manos de los controles, giró el cuello y alcanzó a ver unas alas extendidas y unos ojos pequeños y amarillos. El maldito ser había cerrado sus garras sobre una barra del fuselaje. No estaba a más de un metro de él. Y la carlinga estaba parcialmente cubierta, pero no del todo. Un búho gigante podía meter sus garras y rebanarle el cuello.

—Así que atacar primero, ¿eh?

Decirlo era más fácil que hacerlo. Ridge viró bruscamente, obligando a la criatura a soltarse. Luego, aceleró y sobrevoló el fuerte. No estaba seguro de que fuera la mejor dirección (con el idiota de Nax a cargo, cabía la posibilidad de que su propia gente lo derribara), pero era la única forma de poder acelerar sin tener que pasar por encima de una montaña.

Forzó los motores al máximo de su potencia, esperando que el búho no pudiera igualar su velocidad. En un picado, cualquier ave podía caer tan deprisa como el dragón volador, pero seguro que el batido de unas alas no podía ser tan rápido como el giro de unas hélices.

Ridge volvió a girar el cuello para mirar hacia atrás. Su dragón personal, el que estaba en casa, tenía espejos; pero no se le había ocurrido la idea de instalarlos en ese. Qué tonto era. Mira que no prever un ataque de pájaros gigantes…

El búho lo seguía, batiendo sus enormes alas, pero se estaba quedando atrás. Ridge sopesó la posibilidad de ascender justo antes de estrellarse contra la ladera de la montaña que tenía enfrente, con la esperanza de que la criatura se hubiera obsesionado tanto con él que fuera ella quien se estrellara contra las rocas, pero se recordó a sí mismo que no se enfrentaba a otro piloto con otra máquina voladora, sino a un pájaro, a algo mucho más ágil que su dragón volador. Especialmente, que aquel dragón.

En lugar de eso, esperó a estar tan cerca como pudiera de la montaña antes de girar ciento ochenta grados para dirigirse hacia el búho. Alineó el aparato con la oscura silueta, para que el trasfondo de las luces del fuerte no dificultara su visión, y empezó a soltar munición. Recordaba que las balas no habían servido de mucho en el desfiladero, pero las grandes ametralladoras del dragón tenían más potencia. Esperaba que fuera suficiente.

Ridge lo alcanzó en reiteradas ocasiones. Pero el búho siguió adelante, volando directamente hacia él.

Con la imagen de la criatura mezclándose con la imagen de la hélice, Ridge viró *in extremis*. El búho le rasgó un ala, y el aparato se sacudió como una peonza girando en un viejo camino empedrado. El morro descendió, y las rocas y la nieve de la colina de abajo colapsaron el campo visual de Ridge. Se obligó a agarrar los controles con menos fuerza. Su instinto gritaba que tirara de ellos y se elevara antes de estrellarse, pero esperó a que las alas volvieran a estar equilibradas y entonces, alzó el morro. El aparato pasó tan cerca del suelo que levantó nubes de nieve, pero empezó a subir una vez más. Un clinc-clinc intermitente se sumó al ruido normal del motor.

—Un poco más —dijo en voz baja—, aguanta un poco más.

Buscó al búho por todas partes, esperando haberlo herido lo suficiente para que no pudiera seguir volando, pero sin atreverse a creerlo. El cielo no escupió nada hacia él. Quizá, solo quizá, la suerte había estado de su lado.

Antes de que pudiera celebrarlo, vio que la nave de la Cofah estaba justo encima de la fortaleza. Las balas de cañón alcanzaban una y otra vez el fuselaje de madera; pero, asombrosamente, rebotaban. El cielo ardía bajo la aeronave, iluminado como un infierno mientras caía una tormenta de llamas sobre las murallas y el patio.

—¿Qué demonios…?

Ridge sacudió la cabeza. Fuera lo que fuera, no reconoció ese tipo de arma. Solo supo que los suyos tenían problemas.

# Capítulo 14

Sardelle avanzó lentamente por el corredor, dirigiéndose a la puerta principal del edificio que hacía las veces de cárcel. El joven guardia yacía en el exterior de la celda, tumbado en el suelo y sumido en un sueño profundo. Para que se despertara, tendría que sonar un cañonazo junto a su oído. Adormilarlo le había llevado tiempo, pero era mejor alternativa que provocarle un sarpullido.

Extrañando el habitual comentario de Jaxi al respecto, Sardelle entreabrió la puerta y echó un vistazo al patio. Sorprendentemente, estaba vacío. Solo supo el porqué cuando un cañón bramó en lo alto de la muralla. Estaban atacando el fuerte.

Normalmente, no se habría alegrado, pero le daba la oportunidad que necesitaba. No tuvo que camuflarse ni crear ilusiones ópticas a su alrededor para correr hacia el edificio de la administración sin ser vista. Titubeó un momento cuando se dio cuenta de que el dragón volador no estaba encaramado junto al río, como había estado durante varios días. Un rápido barrido de la fortaleza le reveló que Ridge tampoco estaba allí. La brisa le llevó el rumor de las hélices de su aparato, y Sardelle lo divisó cerca de las montañas, al sur de la fortaleza, una sombra oscura contra las cumbres nevadas. Al principio, no pudo ni imaginar por qué estaba allí, cuando la aeronave se acercaba por el norte. Y entonces, vio una segunda sombra, la del grandullón búho del chamán.

Sardelle se mordió el labio, debatiéndose entre ir a buscar su espada o intentar ayudar a Ridge. Al ver que un soldado bajaba corriendo por las escaleras de la muralla y se dirigía hacia ella, tomó una decisión. Iba a la armería, pero la vería si no se escondía dentro, así que Sardelle empujó la puerta, prometiéndose que regresaría enseguida. Con ayuda de Jaxi, podría hacer más daño, y hasta era posible que detuviera al chamán, no solo a su mascota. Rezó para que Ridge sobreviviera al ataque del búho unos minutos más, por sus propios medios.

Corrió hasta el despacho de Ridge (ahora, del general) sin que nadie la viera. Fue tan fácil que se detuvo cuando ya tenía la mano en el pomo, medio oliéndose una trampa. No, no podía creer que Ridge le hiciera algo así. Debía preocuparse más por la posibilidad de que abriera la puerta y descubriera que Jaxi ya no estaba. ¿Qué pasaría si el general había descubierto el valor de la hoja de alma y se la había llevado cuando salió a dirigir la defensa del fuerte?

—Mira *antes* de preocuparte —refunfuñó.

Sardelle intentó girar el pomo. No pudo. Bueno, alguien debía de haber pensado en ella.

Se oyó una explosión. No procedía de los cañones de la muralla, sino de más arriba, y sintió que varias docenas de personas y un chamán se acercaban. Esta vez, el hechicero no estaba hablando con ella. Parecía tener algo más importante entre las manos. Por ejemplo, cómo arrasar la fortaleza, destruirla a ella y llevarse a Jaxi.

—Eso no va a pasar.

Se oyó otro estallido. El suelo tembló bajo sus pies y, durante un momento, cruzó los brazos sobre el pecho, recordando el desastre de las galerías. Algo tintineó en el suelo, al otro lado de la puerta. ¿La caja donde estaba la espada? Aquello la devolvió al presente y la apremió.

Su primera intención fue la de inutilizar cuidadosamente la cerradura; pero, con la Cofah cada vez más cerca, se limitó a reventar las bisagras de la puerta. Que se rascara la cabeza el general cuando la viera.

El despacho no había cambiado mucho, y divisó la caja de hierro al instante, porque estaba completamente fuera de lugar. La habían dejado en lo alto de una estantería, y había permanecido en su sitio, aunque los temblores habían esparcido varios libros y un archivador. Cuando se subió a la mesa para alcanzarla, se acordó del día en que pasó al despacho y vio que Ridge estaba limpiando, lo cual provocó que se volviera a preocupar por él. Tiró de la caja, sin molestarse en calcular que era demasiado pesada para ella. Dejó que cayera al suelo, saltó e intentó abrirla. Por supuesto, estaba cerrada. Soltó un suspiró de frustración, harta de tantos retrasos, y reventó otro juego de bisagras. El general no sabría si lo que había azotado su despacho era una hechicera o un tornado.

Sardelle abrió la tapa de la caja.

*Ya era hora.*

Sardelle se arrodilló en el suelo, aliviada.

*Después de estar trescientos años atrapada, media hora no debería haberte molestado.*

*Ha sido mucho más de una hora, gracias.*

Alguien había atado una hoja de papel alrededor de la espada. Sardelle la desató, la abrió y soltó un bufido al descubrir una dirección. Por lo visto, Nax ya había preparado la espada para enviarla a algún tipo de centro militar de investigación.

Se oyeron cañonazos en el exterior. Sardelle se acordó de que Ridge y el resto de los habitantes del fuerte tenían problemas, de modo que se guardó el papel en el bolsillo, agarró su hoja de alma y volvió rápidamente al corredor. Ya al pie de la escalera, abrió la puerta principal. Y estuvo a punto de toparse con una lluvia de fuego.

El aire crepitaba de calor… y de magia. En las murallas, se oían gritos de pánico.

—¡A cubierto! —gritó alguien—. ¡Poneos a cubierto!

—¡Quédese donde está, soldado! —gritó otro. Era el general Nax. Canalla.

Sardelle se parapetó tras la puerta para pensar unos momentos. Un escudo, precisamente eso era lo que necesitaban.

*¿Alrededor de todo el fuerte?*

*No hay más remedio.*

Sardelle respiró hondo y se concentró. Creó una cúpula transparente, tan sutil que la feroz lluvia siguió cayendo al principio, ralentizada pero no detenida. Poco a poco, añadió más energía y, al final, las abrasadoras bolas rebotaban en ella en lugar de atravesarla.

Alguien soltó un grito de alegría en la muralla. Ella dudó que el soldado tuviera alguna idea de lo que estaba pasando, más allá de que el fuego no le caía en la cabeza; pero, a pesar de ello, Sardelle se permitió sentirse apoyada, apreciada.

*Querrán disparar a través de tu escudo. De hecho, están a punto de intentarlo.*

Sardelle arrugó la nariz. Las balas de cañón rebotaban. Eso no les beneficiaba.

*Veré si puedo apañarlo y…*

*Déjamelo a mí. Tú busca la forma de enfrentarte al chamán. No tardará en saber dónde estamos.*

*Comprendido.*

Sardelle habría preferido buscar a Ridge y ver qué tal le iba con el búho, pero el chamán debía ser su prioridad.

Él la encontró antes, con un ataque mental. Algo parecido a un arpón se clavó en su mente. Empezó a generar presión, y tuvo la sensación de que los ojos se le iban a salir de sus órbitas. Sardelle clavó una rodilla en el suelo y apretó un puño contra la fría tierra, buscando apoyo. Si no hubiera sido por Jaxi, la cúpula habría caído. Durante un momento, Sardelle solo pudo concentrarse en levantar su propio escudo, uno alrededor de su cuerpo, uno que repeliera el ataque. Reunió las fuerzas necesarias para rechazarlo y contraatacar, pero se detuvo en seco.

¿Y si se hacía la muerta? ¿Picaría el anzuelo y bajaría? No podía tocarlo físicamente mientras estuviera en la aeronave; pero, si bajaba en busca de Jaxi…

*Eso, úsame de cebo. A las inestimables espadas nos encanta.*

A Sardelle le seguía doliendo la cabeza (si rechazaba el ataque por completo, el chamán descubriría el alcance de su poder y no bajaría), pero se las ingenió para darle una réplica rápida:

*¿Quién te ha dicho que eres inestimable?*

*Todas las personas verdaderamente sabias que me han conocido. Venga, cae al suelo melodramáticamente. No te traicionaré.*

Sardelle optó por desplomarse contra el quicio de la puerta. Acalló sus pensamientos, como si estuviera inconsciente. El ataque la siguió torturando, pero apretó los dientes y aguantó. Aunque, si el truco no funcionaba en unos segundos, se empezaría a enfadar y buscaría formas de arrancarle las bisagras al hechicero, tanto si estaba cien metros por encima de ella como si no.

*Las llamas se han detenido, dijo Jaxi. ¿Bajo el escudo?*

*Sí. De momento, estará distraído conmigo*. Eso esperaba. Además, quería que el ardid fuera más creíble, y no lo sería si hacían algo que mostrara su poder. *Pero estate preparada para alzarlo de nuevo.*

*Entendido.*

El chamán la sondeó entonces, en un equivalente mental a tomarle el pulso en el cuello. Ni Jaxi ni ella se atrevieron a pensar nada, por miedo a que se diera cuenta. La sensación de sentirse investigada sin alzar un escudo defensivo fue como tener hormigas por toda la piel, pero lo aguantó igual que había aguantado el dolor.

Finalmente, él se retiró. Los cañones volvían a disparar, tanto los del fuerte como los de la aeronave, pero Sardelle y el chamán tenían otras preocupaciones.

*Ya viene.*

*¿Volando?* Sardelle no había oído de ningún hechicero que pudiera volar, salvo con ayuda de algún tipo de artilugio. *¿O es que alguien ha echado una cuerda?* ¿La aeronave estaba tan cerca como para permitir eso? Indudablemente, los soldados pondrían alguna objeción.

*Está bajando en un globo aerostático. Puede que sea el equivalente aéreo de un bote salvavidas.*

*¿Nuestros soldados le atacan?*

Jaxi tardó un segundo en responder.

*Sí, pero ha levantado un escudo, como tú antes, y también está protegiendo la aeronave, aunque parece que tu amigo volador hizo algún daño antes de que el chamán estuviera preparado.*

*¿Ridge? Magnífico.* Sardelle se sintió orgullosa de él, pero la satisfacción se transformó rápidamente en preocupación. ¿Se daría cuenta el chamán si extendía sus sentidos para intentar localizarlo?

*No te muevas. Ha aterrizado. Y camina hacia aquí.*

Sardelle entreabrió un ojo. Le sorprendió que no bajaran soldados de las murallas para atacar al chamán.

Ah, que no estaba solo. El hombre de piel morena que avanzaba a grandes zancadas con un manto de piel negra que contrastaba llamativamente con su larga melena blanca iba en compañía de no menos de dos docenas de hombres: guerreros de cabeza afeitada de la Cofah, blandiendo espadas cortas y largas escopetas de dos cañones que disparaban con una mano, apoyándoselas en la cadera. Los soldados de la fortaleza los estaban disparando, pero el escudo del chamán los protegía.

La empuñadura de Jaxi se calentó, preparada para el combate.

*Bueno, ya los has atraído. ¿Tienes algún plan? No creo que un sarpullido pueda inquietar al chamán.*

Sardelle no tenía más plan que arrojarle todo lo que tuviera con la esperanza de pillarlo por sorpresa; pero, si lograba que bajara el escudo, podía ser suficiente. Los hechiceros eran tan susceptibles a las balas como cualquiera.

Los guerreros de la Cofah sonrieron al ver que las balas de los soldados rebotaban, y se empezaron a sentir tan seguros como para lanzar sus propios ataques, empezando por disparar a los hombres de las murallas. El chamán alzó una mano hacia la ladera de la montaña, y las puertas que Ridge había ordenado instalar en las entradas de los túneles se abrieron de golpe, entre chirridos de metal.

Sardelle se maldijo para sus adentros. Al parecer, atraer a aquel canalla no había sido una idea tan buena. Como los mineros salieran en tropel y atacaran a sus captores…

Había llegado el momento de pasar a la ofensiva. El chamán estaba a menos de diez metros de distancia. Sardelle hizo acopio de energía y la lanzó contra su enemigo, apuntando a su cabeza, igual que había hecho él. Esperaba que fuera suficiente.

Al principio, mientras cruzaba los cielos con el viento arrancando lágrimas a sus ojos y arañando brutalmente sus mejillas, Ridge solo se fijó en la aeronave. Luego, vio el globo pequeño que había aterrizado en el fuerte y a las esclarecidas tropas de la Cofah, que atravesaban el patio con sus uniformes y capas de color carmesí. Una figura de cabello blanco destacaba en mitad de su formación. Ridge no sabía quién era (ni cómo era posible que los soldados no estuvieran disparando a los intrusos), pero tuvo la sospecha de que la lluvia de fuego había sido cosa suya. Sería otro hechicero.

—Habría estado bien que el Cuartel General hubiera tenido alguna noticia de esa aeronave —dijo en voz baja, inclinando el morro del aparato para lanzarse en picado hacia la formación.

Disparó, pero descubrió el problema inmediatamente: las balas rebotaban antes de alcanzar a los hombres. Ajustó el tiro, con intención de abrir unos cuantos agujeros en el suelo y ver si su invisible escudo protector también impedía que la tierra se los tragara, pero el dedo se le quedó helado en el gatillo. Alguien estaba tumbado en el suelo, junto a la puerta del edificio de la administración. Era Sardelle.

Ridge tragó saliva. ¿La habrían disparado al intentar recuperar su espada? ¿O le había hecho algo ese hechicero?

La necesidad lo obligó a ganar altura, y ella desapareció de su vista. La rabia y el miedo le hicieron un nudo en la garganta, y estuvo a punto de no captar la importancia del destello que vio por encima de su cabeza, un cañón descargando; disparándolo a él. La bala pasó cerca de la carlinga, y a escasos centímetros de un ala.

Ridge se alejó de la fortaleza, consciente de que el fuego y las luces de abajo lo convertían en un objetivo demasiado bien iluminado. Ganó altura, pero sin dejar de ver la aeronave por el rabillo del ojo. Si el hechicero que los protegía estaba en tierra, quizá fueran más vulnerables a los ataques. Ya les había hecho algún daño. Si conseguía derribar la aeronave, la Cofah se quedaría varada, con hechicero o sin él. Y por mucho que quisiera arrasar el fuerte para proteger a Sardelle, había cometido un error al disparar hacia el patio, porque podía matar a sus propios hombres. Aquel ataque era más lógico.

—A veces, odio la lógica —afirmó Ridge, y el viento le robó las palabras. Aunque tampoco había nadie que le pudiera oír.

Cuando ya estuvo por encima de la aeronave y no lo podían disparar con tanta facilidad, viró y se acercó. Ametralló el oblongo globo hasta causarle docenas de pequeños agujeros. Con suerte, las balas también dañarían su estructura interna; por desgracia, esos agujeritos no harían que la aeronave cayera precisamente pronto.

Algo surgió del oscuro cielo y golpeó la parte delantera de la carlinga. Él se giró. El búho, como comprendió en el mismo instante en que su chillido antinatural, aporreó sus oídos.

Ridge descendió bruscamente, intentando quitárselo de encima. De no haber sido por el arnés, él mismo habría salido disparado. Pero el maldito pájaro mágico seguía allí, golpeando la carlinga con sus alas e impidiéndole ver con claridad.

Entonces, observó el globo de la aeronave, que se acercaba con rapidez. Ridge quiso ganar altura, pero una de dos: o el búho gigante había encontrado el modo de empujar el morro hacia abajo, o pesaba tanto como una persona.

Algo rodó en el suelo de la carlinga y le golpeó un pie mientras él cabeceaba y viraba, intentando librarse del búho.

—¿Qué pasa ahora?

Ridge se acordó del comentario de Bosmont y, como tuvo que agacharse de todas formas para esquivar una garra, aprovechó y palpó el suelo. Agarró algo que parecía una bala de cañón. Eso no tenía ningún sentido. Pulsó el interruptor que abría la tapa del cristal, y resplandeció al instante.

Era el búho chillón, soltó el aparato y se situó a un lado.

—Por las diez capas del infierno. Si llego a saber que odiaba la luz, lo habría probado al principio.

A Ridge no le importó un pito que el radiante cristal lo convirtiera en un blanco fácil para la aeronave; no mientras alejara a ese demonio. Además, tenía que ver lo que su ingeniero le había dado. Aunque su forma fuera la misma, pesaba menos que una bola de cañón y tenía un cabo que sobresalía por arriba.

—No es un cabo, idiota; se trata de una mecha.

Ridge soltó una carcajada. Bosmont le había preparado unas cuantas bombas.

Su primer pensamiento fue el de dejar caer en la parte superior del globo, lo que sin duda alguna provocaría un desgarrón tan grande como para derribar la aeronave; pero el búho viró de nuevo, y sus enormes alas taparon las estrellas. La luz del cristal podía haberlo asustado, pero se había recuperado del susto.

—Veamos si le gustan las bombas.

Dejando una mano en los controles, Ridge abrió la tapa de la caja que tenía junto al asiento y sacó la baliza que usaban como luz de emergencia. Pulsó el disparador lateral, y el pedernal rascó el acero, lo que causó una pequeña llama. Se puso la bomba entre las piernas y rezó para que Bosmont supiera lo que hacía y no estallara antes de tiempo. Esperó un poco antes de encenderla, consciente de que necesitaría mucha suerte para acertar al búho. Por la longitud de la mecha, calculó que tenía unos cuatro segundos.

La criatura había desaparecido momentáneamente. Quizá supiera lo que pretendía. Ridge giró el cuello hacia un lado, hacia el otro y hacia arriba, sabiendo que, en los combates aéreos, la muerte llegaba muchas veces por arriba. Y obtuvo su recompensa. El búho caía en picado, dispuesto para matar.

Ridge encendió la mecha, agarró la bomba y esperó, contando. El aparato tembló y se sacudió porque los controles necesitaban dos manos; sobre todo ahora, que había sufrido daño.

—Dame un segundo más, chica —susurró.

Lanzó la bomba al búho en el preciso momento en que la criatura intentaba agarrar otra vez la parte superior de la carlinga o quizá, su cabeza. En cualquier caso, la bola de metal que Ridge le lanzó a la cara alteró sus planes. Ridge esperaba que la bomba le diera y rebotara (también esperaba haber calculado bien, para que estallara antes de que se alejara demasiado), pero la reacción del búho fue cogerla con el pico. Se la metió en la boca.

Ridge refrenó el impulso de quedarse boquiabierto y descendió rápidamente, a sabiendas de que debía alejarse de la bomba antes de que…

Estalló con un tremendo resplandor de color naranja y amarillo, y con un estruendo que rivalizó con el de los cañones de abajo. La onda expansiva sacudió el dragón volador, pero Ridge se alejó antes de que le alcanzara la metralla. Durante unos instantes, el cielo se llenó de plumas, como si hubieran reventado un cojín.

Ridge soltó un suspiro de alivio y se dirigió a su siguiente objetivo: la aeronave. ¿No había dicho Bosmont que le había preparado un par de regalitos, para que estuviera caliente? Sí, había otra. La alcanzó y se la volvió a poner en el regazo, lo cual le incomodó tanto como la vez anterior; pero a nadie se le había ocurrido la idea de instalar un soporte de bombas en la carlinga.

El aparato se le estaba resistiendo, y no supo cuánto más le podía sacar, pero tomó altura de todas formas. Estaba seguro de que, si conseguía derribar la aeronave, los hombres de abajo harían el resto, ya fuera con hechicero o sin él.

Mientras ascendía, escudriñó la fortaleza, preguntándose por Sardelle, cuestionándose si…

Esta vez, sí que se quedó boquiabierto. Sardelle estaba erguida en mitad del patio, y la espada que blandía brillaba con una luz dorada tan intensa que estaría dañando los ojos de cualquiera que estuviera cerca. De cualquiera, menos del hombre de pelo blanco y capa de pieles… Estaba frente a ella, con mano extendida de cuyos dedos brotaba una especie de neblina roja. Ridge no tenía ni idea de lo que estaba pasando ni de quién estaba ganando y, por mucho que quisiera ayudar a Sardelle, se alegró de estar bien lejos. Puestos a elegir entre la aeronave y la magia, prefería vérselas con la aeronave.

Alrededor de Sardelle y el hechicero, los guerreros de la Cofah combatían cuerpo a cuerpo con los defensores del fuerte. Los hombres de Ridge eran más numerosos y, en consecuencia, deberían haber tenido ventaja, pero alguien había abierto las puertas de las minas, y los mineros salían en tropel y pico en mano. No había forma de saber a quién se unirían. El globo que había aterrizado les daba la oportunidad de escapar. Pero también era posible que atacaran a cualquiera que se cruzara en su camino y corrieran en pos de la libertad.

Ridge apartó la vista del patio y tocó la bomba que llevaba entre las piernas. Antes de preocuparse por el caos de abajo, debía terminar su parte.

Sardelle avanzó hacia el chamán, con Jaxi brillando en su mano como el sol. La había sorprendido con su ataque inicial, y había bajado sus defensas, permitiendo que las balas alcanzaran a los guerreros de la Cofah, pero se recuperó lo suficiente para bloquear su mente. Tampoco importaba mucho. No tenía ningún problema en detenerlo con su espada. Siempre que la Cofah no la distrajera demasiado.

Era obvio que los guerreros estaban allí en calidad de guardaespaldas del chamán y, por otra parte, los soldados de las murallas estarían tan encantados de dispararla a ella como de dispararlo a él.

Uno de los guerreros de la Cofah la apuntó con su arma. Jaxi rechazó el disparo, incinerando lo que resultó ser una lluvia de perdigones, no una bala. Por suerte, el resto de los miembros de la Cofah estaban ocupados tiroteando a los que los disparaban desde las murallas. Como el escudo había caído, se habían echado cuerpo a tierra. Algunos corrían a parapetarse en los edificios cercanos.

El chamán intentó otro ataque mental, parecido al que había lanzado al principio. Sin embargo, no era el único que había apuntalado sus defensas cerebrales, y su asalto pasó alrededor de Sardelle como el agua de un arroyo alrededor de una peña.

Ella sonrió y se acercó un poco más. Estaban a menos de diez metros de distancia. Si el chamán llevaba armas, las ocultaba bajo la capa. Sardelle la miró. Las pieles de tejón o de lo que fuera parecían gruesas y secas. Agitó una mano, con intención de prenderles fuego. Durante un momento, el chamán se encontró rodeado de humo, pero sofocó las llamas.

Él la miró con desprecio y alzó la mano. Unos hilos de niebla roja flotaron hacia ella. Sardelle siguió caminando, sin saber qué era esa neblina (parte de su magia le resultaba ajena, algo de algún continente distante), pero convencida de que el poder de Jaxi la destruiría. En cuanto a ella, alzó su hoja de alma por encima de los hombros, preparándose para un ataque físico.

Jaxi atrajo hacia sí la niebla roja, que la envolvió y desapareció tras un destello de luz, incinerada como los perdigones.

El chamán miró con asombro a Sardelle… y a Jaxi. Acababa de comprender que estaba en desventaja.

*Aún no es demasiado tarde*, dijo él en su mente. *Olvida a esos simios sin talento. No merecen que malgastes tu poder con ellos. Ven conmigo. Te daré más de lo que ellos te podrán dar nunca.*

*¿Esto va a terminar en otra oferta de apareamiento?*

Esta vez, Sardelle no se molestó en disimular su disgusto. El chamán tendría que haber insistido en llevarla a donde estaban los otros hechiceros. Habría sido más que tentador; no tanto como para que bajara la espada y dejara de avanzar.

*¿Es que no quieres tener hijos? ¿Hijos con un poder que rivalice con el tuyo?*

*Si elijo tener hijos, querré que tengan un padre y una madre que se amen y los amen a ellos.*

*Eso podría llegar con el tiempo.*

El chamán le lanzó una imagen mental en la que aparecían juntos, unidos en un abrazo de amantes.

Sardelle se mordió el labio. El chamán retrocedía mientras ella avanzaba. Sardelle apretó el paso. Cinco metros más, y lo alcanzaría. Jaxi rechazó dos balas que pasaron cerca, una de las cuales estalló en llamas a escasos centímetros de sus ojos. Habían salido de la muralla, no de las escopetas de la Cofah. Y no era la primera vez. Fuera cual fuera el resultado de aquella lid, tendría que marcharse en cuanto terminara.

*¿Los ves?* El chamán apuntó a los soldados de la muralla con una mano. *Te eliminarían tan rápidamente como a mí. Defenderlos es una estupidez absoluta. No eres merecedora de una hoja de alma.*

*Deberías afinar tu forma de cortejar.* Tres metros.

El chamán se encogió como un tigre, como a punto de lanzarle un ataque físico; pero, en lugar de eso, extendió las dos manos hacia delante, desatando un maremoto de energía. De nuevo, ella dejó que la rechazara su escudo mental, y apenas la despeinó. Tras ella, explotaron ventanas y se abrieron puertas. Un soldado cayó de la muralla y gritó, retorciéndose de dolor.

Sardelle saltó hacia delante y le hizo un corte en el cuello con su hoja. Él retrocedió, pero apoyó un talón en una zona resbaladiza y fracasó al intentar mantener el equilibrio. Sardelle se abalanzó sobre él antes de que pudiera recuperarse, acordándose que, con armas o sin ellas, el chamán no era un indefenso enemigo desarmado. Estaba allí para destruir el fuerte, y robarle a Jaxi. Acabó con él de una estocada en el corazón.

Después, giró trescientos sesenta grados, buscando enemigos nuevos, preparada para defenderse. Los fusiles disparaban y los metales chocaban por doquier. Uniformes rojos y grises mezclados, porque se luchaba cuerpo a cuerpo. La parduzca ropa de los presos también estaba por todas partes. Sardelle se había olvidado de que el chamán había liberado a los mineros. Un pico se clavó en la espalda de un hombre, pero la víctima no era uno de los soldados del fuerte, como ella temió, sino un guerrero de la Cofah. Los presos estaban ayudando a los soldados, no estorbándolos.

En el cielo se vio un resplandor que provocó una oleada de vítores. La parte trasera de la aeronave había estallado, y caían trozos de madera en todas las direcciones. Su globo era un amasijo deforme y medio desinflado. Un solitario y cobrizo dragón volador apareció entre el fulgor de la explosión, y su fuselaje reflejó las llamas que devoraban la popa del dirigible. El artilugio de madera entró en barrena, cayendo cada vez más, condenado inevitablemente a estrellarse.

Sardelle deseó poder unirse a la celebración, esperar a Ridge y darle un beso y un abrazo por su heroicidad, pero recordaba demasiado bien las balas de los soldados. Mientras el general Nax siguiera a cargo, no recibiría un trato justo en aquel lugar.

Con lágrimas en los ojos, miró al chamán por última vez para asegurarse de que estaba muerto y corrió hacia el globo en el que habían descendido los guerreros de la Cofah. Solo quedaba un hombre en la enorme barquilla; sin duda, se trataba del piloto. Estaba arrodillado dentro, y lo único que superaba el borde eran sus ojos. Cuando cayó en la cuenta de que Sardelle se acercaba, se incorporó y cortó primero una cuerda, y después, otra. Estaban atadas a los anclajes que la mantenían en tierra y, en cuanto las seccionó, el globo empezó a ascender. La carrera de Sardelle se convirtió en un esprint desesperado. Por poco apropiado que fuera un globo de aire caliente para cruzar las Hojas de Hielo, no tenía otra forma de escapar de esas montañas.

Echó a Jaxi a la barquilla (aquello alarmaría al piloto) y saltó, agarrándose a una de las cuerdas que colgaban. Estaba cansada de luchar y, además, nunca había sido una gran atleta, en ninguna circunstancia, pero tenía la motivación necesaria para encontrar la forma de subir. Casi temiendo que el piloto le cortara la cabeza, trepó rápidamente hasta el borde y se metió en la barquilla. Lo único que esperaba dentro era su espada.

*Me he puesto a brillar, y ha saltado por la borda.*

*Eres una matona eficaz, Jaxi.*

*Gracias.*

Sardelle se puso en pie. En un minuto, averiguaría la forma de tripular el globo; después, reflexionaría sobre su futuro y decidiría adónde quería ir con su aeronave. De momento, se limitó a inhalar y exhalar el frío aire de la montaña, sintiendo que parte de la tensión abandonaba su cuerpo a medida que la fortaleza quedaba más y más lejos.

El traqueteo del motor del dragón volador llegó a sus oídos, y Sardelle vio a Ridge en la carlinga, iluminado por el resplandor de su cristal. Iba en dirección contraria a la suya, volando hacia el fuerte (por el achacoso sonido de su motor, no parecía que su aparato pudiera ir mucho más lejos), y la distancia que los separaba era tan grande que no había lugar para palabras. Sin embargo, él asintió hacia ella y alzó una mano.

Con el corazón en un puño, Sardelle le devolvió el gesto. Aunque nadie en ese fuerte comprendiera, él entendía todo.

*¿Eso es suficiente?*

Sardelle se secó las lágrimas.

*Tendrá que serlo.*

O no había peces, o su cebo no los engañaba; o estaba demasiado borracho para darse cuenta de que le habían birlado el cebo una hora antes, entre risitas. Se preguntó si los peces soltaban risitas. Después, se preguntó si tenía fuerzas para levantarse de la silla, entrar en la cabaña y prepararse algo de comer. Sonaba muy trabajoso. Tumbarse en el muelle y disfrutar del sol de invierno (si se podía llamar *invierno* a aquel tiempo, en comparación con el que había experimentado en las Hojas de Hielo) era mucho más fácil. En el lago no había ni el menor atisbo de hielo, y la sensación que tenía con el sol calentando su piel era más propia de otoño.

Al otro lado de las aguas, cantó un gallo. Solo había dos casas más en el lago, parte del motivo por el que Ridge había comprado la suya, pero en ese momento no estaba seguro de estar disfrutando de la soledad. Teniendo en cuenta su humor, habría sido preferible que se quedara en la base, esperando en compañía a que su escuadrilla volviera de su última misión. Pero no había dado su dirección de la base a Sardelle. Y sospechaba que ya no quería saber nada de los militares.

Ridge arrancó una astilla de la silla y se preguntó si estaba haciendo el tonto. ¿Realmente esperaba que apareciera? ¿Estaba verdaderamente seguro de desearlo? ¿Después de ver… todo lo que había visto?

—Estás sentado aquí, ¿no? —masculló.

¿Qué razón tenía Sardelle para presentarse, ahora que tenía su espada, su enorme y brillante degolladora de hechiceros? Ya no necesitaba que él le hiciera ningún favor.

—¿Bebiendo otra vez? —sonó una voz dulce a su espalda.

Ridge estuvo a un tris de caerse de la silla. Pero tiró su caña de pescar al agua cuando la golpeó al levantarse de golpe y se giró, boquiabierto.

Sardelle estaba al principio del muelle, con un elegante vestido de color verde bosque que enfatizaba su estrecha cintura y acentuaba sus curvas con mucha más sensualidad que la indumentaria de la prisión. Su largo y negro cabello rizado caía exuberantemente sobre sus hombros y enmarcaba su cara, incluyendo las espolvoreadas pecas de su nariz y mejillas. Por algún motivo, Ridge jamás había imaginado hechiceras con pecas. Pero le alegró que las tuviera. Le daban un toque más… humano. Eso, y que arqueara las cejas mientras miraba su botella.

—Solo es la segunda vez en un mes —dijo.

—Ah. Espero que no sea porque hayas vuelto a recibir malas noticias.

Sardelle bajó las cejas, y su expresión se volvió más seria. Una expresión de preocupación. Quizá pensara que había tenido problemas por su culpa.

—No. Me permitieron volver a mi escuadrilla, y me dieron una medalla por mi… «astucia, valentía e iniciativa».

Ridge alzó los ojos al cielo al citar la frase. Algún idiota había amenazado incluso con ascenderlo, pero Ridge aplastó la bola de nieve antes de que corriera colina abajo y se transformara en una avalancha. Los generales no volaban; ellos dirigían escuadrones y, a veces, fuertes. No quería volver a pasar por eso en una buena temporada, por no decir *nunca*.

—Oh, comprendo —dijo Sardelle—. Y esa es la razón de que estés sentado y bebiendo como si hubieras perdido a tu mejor amigo.

—El rey y los generales de los ejércitos estaban tan contentos con ese montón de cristales que tenían que dar una medalla a alguien. Supongo que, con el general Nax desaparecido, me tocó a mí por defecto. No creo en las medallas que se reciben sin merecerlo. No hice ni una cosa inteligente mientras estuve allí y, al final, no hice mucho más que reventar un búho. La clave de la derrota de la Cofah fue otra persona.

Ridge la miró con intensidad. Todo había estado todo el tiempo en manos de Sardelle.

—Yo me limité a derrotar a su chamán. Tú derribaste su aeronave. Y, en cuanto al búho, era muy grande —Sardelle ladeó la cabeza—. Al decir que el general ha desaparecido, ¿insinúas que…?

—Un pequeño grupo de la Cofah logró subir a las murallas y se lo cargó. A decir verdad, lo eché de menos cuando volví. No había oficial superior a quien endilgarle la limpieza de aquel desastre.

—Lamentable —susurró Sardelle.

Ridge se preguntó si habría seguido volando en aquel globo si hubiera sabido que el general ya estaba muerto en ese momento. Probablemente, por lo que había oído después, los soldados la habían disparado, al igual que el otro hechicero.

—Sardelle, yo… —Ridge se metió las manos en los bolsillos y estudió los tablones del muelle—. Supongo que no significa mucho, pero quiero pedirte disculpas por la forma en que te trataron en la fortaleza. Me gustaría afirmar que las cosas habrían sido distintas si me hubiera dicho la verdad desde el principio, pero…

Él se encogió de hombros.

—Tenía miedo de que, si te decía la verdad… Entre otras cosas, ¿habrías pasado una noche conmigo en una cueva si lo hubieras sabido?

—Por los siete dioses, no. Habría tenido miedo de que derritieras mi dragón si no te satisfacía adecuadamente.

Sardelle rio suavemente.

—Para aclarar el asunto… te refieres a tu figurita de madera, ¿verdad?

Porque a una mujer le habría parecido patético que un hombre llamara *dragón* a otra cosa. Sí, bueno, ya lo sabía.

—Por supuesto.

—¿Y la noche de la biblioteca?

—Oh, estaba tan borracho que quizá me habría arriesgado a sufrir tu ira.

—Comprendo.

Sardelle avanzó lentamente por el muelle, con sus verdes zapatos a juego con el vestido susurrando contra los tablones. Ridge se preguntó cuándo había ido de compras, y cómo. ¿Tenía dinero? ¿O solo había tenido que desear que apareciera un vestido y chasquear los dedos? Tragó saliva al ver que cada vez estaba más cerca. No tenía miedo de ella; pero, al mismo tiempo… no podía fingir que no había cambiado nada. Tenía el mismo aspecto, pero… le costaba no recordar el aura que la envolvía cuando alzó su espada.

Miró el jardín y la cabaña, y preguntó:

—¿No has traído tu brillante espada?

Sardelle se detuvo a un par de pasos de distancia y ladeó la cabeza.

—No pensaba que aquí la necesitara.

—No… es un sitio generalmente seguro, aunque los mosquitos pueden ser una poderosa amenaza en verano. Sin embargo, no me parece que sea algo que debas dejar por ahí, exponiéndote a que alguien la encuentre. O a que una montaña se le caiga encima.

—He venido a caballo —dijo Sardelle, quien señaló los árboles que estaban junto al camino—. Jaxi (mi espada) está allí, junto con el morral. No sabía si debía… presuponer demasiado dejando mis cosas en tu porche. Ni siquiera estaba segura de que ese fuera tu porche. Esa dirección… cuando la vi por primera vez, pensé que era algún tipo de instalación militar de investigación, y que el general pretendía enviar mi espada allí.

—No —susurró Ridge, distraído por la idea de que quisiera dejar sus cosas en el porche.

—Luego, cuando conseguí cruzar las montañas con ese globo, llegué a la civilización y averigüé a qué ciudad correspondían esas señas, me preocupé un poco por la posibilidad de encontrarte aquí con… alguien más.

—¿Con quién más iba a estar?

—No lo sé. Teniendo en cuenta lo poco que tardó la hija del general… está viva, ¿no? En fin, lo poco que tardó en encapricharse de ti… supuse que encontrar compañía femenina no te cuesta mucho.

—Ah —dijo Ridge, optando por no mencionar que había vuelto a casa en compañía de Vespa, quien había intentado convencerlo de que la consolara físicamente por la muerte de su padre—. De hecho, ya estaba encaprichada antes de llegar al fuerte, como supe después; y lo estaba más por mi reputación que por mí. Cuando las mujeres me empiezan a conocer, tienden a salir disparadas en dirección contraria.

Eso no era exactamente cierto. Las incompatibilidades no solían hacer acto de presencia hasta que intentaban vivir juntos, momento en el cual se ausentaba varios meses e intentaba hacerse matar (palabras de ellas, no suyas), dejándolas solas y preocupadas en casa.

—Ridge, ¿me estás mintiendo?

—Puede que un poco. He pensado que ahora me tocaba a mí.

Ridge sonrió, atravesó los pocos metros que los separaban —sintiendo que ella lo estaba esperando— y la tomó de las manos.

—Si puedes tolerar mis aspectos embusteros —continuó—, podrías quedarte una temporada y ver si mi carácter te gusta más que a las otras.

Ella se apoyó en su pecho, sin soltar sus manos.

—Me encantaría.

—Bien —susurró él, mirándola a los ojos.

El corazón de Ridge latía tan raudo como una hélice. Se sintió como un adolescente atrapado entre la euforia y el terror cuando logró hacer acopio de valor para besarla. Pero, en el momento en que sus labios se tocaron, tuvo la sensación de lo familiar... y lo correcto.

FIN

# Podium

DISCOVER MORE

## STORIES UNBOUND

PodiumEntertainment.com